Best Time

白 马 时 光

女巫与红狐

THE FAMILIARS

〔英〕史黛西·赫思 著

刘勇军 译

百花洲文艺出版社
BAIHUAZHOU LITERATURE AND ART PRESS

图书在版编目（CIP）数据

女巫与红狐 /（英）史黛西·赫思著；刘勇军译
. -- 南昌：百花洲文艺出版社，2020.7
ISBN 978-7-5500-3738-0

Ⅰ . ①女… Ⅱ . ①史… ②刘… Ⅲ . ①长篇小说－英
国－现代 Ⅳ . ① I561.45

中国版本图书馆 CIP 数据核字（2020）第 091302 号

江西省版权局著作权合同登记号：14-2020-0111

THE FAMILIARS by Stacey Halls
Copyright © 2019 by Stacey Halls
Published in agreement with Caskie Mushens Ltd., through The Grayhawk Agency Ltd.
Chinese Simplified Character translation Copyright © 2020 by Beijing White Horse Time Culture
Development Co.,Ltd.
All Rights Reserved.

女巫与红狐
NÜWU YU HONGHU

〔英〕史黛西·赫思 著 刘勇军 译

出 品 人	李国靖
特约监制	王 瑜
责任编辑	李 瑶
特约策划	李国靖
特约编辑	王 婷 李 肖
封面设计	80墨·小贾
版式设计	彭 娟
封面绘图	so.pinenut
版权支持	程 麒
出版发行	百花洲文艺出版社
社 址	南昌市红谷滩世贸路 898 号博能中心 Ⅰ 期 A 座 20 楼
邮 编	330038
经 销	全国新华书店
印 刷	嘉业印刷（天津）有限公司
开 本	880mm×1230mm 1/32
印 张	9.75
字 数	240 千字
版 次	2020 年 7 月第 1 版第 1 次印刷
书 号	ISBN 978-7-5500-3738-0
定 价	45.00 元

赣版权登字：05-2020-62

发行电话 0791-86895108　　　　　网 址 http://www.bhzwy.com
图书若有印装错误，影响阅读，可向承印厂联系调换。

谨以此书献给我的丈夫

第一部分

兰开斯特县（现在的兰开夏郡）
一六一二年四月初

第一章

我带着信离开了家，除此之外，我不知道自己还能干点什么。草坪湿漉漉的，满是上午晚些时候的露水，我匆忙之间忘了换木套鞋，心爱的玫瑰色丝绸拖鞋都被浸湿了。但我没有停下来，一直走到可以俯瞰屋前草坪的那片树林。那封信被我攥在手里。我又一次打开信纸，看看它是不是我想象出来的，是不是我在椅子上睡着了，而这一切都只是我的梦。

这天上午很冷，雾气蒙蒙，冷风从潘德尔山呼呼地吹过来。我虽然思绪万千，却仍然记得从衣帽间深处拿出斗篷。我敷衍地抚摸了帕克一下，很高兴看到自己的手没有颤抖。我没有哭，也没有晕过去，只是把看过的信折回原来的形状，静静地走下楼梯。没有人注意到我，我只看到了一个仆人，那就是詹姆斯。我从他的书房经过，瞥见他坐在桌旁。我忽然想到他可能也看过信了，毕竟他是管家，经常会打开主人的私人信件，但我立即甩开这个念头，从前门走了出去。

锡罐颜色的乌云挂在空中，眼瞅着就要下大雨了，我快步穿过草坪向树林走去。我知道，我穿着黑色的斗篷，在田野里十分显眼，肯定会吸引仆人们在窗口窥视的目光，但我需要思考。在兰开夏郡的这个地方，土地潮湿，遍布绿色的植物，天空广阔而灰蒙。偶尔能看到长着红色皮毛的鹿或蓝颈野鸡一闪而过，眨眼间它们就会消失，但在那之前，你的目光总会被它们吸引。

我还没走到林子里，就一阵恶心，"哇"的一声吐了出来。我连忙拉起裙角，免得沾上草地上的呕吐物，又用手帕擦了擦嘴。理查德让洗衣女工往帕子上洒了玫瑰水。我闭上眼睛，做了几次深呼吸，眼睛再睁开时，我感觉稍微好了一些。我朝树林深处走去，枝杈在颤动，鸟儿在欢快地歌唱。片刻之后，我就把高索普庄园彻底抛在了身后。这栋房子在田野里和我一样引人注目，它由温暖色调的金色石头建造而成，坐落在一块空地上。高索普庄园不能让你远离树林，你从每扇窗户都能看到林子，还会感觉树木更近了，但树林可以让高索普庄园远离你。有时感觉它们像是在玩游戏。

我把信拿出来再次打开，抚平我攥紧的小拳头在信纸上留下的皱褶，找到了那一段让我心烦意乱的文字：

你很容易就能猜到你妻子现在的情况有多危险。我身为药剂师，又在女性分娩方面有着丰富的经验，在此非常遗憾地把我的专业意见告知于你，在上礼拜五去为她诊断的时候，我得出了一个很不幸的结论，她不能也不应该生孩子。有一点极为重要，那就是你要明白，如果她再生孩子，肯定熬不过去，到时候，她的寿命就到头了。

现在房子里的人看不见我，我可以有一些自己的隐私了。我的心猛烈地跳动着，两颊滚烫。我又一次呕吐起来，舌头灼痛，我几乎喘不过气来。

　　我从早到晚吐个不停，几乎丢掉了半条命。最多的时候，我一天吐了四十次，若是赶上一天只吐两次，我就觉得自己十分幸运。我的脸上血管凸起，眼周出现了深红色的细血丝，眼白充血，如同恶魔一般。我喉咙里那种恶心的味道一连好几小时都不会消失，像刀刃一样锋利，令人窒息。我吃不下饭，一点胃口也没有，让厨师非常失望。就连我心爱的杏仁糖也躺在食品柜里，还是大块的，都没有切开，从伦敦寄来的一盒盒糖果也积满了灰尘。

　　我以前怀孕过三次，都没有孕吐得这么严重。这一次，我觉得肚子里的孩子是想从我的喉咙里出来，而不是像其他几个孩子那样，从我的两腿之间来到人世。每次都有大量鲜红的血液顺着我的腿往下流，昭示着虽然还没到时候，但他们依然要降生了。他们的身体小而软，看起来有点怪异，我看着他们像新出炉的面包一样被人用亚麻布裹起来。

　　"可怜的小家伙，活不了多久了。"上一个助产士一边说，一边把我的血从她那粗壮的手臂上擦去。

　　我结婚四年，生过三次孩子，但仍没有继承人睡在我和理查德结婚时母亲送给我的橡木摇篮里。我看到她看我的眼神，仿佛我辜负了他们所有人。

　　然而，我还是不能理解理查德为什么明知道医生的建议，却依然眼睁睁看着我的肚子像圣诞节的火鸡一样越变越大。这封信夹在与我三次生产有关的几份文件里，他有可能没注意到。他瞒着我，对我公平吗？突然，信上的字像是从纸上跳了出来，缠住了我的脖子。至于写这封信的人，我并不记得他的名字。他来的时候，我正疼得打滚儿，对他一点印象也没有。他的触摸，他的声音，他是不是一个好人，我通通都不清楚。

我没有停下来喘口气，我的拖鞋粘满了绿色的泥巴，已经要不得了。其中一只被泥卡住，从我的脚上脱落，我穿着袜子的脚直接踩在了泥泞的地上，这超出了我的承受范围。我用双手把信揉成一团，使出全身的力气把它扔了出去，看到它飞到几码外的一棵树上后又被弹开，我感到了片刻的满足。

　　如果我没有这么做，可能就看不到距离纸团落地不远的地方有一只兔脚，更看不到兔子的身体，或者应该说兔子的残躯：那只兔子四分五裂，触目都是一团团模糊的血肉和皮毛，而且，这样的死兔子有很多。我自己也猎兔子，眼前这些兔子可不是被老鹰或猎鹰杀死的，猎鹰只会利落地杀死兔子后便回到主人的身边。然后，我注意到另一个东西：一条棕色裙子的下摆拂过地面，裙下的膝盖弯曲着，紧跟着我看到了穿裙子的人的身体和脸，还看到她戴着一顶白帽。那是一个年轻的女子，就跪在几码开外的地方，盯着我瞧。她身体紧绷，像野兽一样机警。她穿着一件家纺的破旧羊毛罩衫，没穿围裙，因此我才没有一眼就在满是绿色和棕色的环境中看见她。金色的卷发从她的帽子下面垂下来。她的脸又长又窄，眼睛很大，即使从远处看，她那对眸子的颜色也很不同寻常：那是一种温暖的金色，就像新铸出来的硬币。她的眼中透着聪慧的光芒，有着一种男性化的神采。虽然她跪着而我站着，但有那么一会儿我非常害怕，仿佛我才是那个被发现的人。

　　她手里也抓着一只死兔子，兔身垂着，一只兔眼一眨不眨地盯着我。它的皮毛上都是血。在那个女人的裙子旁边，地上放着一个粗制麻布袋，袋口敞开着。她站了起来。微风吹拂着我们周围的树叶和草地，但她依然很平静，表情也很难以捉摸，只有那头死兽在轻轻摆动。

　　"你是谁？"我问，"你在这儿干什么？"

　　她开始把那些小小的尸体塞进麻袋。我那封揉皱了的信就在这场大屠杀留下的兔尸之间。白色的纸十分显眼，她一看到信就停止了手上的动作，沾满鲜血的修长手指悬在空中。

"给我。"我厉声说。

她把信捡起来，就站在原地伸出手递给我。我立即迈出几大步，把信纸从她手里拿了过来。她那双金色的眼睛并没有离开我的脸，我记得从来没有哪个陌生人用如此凌厉的目光看过我。有那么一会儿，我想到了自己的样子，没穿户外的鞋子，一只拖鞋掉在了泥里。毫无疑问，我的脸因呕吐而发红，眼睛里满是血丝，嘴里的胃酸让我变得口气不善。

"你叫什么名字？"

她没有说话。

"你是乞丐吗？"

她摇了摇头。

"这片地是我的。你在我的土地上偷猎兔子？"

"你的土地？"

她的声音打破了这种怪异的局面，就像朝池塘里扔了一颗小石子。她不过是一个普通的乡村姑娘。

"我是弗莱伍德·沙特沃斯，高索普庄园的女主人。这片土地属于我的丈夫，如果你是帕迪厄姆人，就该知道的。"

"我不是。"她只说了这么一句。

"你知道在别人的土地上打猎会受到什么惩罚吗？"

她打量着我身上厚重的黑斗篷，我那件铜色塔夫绸长袍从斗篷底下露了出来。我很清楚我的皮肤暗淡无光，在一头黑发的衬托下，我面色如蜡，但我不希望一个陌生人提醒我这一点。我觉得我比她小，但我猜不出她的年龄。她的脏衣服好像好几个月没洗刷也没晒过了，她的帽子也是肉用羊羊毛的颜色。然后，我的眼睛对上了她的眼睛，她的目光与我的目光相遇，她看起来是那么平静而高傲。我皱起眉头，抬起下巴。我身高四英尺十一英寸，我认识的人都比我高，不过我可是个不会轻易胆怯的人。

"我的丈夫会把你的手绑在他的马上，拖着你去见治安官。"我说，没想到自己这么大胆。

她没说话，四周只有树木沙沙地摇晃着，我又问："你是乞丐吗？"

"不是。"她递出麻袋，"拿走吧。我不知道这里是你的土地。"

她这样的回答很奇怪，我不知道该怎么向理查德讲起这件事。然后，我想起了手里的信，不由得攥紧了拳头。

"你是怎么把兔子杀死的？"

她吸了吸鼻子："不是我杀的。杀害它们的另有其人。"

"你这话说得可真怪。你叫什么名字？"

我还没说完，只见金棕色的光芒一闪，她就转身穿过树林跑了。她的白帽子在树干之间闪现，麻袋贴着她的裙子，晃来晃去。她的脚踏在地上，像野兽一样又快又灵巧，过了一会儿，她的身影就消失在了树林里。

第二章

理查德无论走到哪里，都是他的人还没出现，就能先听到他的腰带声。在我看来，他觉得这样会显得自己有钱有势，你在看到他很富有之前就能先听出来他有钱。这会儿，听到熟悉的腰带叮当声和他的山羊皮靴咚咚踏在楼梯上的声音，我不由得深吸了一口气，拂去上衣上根本不存在的灰尘。他刚从曼彻斯特办完事回来，精神抖擞地走进房间，看起来很愉快，而我就站在那里。他的金耳环反射着光亮，一双灰色的眼睛闪闪发光。

"弗莱伍德。"他招呼我，用双手捧起我的脸。

我咬着他刚刚吻过的嘴唇。我能指望我的声音不泄露我的心事吗？我们是在衣帽间里，他知道在这里准能找到我。在我们之前，一直都没人在高索普庄园住过，但我还是觉得这个衣帽间是唯一一间真正属于我的房间。高索普庄园是理查德的叔叔设计的，那时候他并没有妻子，却觉得自己需要一个衣帽间，在我看来，这样的做法十分现代。如果由女人来设计，那衣帽间就会像厨房一样，是必不可少的一部分。我以前的家是用煤炭色的石头建成的，房子上方是铅灰色的天空。高索普庄园却拥有浓郁温暖的色彩，仿佛太阳总是高挂在它的上方，三层楼都装有闪闪发光的窗户，明亮得犹如镶满珠宝的王冠，中间还建有一座塔楼，这一切都让我感觉自己不是女主人，而是一位公主。当初理查德领着我穿过这迷宫般的房间，崭新的灰泥，闪闪发光的嵌板，以及挤满了装饰工人、仆人和木匠的小过道，通通都让我感到头晕目眩。我更喜欢待在房子的顶层，避开所有人。如果我怀里抱着婴儿，或者牵着孩子下楼去吃早餐，我也许会有不同的感觉，但我没有孩子，一直待在自己的房间和衣帽间里，从那里可以看到奔流的考尔德河和潘德尔山的美景。

"又在和你的衣服聊天了？"他说。

"它们是我忠实的伙伴。"

我的法国獒犬帕克从土耳其地毯上站起来，伸伸懒腰，打个哈欠，它张大的嘴足能装下我的脑袋。

"你这样子还真有点吓人呢。"理查德说着走过去跪在狗的旁边，"你做我们的专宠也做不了多久了，马上就得和别人分享了。"他叹了口气，站了起来，骑了很长时间的马，他累坏了，"你还好吗？休息得好吗？"

我点了点头，把一缕松散的头发塞进帽子里。最近我梳头时，总有大把大把的黑发往下掉。

"你气色不太好。你有没有……是不是……"

"我很好。"

那封信。问他那封信的事。话已经到了嘴边，就如同一支箭悬在拉开的弓上，但他英俊的脸上只有宽慰。我盯着他看了许久，很清楚质问他的机会已经溜走，像是沙子一样从我的指缝间滑落了。

"这次去曼彻斯特很顺利。詹姆斯总觉得他应该和我一起去，但我一个人也行。也许他只是气我忘了写收据。我告诉他，我都记在脑袋里了，就跟把收据放在上衣里一样稳妥。"他停了下来，没有理会在他身上闻来闻去的帕克，"你今天很安静。"

"理查德，我今天看了助产士的信。上次给我接生的那个医生，他的信我也看到了。"

"你倒是提醒了我。"

他把手伸进翠绿色天鹅绒紧身上衣里，脸上洋溢着孩子般的兴奋。我等着看他想干什么。他把手拿出来后，把一个奇怪的东西塞进我的手里。那是一把小小的银剑，和开信刀一样长，金剑柄闪闪发光，但短剑末端很钝，剑身上有很多小钩子，数个小球垂在钩子上。我在手掌翻转短剑，它发出了悦耳的叮叮声。

"这是拨浪鼓。"他微笑着摇晃了一下，小玩意儿马上叮当响了起来，就像马停下来时的那种声音，"这些东西是铃铛，你看。给儿子玩的。"

他甚至没有试图掩饰声音里的渴望。我想起卧室里那个一直锁着的抽屉。里面有六件他以前买的东西，比如一个有我们名字首字母的丝绸钱包，一只手掌大小的象牙马。长廊里摆着他买的一套盔甲，用来庆祝我第一次怀孕。即使他在普雷斯顿做羊毛生意，在路过一个卖小动物的商贩，或者当他和我们的裁缝在一起看到一块珍珠色的丝绸时，他都深信我们会有孩子，他的这个信念非常清晰，也非常坚定。我上次生产，只有他知道是儿子还是女儿，但我没有问，因为我还不是一个母亲。他给我的每一份礼物都昭示着我的失败，我希望我能把它们全部烧掉，看着烟冒出烟囱，被天空吞没。我想着如果没有我的丈夫，我会走向怎样的人生，心里不由得充满了悲伤。他给了我幸福，我却只给了他三次离别。那三个孩子的灵魂在微风中消失得无影无踪。

我又试了一次："理查德，你有什么要和我说的吗？"

理查德打量着我，他的耳环亮闪闪的。帕克打了个哈欠，趴在地毯上。一个低沉的声音在楼下叫着理查德的名字。

"罗杰在楼下。"他说，"我得去找他了。"

我急着丢开拨浪鼓，就把它放在椅子上，任由帕克好奇地嗅着。

"那我马上下去。"

"我上楼就是换件衣服。我们要去打猎。"

"可是你整个上午都在骑马呀。"

他笑了："骑马不是打猎，打猎是打猎。"

"那我跟你一起去。"

"你的身体吃得消吗？"

我笑了笑，转身去换衣服。

"弗莱伍德·沙特沃斯！老天，你的脸色怎么这么苍白！"罗杰的声音响彻马厩的院子，"你比雪花莲还要白，但要美丽得多。理查德，你是不是让你妻子饿肚子了？"

"罗杰·诺埃尔，你确实知道怎样让一个女人感到自己很特别。"我微笑着上了我的马。

"你怎么穿着打猎的衣服？淑女早上该干的事，你都干了吗？"

他跨坐在他那匹高大壮实的马上，他的声音传到了马厩院子里的每一根横梁上和每一个角落里。他挑起一边花白的眉毛，露出满心的疑问。

"我要和我最喜欢的治安官待在一起。"

我策马走在两个男人中间。罗杰·诺埃尔是个随和的伙伴，我承认，我对他又敬又畏，毕竟我没有父亲可以拿来与他做个比较。他的年纪足以做我或理查德的父亲，甚至当祖父也可以。我们的父亲都早已去世，理查继承了高索普庄园之后，他就成了我们的朋友。我们到达的第二天，他就骑着他的马，带着三只野鸡，在这里待了一个下午，给我们讲了这片土地的地形和这里的每个人。对于这片位于兰开夏郡的土地，我们初来乍到，不熟悉这儿起伏的山峦、幽暗的森林和陌生的人，他却对这里的一切了若指掌。罗杰是理查德去世已久的叔叔的熟人。理查德的叔叔曾是切斯特的首席法官，是沙特沃斯家族与王室最亲密的纽带。罗杰与沙特沃斯家族来往多年，就像一件传承下来的家具一样，与这个家密不可分。我一见到他就喜欢上他了。他像蜡烛一样闪耀地燃烧着，能根据不同的情景自如地调整情绪，无论到哪里，都能带去温暖和知识。

"皇宫里传来一个消息：国王终于为自己的女儿找到了一个求婚者。"罗杰宣布。

听到我们的声音，狗舍里的猎犬都发了狂，被放出来后，它们喘着粗气挤在马腿周围。

"是谁？"

"弗里德里希五世，莱茵河畔的巴拉廷伯爵。他年末会来英格兰，希望到时候众多弄臣向公主求婚的局面能告一段落。"

"你会去参加婚礼吗？"我问。

"但愿吧。那将是多年来王国经历的最壮观的场面。"

"我想知道她会穿什么样的礼服。"我自言自语道。

狗叫声太吵，罗杰没有听到我说的话。他和理查德出了院子，开始打猎。看到猎犬用皮带拴着被带了出来，我才意识到这次的猎物是雄鹿，要是我在出来之前打听清楚就好了。猎杀雄鹿可不是什么好看的场面，鹿的眼睛向上翻着，鹿角也会被砍断。我宁愿是别的猎物，什么都行。我想转身回去，但我们已经进了树林，我只好踢马向前。学徒埃德蒙打头，骑马和狗并排跑着。在我们穿行在林间的时候，我听到了他们偷偷交谈的一些片段，就默默地跟在他们后面，心不在焉地听着。昨天发生的一件事忽然浮现在我的眼前：四溅的鲜血，呆滞的眼睛，还有那个奇怪的金发女人。

"理查德。"我插口道，"昨天有个人闯入了我们的土地。"

"什么？在哪里？"

"庄园南边的树林里。"

"詹姆斯为什么没和我说？"

"因为我没有告诉他。"

"是你看见的？你当时在干什么？"

"我……出去散步。"

"我告诉过你不要单独出去。你可能迷路，还可能绊倒……会弄伤你自己的。"

罗杰听着我们说话。

"我很好，理查德。再说闯进来的不是男人，是个女人。"

"她在干什么？迷路了吗？"

就在这时，我意识到我无法把兔子的事告诉他，我形容不出我所看到的情形。

"是的。"我终于说。

罗杰被逗乐了："你真爱胡思乱想，弗莱伍德。听你说的，我们还以为你在树林里被野人袭击了，而实际上只是有个女人迷路了？"

"是的。"我有气无力地回答。

"就算是这样，也不是没有危险的。你听说科尔恩的小贩约翰·劳的事了吗？"

"没有。"

"罗杰，你可别讲那些巫术的故事吓唬她，她已经常做噩梦了。"

我张着嘴，脸涨得通红。这是理查德第一次告诉别人关于噩梦的事，我真不相信他会这么干，但他继续往前走，帽子上的羽毛还不停地颤动。

"给我讲讲吧，罗杰。"

"有些女人独自出门，你以为她手无缚鸡之力，可实际上并不总是这么回事，约翰·劳对这一点就深有体会，而且余生都不会忘记，也许他也活不了多久了，老天保佑。"罗杰靠在马鞍上，"两天前，他的儿子亚伯拉罕到里德庄园来见我。"

"他是我们认识的人吗？"

"不，他是哈利法克斯的一个染布工人。考虑到他父亲的职业，这孩子混得不错。"

"他发现了一个女巫？"

"不，听我往下说。"

我叹了口气，真希望自己没跟来，而是和我的狗坐在客厅里。

"事情发生在科尔恩菲尔德的羊肠小道上，约翰遇到了一个年轻的姑娘。他以为那女的是乞丐。她找他要几枚针，他不给……"他停顿了一下制造点效果，"……她就诅咒了他。他转身要走的时候，就听见她在他身后轻声嘟囔，仿佛在跟什么人说话。他只觉得脊背发凉。他起初以为是起风了，但回头一看，就见她瞪着黑眼睛盯着他，嘴唇不停地动。他赶紧离开，跑了还不到三十码，就听到了奔跑的脚步声，接着一个像黑狗一样的庞然大物开始攻击他，咬得他满身是伤，他倒在了地上。"

"像黑狗一样的东西？"理查德问，"你刚才说就是黑狗的。"

罗杰没理会他："他用双手捂着脸，拼命求饶，等他睁开眼睛，黑狗已经不见了。就这么凭空消失了，那个奇怪的女孩也消失了。有人在路上发现了他，搀扶他去了附近的一家客店，但他的四肢几乎动弹不得，连话也说不出来了。他的一只眼睛再也睁不开，一边脸也塌陷了。他就住在客店里，但是第二天早上，那个年轻的姑娘又出现了，她的脸皮可真够厚的，竟然请求他的原谅。她说她控制不了自己的巫术，但确实诅咒了他。"

"她承认了？"我想起了昨天的那个女孩，"她长什么样？"

"就跟巫婆一个样子。很瘦，看起来很粗野，留着黑头发，一脸阴沉。我妈妈说过，永远不要相信黑头发的人，因为他们的心通常也是黑的。"

"我的头发就是黑色的。"

"还想听我说吗？"

在我小时候，母亲经常威胁我要把我的嘴缝起来。她和罗杰的母亲在这方面肯定谈得来。

"对不起。"我说，"那人现在好了吗？"

"没有，他可能永远也康复不了了。"罗杰严肃地说。

"这件事本身就很麻烦，但还有一点更让我担心，就是那条黑狗。有它在潘德尔游荡，大家都有危险。"

理查德看了我一眼，似乎觉得这事很好笑，眼神里还有一丝怀疑，然后，他就飞奔向前，去追狩猎的队伍了。我并不害怕什么黑狗，毕竟我有一只骡子那么大的獒犬。但我还没来得及指出这一点，罗杰就又说了起来。

"事情发生在几天后的一个晚上，约翰·劳在客店里醒来，听到身边有什么东西在呼吸。那头巨兽就站在他的床前，有狼那么大，牙齿露在外面，眼睛炯炯发光。他知道那是一个幽灵，不属于这个尘世。你能理解他的恐惧吧，他不能动，也说不出话，只能呻吟。过了一会儿，他床边的黑狗不见了，女巫出现在黑狗所在的位置上。"

我觉得自己的皮肤好像被羽毛拂过一样。

"这么说，黑狗变成了那个女人？"

"不，弗莱伍德，你知道什么是魔宠吗？"

我摇了摇头。

"那你可以看看《利未记》。简而言之，魔宠是魔鬼撒旦伪装的。可以说，魔宠是撒旦开疆辟土的工具。那个女孩的魔宠是一只狗，但它可以幻化成任何东西：动物啦，孩子啦。她有事需要魔宠做，魔宠就会出现在她眼前，上个礼拜，她就让它去把约翰·劳咬成残废。但凡会驱使魔宠的，那一定就是女巫。"

"你是亲眼所见吗？"

"当然不是。魔鬼的魔宠是不可能出现在虔诚之人面前的。只有那些信仰可疑的人才能感觉到它的存在。道德败坏为魔宠提供了温床。"

"但是约翰·劳看到了。你说过他是个好人。"

罗杰不耐烦地挥挥手，让我不要再说了。"理查德都跑远了。我跟他妻子聊起来没完，他会不高兴的。女人来打猎准会这样。"

我并没有指出是我在迁就他，罗杰有什么事要说，就希望别人听他讲。我们策马向前，看到狩猎的队伍后又放慢了速度。我们此时已经远离高索普，一想到一个下午都要骑马，我又有点不太情愿。

"那姑娘现在在哪儿？"当我们再次落后时，我问道。

罗杰调整了一下缰绳："她叫艾丽森·迪瓦斯，目前在里德庄园，由我看管。"

"她在你家？你为什么不把她关进兰开斯特的监狱？"

"她在这儿并不危险。她什么也不能做，也不敢做。再说了，她还在帮我解答一些其他问题。"

"什么样的问题？"

"老天，你的问题可真多，沙特沃斯太太。我们再说下去，猎物就要被打死了。艾丽森·迪瓦斯来自一个女巫世家，这是她亲口告诉我的。她的母亲、外祖母，甚至她的弟弟，都在离这里只有几英里的地方施行魔法和巫术。他们还指控他们的邻居使用巫术杀人，其中一个就住在沙特沃斯家的土地上。所以我认为你丈夫应该知道这件事。"

他冲着我们面前大片绿色的树林扬了扬头。埃德蒙、理查德和猎狗又不见了。

"但是你怎么知道她说的是实话呢？她为什么要背叛家人？她一定知道做女巫意味着什么，必定是死路一条。"

"我也不清楚。"罗杰简单地说。不过我觉得他话里有话，只要有必要，他就会变得非常强势，还会恃强凌弱。我是从他对待他妻子凯瑟琳的态度上看出这一点的，凯瑟琳是一个很宽容的女人。

"而且，她声称她的家人干过的那些杀人勾当，的确是真的。"

"他们杀过人？"

"好几次了。迪瓦斯家的人都是不可饶恕的。别怕，孩子。艾丽森·迪瓦斯已被看管起来了，不会再出来惹事了，明天或后天，我会去审问她的家人。当然，我必须把这件事禀报给国王。"他叹了口气，好像这是个障碍，"我相信陛下知道了一定会很高兴的。"

"他们逃跑了怎么办？怎么才能抓到他们？"

"他们逃不了的。我在整个潘德尔都有眼线，你知道的。没什么能逃过郡督的眼睛。"

"是前郡督。"我揶揄道，"她多大了？就是有狗的那个姑娘。"

"她也不知道，不过我想她大概十七岁。"

"和我一样大。"沉思了片刻之后，我又说道，"罗杰，你相信理查德吗？”

　　他挑起一条浓密的眉毛："我用我的生命相信他。或者说，我用我的余生相信他。非常遗憾，我现在已经是一个老人了，我的孩子们都长大了，我仕途上最辉煌的时代也成了过去。你问这个干什么？"

　　医生的信被我塞在了口袋深处，藏在我的骑马服下面，它像另一颗心一样跳动着，撞击着我的肋骨。

　　"没什么。"

第三章

　　大斋节还没有结束，我的胃口也很差，但我很想吃炖牛肉，软糯的咸鸡肉也可以。罗杰留下来吃晚饭，他搓着双手，看着仆人们端出放在银盘里的梭子鱼和鲟鱼。我知道我一口也吃不下去，虽然打完猎，我的肚子饿得咕咕叫。下雾了，天冷了下来，我们只好空手而归。窗外白茫茫的一片，餐室里很冷。我把面包掰成小块，抿着酒，琢磨着什么时候才能再有胃口吃光盘子里的东西。我没有把我的情况告诉任何一个仆人，包括服侍我穿衣的萨拉，但厨师总是第一个知道的。其他的仆人肯定会看到我向帕克伸出手，把我盘子里的食物喂给它吃，但我从它小时候就是这样喂它的。我的狗越来越胖，我却越发消瘦。理查德曾经说过，它比兰开夏郡的大多数人吃得都好。

　　不用再看鱼头了，我就回了自己的房间休息。阁楼里静悄悄的，远离汁碟和餐刀的哗啦声，炉火也点燃了。通常我会拉下窗帘以缓解头痛，只是今天我感觉浑身不舒服，我很累，踢掉拖鞋便直接躺了下来。我把手放在肚子上，盯着窗外。今天上午需要思考的事有很多，但我又想起了医生的信，它像浓雾一样弥漫在我的思想中。我想，这事儿的关键在于谁能活下来：是我，还是孩子？也可能我们两个都能活，也可能都将没命？如果医生是可信的，毫无疑问他的确可信，那孩子就会像尖刺绿壳里的七叶树果实一样越长越大，最终把我的肚子撑破。

理查德最想要的莫过于继承人，而我一直都没能给他一个继承人，也许这次我仍将失败……但我一定要为此付出生命的代价吗？女人怀孕，生与死只在一线，这是女性必须面对的现实。希望和祈祷我不会因此丧命，就像希望草是蓝色的一样，纯属徒劳。

"你愿意待在那儿，要了我的命吗？"我低头看着肚子问道，"或者你会让我活下去？我们能不能试着一起活？"

我一定是睡着了，醒来后，我发现床边有一罐牛奶。我把小指伸进罐里蘸了点牛奶后放在嘴里舔了舔，母亲常说，最漂亮的女孩都拥有鲜奶一样的皮肤，丰润又细腻。与牛奶相比，我的皮肤就如同旧羊皮纸。我想起了理查德第一次和他的劳伦斯叔叔来到巴顿庄园时，母亲大惊小怪的样子。她就是不肯老老实实地坐着，要像只飞蛾一样在我周围飞舞。

"让他看看你的手。"她说，"要一直把两只手交叉在一起。"

不用她说，我也早就知道容貌并不是我身上最突出的特征。尽管如此，这也不打紧，因为我们都清楚，我最大的优势在于我的姓氏，以及这个姓氏带来的钱。母亲总是抱怨父亲吝啬，但当我问她我们为什么非得住在漏风的房子里，还得睡在一间卧室时，她却紧紧抿着嘴，说什么老房子比新房子好。

理查德来的那天晚上，我和母亲上床后，她问我喜不喜欢他。

"这有关系吗？"我使小性子，给出了这样一个回答。

"这关乎你的幸福，所以很重要。你将和他一起度过你生命中的每一天。"

他可以把我从现在的悲惨生活中拯救出来，我心想。这样看来，我简直爱死他了。

我想起了他没有皱纹的英俊面容，以及他那对浅灰色的眼睛。他耳朵上戴着美丽的珠宝，手上戴着戒指，我要是同意戴上其中的一枚戒指，他就会带我开始新生活。

"你喜欢去剧场吗？"他在我母亲的客厅里这么问我。

他的叔叔和我的母亲站在窗前聊天，不时看着我们。我知道母亲认为这桩婚事十拿九稳，但如果理查德拒绝，她也无计可施。

"喜欢。"我撒谎道，我从来没有去过剧院。

"太好了。那我们每年去伦敦玩玩。那儿有世界上最好的戏院。如果你愿意的话，可以每年去两次。"

别人都把我当孩子，这个年轻人对我却大不一样，我怎能不为他着迷？跟他在一起怎能不开心呢？我每时每刻都念着他的脸，就算是睡觉，他的面孔也会出现在我的梦中。我们的婚礼定在教区教堂举行，日夜交替，我迫不及待地盼望着时间快一点过去，因为每过一天，我就距离目标更近了一点。我想象着自己将成为什么样的女主人，我肯定是个善良而聪慧的女主人，毕竟我没有动人的美貌。有一天，我还会成为一个母亲，受到孩子们的敬爱，得到丈夫的宠爱。理查德要什么，我就给他什么。我的事业就是将他服侍得舒舒服服，让他幸福将是我一生的工作。他接受我做他的妻子，对我来说就是最好的礼物，我将带着对他的感激度过余生。我听见母亲在床边动来动去。

"弗莱伍德。"她说，"你在听吗？我问你喜不喜欢理查德。"

"我想他会喜欢我的。"我答完，笑着吹灭了蜡烛。

我四肢僵硬，笨拙地站起来，走进房子前部的长廊，想去那里来回走走。看到罗杰也在那儿，我吃了一惊。他双手交叉在背后，仔细端详着壁炉上方的皇家纹章。

"'你当敬畏神，恭敬你的王，离恶行善。寻求和平，一心追赶。'"我凭记忆把纹章上的话背了出来。

"非常好，弗莱伍德。就当这是治安官的诺言吧。"

"这话是理查德的叔叔劳伦斯安排刻上去的。我想他是希望詹姆斯国王听到这句话，就觉得不必来视察了。"

"沙特沃斯家族当然是忠于王室的。"

罗杰的语气里有一种警告的意味。

"像狗一样忠诚。"

罗杰若有所思："不过，这个地方还需要进一步证明自己的忠诚。可怎么才能证明呢？"

"依我看，与其说是忠诚不足，不如说是缺乏自信。此外，陛下肯定不会来这里，毕竟这些地方还保留着古老的信仰。"

"王国的这个角落惹得国王陛下非常焦虑。向国王表示敬意，远离罪恶，要做的事还有很多。"他俯身向前，皱起了眉头，"我之前都没注意到国王的王徽上有字。写的是什么？"

"Honi soit qui mal y pense.① 意思是'心怀邪念者可耻'。"

他做了个鬼脸，好像在考虑这句格言。

"确实。但是心怀什么样的邪念呢，劳伦斯永远也无法告诉我们了。也许我该问问国王本人。"

"你很快要去面见国王了？"

罗杰点点头："陛下要求所有兰开夏郡的治安官把没去教堂领圣餐的人都记录下来。"

---

① 法语。——译者注

"为什么？"

"弗莱伍德，你不必关心朝廷风云，那些事对一个年轻淑女的生活几乎没有影响。你尽你的职责，给你的丈夫多生几个孩子，我也会尽我的职责，维护潘德尔的治安。"

我肯定露出了不悦的神色，不然他也不会对我越发亲切，摆出和善的样子。

"好吧，如果你一定要知道的话，七年前议会事件发生之后，陛下至今依然十分……不安。你可能听说过，有些叛国者逃到了兰开夏郡。我们必须采取行动，表明这个郡对国王忠心耿耿，目前，国王非常不信任我们这个位于北方的小地方，也不信任这里无法无天的子民。在他眼中，比起南方那些文雅的贵族绅士和贵妇，我们就和畜生差不多。我们这里离文明社会很远，我想他是有些担心的。但你知道他之所以不相信我们，还有什么别的原因吗？"

我摇了摇头。

"女巫。"

他的眼睛里闪着胜利的光芒，过了一会儿我才明白过来。

"你是说艾丽森·迪瓦斯？"

罗杰点点头："如果我能使国王相信兰开夏郡的人正受到他最痛恨的东西的威胁，他就会同情我们，也就不会那么多疑了。如果国王看到我根除了坏种，这个郡就会发展壮大，越来越繁荣，我们也将声名鹊起，在王国里扬眉吐气了。"

"但是天主教徒和女巫不是一回事。这里有许多天主教徒，却没有女巫。"

"女巫的数量比你认为的要多。"罗杰简单地回答，"再说了，国王认为这二者是一样的。"

"我估摸国王不会担心我们在这里储存了火药，毕竟这个地方太潮湿了。"我说。罗杰哈哈大笑。我琢磨着是否应该把信的事和他说。那封信折叠着，放在我的口袋深处。他说不定已经知道了？"理查德在哪儿？"我问道。

"他和管家谈事去了，等会儿他带我去看他的新猎鹰，之后陪我回里德。你和我们一起吗？"

"他和那只鸟在一起的时间比和我还多。不了，谢谢。但请告诉他叫裁缝来。我需要一些新衣服。"

当我们经过我房间的入口，到达楼梯顶端时，罗杰咯咯地笑了起来。

"你和我的凯瑟琳真是不相上下呀。不过，你们都比不上理查德。除了国王的衣橱外，他的衣服是最多的。"他在楼梯顶端停了下来，"你最近去看过凯瑟琳吗？她经常问起你，还总是打听你那些时髦的衣服。她总想知道年轻人都穿什么。"

我笑着鞠了一躬，他走下塔楼里的螺旋楼梯，但在他走远之前，我又叫了一遍他的名字，我突然感觉心中难过，迫切地想让他像父亲一样抱抱我。罗杰身上的气味闻起来确实像个父亲，至少是我想象中父亲的气味，那是一种混合着柴火、马毛和烟草的味道。他站在一张画像下面等着我往下说，画中是母亲和年幼的我，我不会把这幅画挂在长廊或其他任何地方。没有人在楼梯上停留很长时间，客人从画边经过到了下一层，往往就会忘记提及这幅画。在这幅和我差不多高的画里，母亲穿着红色宽领礼服，我在画的左下角，母亲一只弓着的手臂伸向我，好像要把我赶出画框。一只黑色的小圣马丁鸟立在我的手上，这只我养在房间笼子里的宠物就这样定格成了永恒。我还记得，为了画这幅画，我当时很不开心地坐在巴顿的大厅，不可以说话，那个画家脸尖尖的，手指上粘着五颜六色的油彩，黑乎乎的舌尖从嘴里伸出来，像蛇一样。

"罗杰……"我的声音哽咽了，"你说约翰·劳能活下来吗？"

"别着急。"罗杰说，"他的儿子在照顾他。"

我回到自己的房间，纳闷罗杰·诺埃尔怎么能和一个女巫住在同一屋檐下，还下了这么大的决心。

我把盆藏在床底下，用一块布盖着，这样需要的时候就可以拿到，但当理查德走进我们的房间时我还是有些退缩。我穿着睡衣躺在床上，整个人虚弱而空虚，晚餐时吃的一小块梭鱼肉也只有一个碗底那么少。理查德叹了口气，走过来跪在我旁边。

"没有舒服一点吗？你几乎都没怎么吃饭。真希望你一切都好。"

我扯了扯睡衣，好让微微隆起的腹部露出来。理查德凝视着我的肚子，把一只手温柔地放在上面。我转着他的金戒指，那是他父亲送给他的，他从来没有摘下过。我不确定哪一种情况更糟：是我的身体极不舒服，还是不知道我丈夫是否对我隐瞒了一个重要的事实。那天晚上，我坐在房间里，陪伴我的只有烛光欢快的噼啪声，我忽然想到，比起我的性命，理查德当然更在乎孩子，一个男人要是有很多资产传给下一代，怎么可能不在乎有没有孩子呢？

"理查德？"我问，"如果我不能给你生一个继承人，怎么办？"

我想起了国王的妻子们，她们的脖子被按到断头台上。哪一种更好呢：是邋里邋遢地躺在浸透鲜血的床上，疼得打滚儿，还是干干净净地穿上最好的衣服，放弃眼前的一切？离婚这种事已经存在几十年了，但这个词和死亡一样让人恐惧。

"别这么说。这一次不会了，耶和华必定恩待我们的。我们请一个最好的助产士就行了。"

"上次我们也请了助产士。但她也没能阻止那孩子一出生就死了。"

他站起来脱衣服，烛光投射在他的纽扣上，映照着他裸露的皮肤。我看着他换好睡衣后走到我身边，抓住我冰冷的手，他的手是粉红色的，我的手则是灰白的。他的声音很平静，表情却透着焦虑。

"在你好起来之前，我去隔壁更衣室里睡。"

我心中一凛："不！求你了，我不要听你说这种话。我不会再呕吐了。我叫女仆来把盆拿走。"

我想从床上爬起来，但理查德阻止了我。

"在你好一点之前，我就在隔壁房间里，你很快就会好的……"

"理查德，不要。求你了。我不喜欢一个人睡，你知道我不喜欢，我……会做噩梦。"

每每从噩梦中惊醒，我总是浑身是汗，惊恐得眼前一片漆黑，而他会抱着我，直到我不再发抖。噩梦一年只出现几次，但他很清楚如果他不在，我会很害怕。

"求你不要睡在更衣室里。求你和我待在一起。我害怕。"

但他吻了吻我的额头，脸上浮现出痛苦的表情，把那只脏了的盆举在一臂远，走出了卧室。我从床头板上滑下来，感觉到眼泪在眼眶里打转。我们刚结婚的时候，他绝不会这么做。婚礼结束后，在斯特兰德大街①的房子里，窗外太吵，我根本无法入睡。伦敦对我来说是陌生的，那里的一切都是那么新鲜。我从来没有在一个地方看到过这么多马车，从没听到过这么多船夫在靠岸时发出此起彼伏的喊声，从没听过这么多钟声，也从没见过这么多人。晚上理查德会陪我一起坐着，看书、画画，或者只是抚摸我的头发，静静地躺着。天气变冷了，我们就搬到伊斯灵顿，那里田野连成了片，天空广阔深邃，我告诉他我习惯了斯特兰德大街的喧嚣，现在太安静，反倒睡不着了。他笑着说我被宠坏了，

---

① 位于伦敦中西部。——译者注

他唯一能做的就是为我制造噪声。在每一个夜晚，就在我快要入睡的时候，他或是在黑暗中模仿马儿的嘶鸣，学磨刀匠的叫喊；或是像煤贩那样，把手里的煤块抛来抛去，假装烫伤了手。我这辈子从没笑过这么多次。有一次，外面下着雪，壁炉里的火很低，我要求看看他在我的速写本上画了什么。他让我等他画完再看。我端详他画画的样子，他的脸因专注而绷紧，他的手在纸上轻快地移动着，发出沙沙的声音。当他把画纸翻过来，我看到了自己。我头戴一顶漂亮的花边帽子，脖子上系着精致的环状皱领，脚上穿着一双讲究的西班牙拖鞋。我的肩上披着一件斗篷，斗篷的边缘延伸到了画纸之外，上面有巴黎纽扣。我几乎能感觉到披肩的厚度。

"斗篷是什么颜色的？"我低声说，用指尖抚摸着线条。

"这件斗篷是用锦缎和橙色的羊毛做的。"他骄傲地说，"我明天就找人去做。你就穿着它，坐马车回家。回高索普庄园。"

以前从来没人为我做过这样的事。就像他说的那样，冬天结束的时候，我们来到了那幢从未有人住过的新房子。我们在路上走了九天，一路上我满脑子想的都是自己即将到兰开夏郡，成为沙特沃斯家的女主人，而且，我身上的那套衣服在这一带从没人见过。理查德穿着他自己设计的一套衣服，腰间佩戴一把匕首和一把剑，看上去也是仪表堂堂。我们驶近新家时，村民们站在街道两旁，微笑着挥手。但随着时间的推移，当时的情景在我脑海中发生了变化，我只能看到两个孩子穿着戏服。

我吹灭了蜡烛，听着另一个房间里的动静。自从结婚以来，这还是第一次我们两个都在家，却只有我独自入眠。

第二天早晨，他没有到我这里来叫醒我，就下楼吃早饭了。他坐在那里看信，我到他对面坐下，努力把涂了蜂蜜的面包塞进嘴里，不吐出来。我端详着他的脸，只见他时而皱起眉头，时而面露喜色。我没有问信是谁写来的。仆人们在饭厅里进进出出，我想知道有哪几个知道在我们卧室旁边的更衣室里放了一张矮床和一些干净的寝具。好像是在回应我，一个厨房女工看了我一眼，就急忙把目光移开，她的耳尖都红了。我觉得很冷，吃不下饭，也说不出想说的话，于是，我像个胆小鬼一样去了长廊，一边走来走去，一边祈祷着，希望上帝能教我怎么办。我望着树木和天空，感到一种强烈的渴望，想离开我的思绪，不再受我内心的禁锢。

过了很久，我看见理查德和管家詹姆斯坐在大厅里，他们之间摊着账簿。在我们的家里，高索普庄园的账簿和英王钦定版《圣经》一样重要：我们买的每一件东西，我们付的每一笔账，进出高索普的每一件东西，无论是用马车运送进来的、放在马背上驮来的，还是装在桶里滚进来的，都会由詹姆斯用他那完美无瑕的笔迹记录在厚厚的账簿纸页上。理查德喜欢买的盔甲、挂毯和其他把玩件，以及日常用品，如仆人的长统袜、葡萄酒的软木塞，每一样都会出现在账簿上。但像我一样，理查德对账簿不感兴趣，宁愿让仆人记账，所以当我找到他时，我就知道他已经不耐烦了。免役税和利润这样的话题只会使他厌烦，仿佛是在提醒他要认真对待庄园的事务，肖像画中叔叔劳伦斯牧师面容严肃地俯视着他们，他的肩膀处写着"死亡是通往生命之路"一行字。

我吞了吞口水："理查德？"

他很快抬起头来，很高兴能有别的事把他从账本中解救出来。然后，同时我发现了两件事：第一，詹姆斯翻开新的一页，露出空白的页面，尽管最后一页才写了一半；第二，我注意到理查德穿着出门的行头。

"你要出门吗？"

“去兰开斯特。今晚走。”

“噢。今天早上有人给你写信吗？”

“只有我的两个妹妹从伦敦写来的信。她们向来都是各写各的，但其实写一封信就行了，她们谈论的都是同样的人，同样的戏剧，同样的最新丑闻的受害者。比起在弗力特陪着我母亲，伦敦起码更好玩一些，我想她们是再也不会回约克郡了。找我有事吗？”

是的，我找你有事。

房间里一片寂静。詹姆斯的羽毛抖动着，蘸着墨水的笔尖渴望写下字迹。

我本想说“别走”，却反问道：“两位沙特沃斯小姐好吗？”

“埃莉诺暗示发生了什么让她很兴奋的事，但安妮并没有提过。”

“也许她订婚了。”

“埃莉诺不像那种心里能藏住事的人。”

“那么，也许是她希望订婚吧。”

詹姆斯尖锐地清了清嗓子。

“我今天上午去帕迪厄姆，向肯德尔太太买些亚麻布。你需要什么吗？”

“为什么不打发仆人去？”

“他们会弄错的。”

“你还好吧？”

劳伦斯用他那双灰色的眼睛盯着我。死亡是通往生命之路。

“很好。”

我不想让他去，但他还是会离开，留下我一个人。

“你什么时候回来？”

“过几天。我路上还要去一趟巴顿。”

"去那里做什么？我母亲也不在那里住了。除了空房间和老鼠，那儿什么也没有了。"

"我得不时去看看，确认一切都妥当。"

詹姆斯抽了抽鼻子，在座位上动了动。我占用了他主人宝贵的时间。这时，理查德也许终于发现了我的异样，他朝我走来，用一根手指钩住我的下巴，把我的头转向他。

"我们过两天去伦敦旅行怎么样？看了埃莉诺和安妮的信，我都有点想念那地方了。我们可以给你找一个最好的助产士，我还要带你上剧院，天知道我们这一带有多缺娱乐项目。这个沉闷的大厅里需要一点欢乐。詹姆斯，看看有没有演员在这个地区巡演，问问他们能不能来这儿表演。要不就派人花钱去请几个演员来。"他用一只胳膊搂着我的腰，拉着我的手，好像我们要跳舞似的。帕克拖着脚朝我们走来，好奇地哼哼两声。"不然的话，我就只能把帕克训练成一只会跳舞的熊了。看哪！"

他放开我，拉着狗让它站起来。帕克的大爪子搭在他的肩膀上，它那颗大脑袋和理查德的头处在同样的高度。他们笨拙地跳舞，我忍不住笑了，帕克的舌头耷拉着，两只爪子在石板上摇摇晃晃地移动着，过了一会儿，它的两条前腿毫无风度地落在地上。它马上跑到我身边，要我抚摸它作为奖赏。

"真是没用的东西。我们得提高一下水平了。"理查德说。

他走了，只剩下我和詹姆斯，而詹姆斯只顾着忙他那些没做完的工作。我很清楚，在这个家里，并不是只有我在看到我丈夫的情绪如此多变之后，就消气了的。我看着他离去，感觉他落在我脸颊上的吻轻如羽毛，而其他的一切却像一件沉重的湿斗篷，垂坠在我的肩上。

第四章

　　我听说喝了助产士配制的一种东西就会流血，肚子也会瘪下去。既然有草药和药剂可以让胎儿出来，难道就没有哪种草药，可以让孩子留在肚子里，好好存活吗？有时候，仆人没注意到我悄无声息地坐在隔壁房间，我就能断断续续听到他们谈论这种事，还有时，在大厅的餐桌边上，有人会噘着嘴聊几句这种事，然后就会转到其他更有品位的话题上，所以我知道得并不多。要是我有朋友就好了，我还可以向他们打听打听，我自己根本不可能直接去问药剂师。

　　从高索普骑马到帕迪厄姆是一段愉快的旅程，一路上要穿过宽阔的树林，最后来到公路上。天气很冷，但天空晴朗，我裹着厚厚的羊毛斗篷。我把马拴在衣庄外面，抚摸了一下马儿乌黑的鬃毛，便走进了店内。

　　"早上好，夫人。"样貌朴实的村民们在走过时和我打招呼。

　　我也问候他们。从帽子到手套，他们贪婪地打量着我浑身上下，想避人耳目是不可能的。

　　我在药剂师的门口停了一下，想象自己走进了一家阴暗狭窄的小店，店里弥漫着各种各样的香气，墙上挂着几十个小瓶子，以及如同挂毯一样的各类草药。很有可能有些草药就能阻止疾病的到来，能保住我肚子里的孩子，甚至可以保住我的性命。但我不知道该怎么打听这种事。

我找衣商肯德尔太太订了布料，我仿佛看到她那明亮的小眼睛扫过我的前胸。很难判断村里的人是怀疑你怀孕了，还是只是在欣赏你的纽扣。

肯德尔太太。我想象自己低声说。毫无疑问，她回答的时候会更隐秘，把她圆圆的肚子靠在柜台上，身体向前倾。

你认识助产士吗？

找助产士干什么，夫人？她会惊讶地问。

让我肚子里的胎儿长大。

那你需要的是一个丈夫！说完这句话，她就会笑得直流眼泪，还会用她那双红红的手拍打围裙。用不了多久，全镇的人就会听说这件事，我的仆人们也会知道，他们就会告诉别人，主人都不跟我同房了，而我们结婚还不到五年。不，我不能把这件事说出去。

我骑马出了镇子，抄近路穿过树林。在那儿比在家里更容易思考，因为理查德不在的时候，家里太安静了。刚来那会儿，我觉得高索普庄园太大，安静得令人害怕。于是，理查德走到哪里，我就跟到哪里，他开始叫我小跟屁虫。

我想，要是我再自信一些，弗恩布雷克小姐就不会来了。那个春天的早晨，理查德把我叫进大厅，我看到一个脊背硕壮的女人站在壁炉旁。她转过身来看着我，她双眼之间的距离很远，眼神呆滞空洞，就像鱼眼珠一样。她比我大十多岁，整个人看起来怪怪的，她的环状皱领松垮垮的，需要上浆，衣服也太紧了。甚至她的名字也让人觉得很别扭：只有那种美丽活泼的年轻女子才会叫"弗恩布雷克小姐"，而她与这种形象完全是风马牛不相及。但最让我不安的是她竟然站在理查德身边，仿佛她一辈子都住在高索普一样。理查德告诉我，他给我找了个侍女，在家里与我做伴。当他告诉我，我将会像宫廷里的贵妇一样，有侍女陪伴读书、玩游戏、演奏音乐时，我浑身上下都被恐惧包围了。我是个逆来顺受的人，此刻只能盯着她那双似乎带着很大的耐心交叉在一起的手，那双粉红色的手干巴巴的，像极了熏火腿，她的袖子很短，露出一大截手腕。理查德知道我既不演奏音乐，也不练习拉丁词汇。他知道我喜欢打猎，喜欢带着我的狗去户外，对吧？

那时我已经失去了第一个孩子，但这样的情况更糟糕。我泪流满面地走进饭厅，理查德来饭厅找我，留下弗恩布雷克小姐不停地弯曲她肿胀的指关节。

"我不需要侍女，理查德。"我告诉他，声音沙哑。

"你愿意一个人待着？弗莱伍德，你说你害怕看到盔甲。"

"我现在不怕了。"滚烫发咸的泪水滚下我的脸颊，我开始像小孩子一样哭了起来。我丈夫并不认为我是这个家的女主人。"我又不是三岁小孩，理查德。"我抽泣着说。

要是我现在能走到当初那个吓坏了的姑娘身边，我一定会跪在土耳其地毯上，握住她冰冷的小手。要是我能在弗恩布雷克小姐来的几年前这么做，我会对自己说，事情在变好之前只会越来越坏，但终究还是会好起来的。我会相信自己吗？

现在想起弗恩布雷克小姐那双粉红色粗糙的手和她那张浮肿的麻子脸，我还是觉得恶心。她和我们在一起八个月，我在这段时间里接连失去了两个孩子。我刚开始流血的时候，我恳求她不要告诉理查德，她却偏偏大步走出房间，去向她的主人汇报。理查德跑上楼，发现我弓着背蜷缩在床上，疼痛一次又一次地把我撕成碎片。我真希望他没有看到我是多么无能，没有看到这孩子多么不想让我做他的母亲。我第一次流产的时候弗恩布雷克小姐还没来，我们正在长廊里走着，谈论着委托画家给我们画像的事儿，我的下体突然传来一股异样的垂坠感，我还以为自己的肠子被扯了出来。我不知道发生了什么，甚至不知道自己怀孕了，理查德让我上床，用一块温热的布给我擦洗了身体，喂我吃了肉汤和杏仁糖。他很伤心，但也很高兴我怀孕了。

"到圣诞节我们的孩子就要出生了！"他笑了，我也微微一笑，相信他的话。

那时候几乎没有任何痛苦，只有悲伤和爱。但后来弗恩布雷克小姐来了，而那一次，我经历了剧痛，甚至悲伤和内疚也将我重重包围。

第三次最糟糕。理查德不在家，我一直在屋外的草坪上和帕克玩，拉着它咬在嘴里的棍子把它拽来拽去。那时我的肚子很大，好像吞下了一个地球仪。我肚子的正面长出了一条线，我天真地以为当我的孩子准备好了，那里的皮肤就会裂开，孩子就这样被抱出来。那天下午，我摔倒了不止一次，全身都是湿泥，当我摔倒时，顽皮的帕克在我身上跳来跳去，舔我的脸，逗得我哈哈大笑。我还记得，当我看到弗恩布雷克小姐从餐厅的窗户望着我，我顿时就笑不出来了。然后很长一段时间，我都高兴不起来，因为那天晚上，当我换好衣服准备睡觉时，那种疼痛又开始了，一连折磨了我整整三天。他们请来了医生，理查德从约克郡赶了回来。在一片模糊的痛苦和黑暗中，我记得我感觉像是有什么东西从我身上剥离开，一位助产士拎着一个像白兔的东西的双脚。

我有两个礼拜都没下床，弗恩布雷克小姐就像角落里一个恶毒的影子。有一天，她消失后却是和理查德一起回来的。理查德在我们结婚后第一次对我大声说话。

"你怎么像动物一样在草地上打滚，还让狗在你身上踩来踩去？弗莱伍德，你就是非要这么孩子气，对做母亲没有半点兴趣？"

他还不如叫我杀人犯呢。如果旁边有一把餐刀，或者壁炉里有烧红了的拨火棍，我就会把它插进弗恩布雷克小姐苍白的胸膛，证明他说得不错。有一次，理查德看到了我有多么恨她，一见她走进房间，我就咬牙切齿，他这才终于把她赶走，觉得就是她导致了我的流产。在这一点上，我不认为他是对的，但我也不认为他完全错了。她每天早晨都会来给我穿衣服，可我是多么害怕看到她的脸出现在门口，我多么讨厌她和我丈夫、仆人们压低声音，神神秘秘地说话。我还没来得及告诉理查德我这一天是怎么过的，她就先说了出来；我还没来得及在门口迎接他，她就接过了他的斗篷。如果她能替他生孩子，她一定会这么做的。理查德打发她走的那天晚上，我在枕头底下发现了帕克的一堆大便，就是她从地上挖出来，用她那皲裂肿胀的手拿上了四楼。之后，我没再有过侍女，和侍女相处，感觉就像有个讨厌我的姐姐。

从帕迪厄姆回家的半路上，本来缓缓而行的马儿打了个激灵，突然停了下来，我还没意识到发生了什么事，它就开始往后倒，甚至用后腿直立起来，它翻着白眼，鼻孔张得大大的。周围都是树干，树叶沙沙作响，起初我搞不清是什么惊到了它。我知道我的马不是狩猎用的马，它并不喜欢鹿。这时候，前面有什么东西在动，吸引了我的目光。一只红狐在十码开外，身形和一头小母鹿一样大，皮毛非常光滑。红狐的身体都绷紧了。我只有片刻的时间来欣赏它那尖尖的脸和扁平的背部，它那竖着的尾巴在身后凝固成一条完美的线。然后，在我跌倒之前，我记得我感觉我们好像唐突了，打搅了它独自的沉思。

在我的马再次胡乱摆动之前，我最后看到的是那只野兽的金色眼睛里透出的一丝责备。紧跟着，我左手腕着地，啪的一声摔在地上，几种感觉同时出现：左胳膊传来剧痛，身下的地面湿漉漉的，而且，我越来越清楚地意识到那匹马要把我踩扁了。我的马吓惊了，在我摔倒的空地上时而直立起来，时而尥起后蹄跳跃。我把没有受伤的那只手放在马肚子上，平静地安抚着我的马，但它仍在踱步，两肋也冒着汗。我的手腕火辣辣地痛，我感觉自己要吐了。我试着站起来，却吃不住疼，大叫起来。两三码开外有一根树干，我就用胳膊肘撑着身体，想爬过去。

"该死的狐狸。"我嘟囔着，"该死的骡子。"

"不要动。"

一个女人出现在两棵树之间。我立刻认出了她，她就是我那天在树林里见过的陌生姑娘。她伸出双手，小心翼翼地向马儿走去，既不说话，也没咂舌，但她的出现产生了神奇的效果，好像她就是在说话或咂舌，她的目光炯炯有神，双手十分有力。我的马不再乱跑乱跳，顺从地停了下来，黑色的眼睛转动着。那个女人搂着汗湿的马儿一动不动，我看到她金色的头发在帽子下面卷曲着，她那张很长的脸上透着严肃的神情。她的手很纤细，但太过骨瘦如柴，并不好看。

我再次试着站起来，却只是疼得直皱眉，手腕处传来阵阵的灼痛。

"不要动。"

她又用那低沉悦耳的声音说道，她的话如同一团火焰，在周围的绿色中闪烁。她穿着和以前一样的旧衣服，戴着和以前一样的羊毛帽子。她过来跪在我身边，我闻到她身上有股薰衣草的香气，尽管她的衣服很脏。她用她那修长雪白的手小心地握了握我的手腕，我疼得咬紧牙关。她轻轻地松开我的手，环顾四周后站起来，从一棵树上折下一段低矮的树枝。树林在我们周围低语着，颤抖着，有那么一瞬间，我以为她会把树枝当武器来打我。但她再次跪了下来，从脏兮兮的围裙上扯下一块布，分三处把树枝紧紧地绑在我的手腕上。

"只是扭伤了。"她告诉我,"骨头没断。"

"你在这儿干什么?"我只能这么说。

她用那双好奇的琥珀色眼睛打量着我。"为什么一个人在林子里游荡?"我问。

"你又为什么一个人在林子里游荡?"她说。

我用未受伤的手摸着肚子,好确认一下胎儿有没有受到影响。她的目光先是扫过我掩藏在天鹅绒和锦缎下面的肚子,又掠过我的脸。我干裂的嘴唇、充血的眼睛和灰白的脸色,都没有逃过她的眼睛。

她仿佛能闻到我经常呕吐似的,她说:"你怀孕了。"

我的视线模糊了,森林在我周围跳跃,仿佛她在召唤它。我俯下身,哇的一声吐在了一棵树的树根上。汗水湿透了我的脸,我哆哆嗦嗦地用沾满泥浆的手擦了擦汗。

"你住在河边的那栋大房子里?"她问。

"你怎么知道的?"

"你上次告诉我的。我送你回去,你说过你叫沙特沃……"

"沙特沃斯。我不用你帮。"

"你现在骑不了马,你的身子也很虚弱。我来牵着马。"

"我才不要骑那头愚蠢的骡子回去。"

"你必须骑。来吧。"

她把马牵近些,将双臂合在一起让我踩着,我费了很大的劲才上了马。我的裙子湿了,粘着泥巴,弄脏了她的手,但她似乎并不介意,我不情愿地咂咂舌头,用脚跟夹了夹马肚子,我们慢慢地走了起来。

现在是春天,树木很快就会犹如骑兵一般傲然挺立,焕发出绿色,不过冬天最后的寒风依然吹着树干,将树枝吹得乱颤。我突然想到,等到这些刚刚露出嫩芽的叶子经过短暂的时光后再次变黄,落在地面上之时，我可能已经不在，再也见不到那时的景象了。我闭上眼睛，我们默默地走着。

"谢谢你帮我。"过了一会儿我说，"不然等我丈夫发现我，我可能已经被踩成碎片了。"

"你的丈夫？"

"他叫理查德·沙特沃斯。你住在哪儿？"

她顿了顿，才说出了东北方向几英里外一个村庄的名字。

"科尔恩离这儿并不近呀。你怎么会到我的土地上来？"

要是我的语气有些不善，我真的不是故意的。我还记得那些被屠杀的兔子，它们那软塌塌的尸体就悬在她血淋淋的手里。

"这里也是你的土地？我不知道。"

"如果你不在这里，我可能也没命告诉你这个了。"

我骑马，她步行，我们都没说话，不过气氛融洽了许多。过了一会儿，我开始好奇她是怎么识路的，周围的树木浓密茂盛，地面凹凸不平，没有现成的路径。但我任由她带路，就像马因为有人牵引而感到宽慰一样。我的手腕一阵阵地痛，嘴里全是酸味。

"你孕吐了？"她问。

"经常这样。"

"我这里有药，可以帮你缓解一些。"

"是吗？那你是助产士吗？"

"是的。"

我的心跳加快了一点，我坐得更直了。

"你接生的孩子都是活的吗？还有那些产妇，她们自己也能活吗？"

"我尽我所能。"

这可不是我想听到的话，我坐在马鞍上，仿佛有一片乌云遮住了我短暂的希望。沉默了一会儿后,我问她有没有孩子。但她对这个简单问题的反应令我吃惊。我看到她的脸抽搐了一下。她生气了?她的眼睛一直盯着地面,手把缰绳抓得更紧,指关节突然变得发白。我惹她生气了,我总是说错话,我简直羞愧得抬不起头。

良久,她才开口说话,声音小得我几乎听不见。

"没有。"

我暗自叹了口气。我没有朋友,也没有姐妹,不知道怎么和同龄的女人交流。我身边最接近这二者的人,就只有埃莉诺·沙特沃斯和安妮·沙特沃斯这两姐妹了。与这两个浅薄的姑娘一起傻笑,我连一天都受不了。但眼前这个陌生人很有礼貌,就像一个贫穷的乡村姑娘面对贵妇人那样处处守礼。但我长这么大,仅此一次非常希望能与一位年轻女性在平等的基础上,或是对坐在牌桌边,或是并排骑着马,像样地聊聊天。

"啊,对了。"我说,尽量装出高兴的样子,"我还不知道我的恩人叫什么名字呢。"

"我叫爱丽丝·格雷。"她平静地回答,然后又加了一句,"那些没能活下来的产妇……只有救不了,她们才会死。我只要看一看她们,就知道有谁没救了。"

我吞了吞口水:"你是怎么知道的?"

爱丽丝·格雷在思考如何回答。

"是从她们的眼睛里看出来的。她们的眼神……向不属于这个尘世里的东西屈服了。你知道日夜交替的黄昏时刻吧?"

我点点头,不明白黄昏与生孩子有什么关系。

"光明和黑暗是两股同等的力量。如果你愿意,也可以说这二者是伙伴。而有那么一个转瞬即逝的宁静时刻,你可以看到白日屈服于黑夜。我能从产妇身上分辨出类似一个这样的时刻。就是这样的。"

她听起来像个女巫，我差点就把这个想法告诉了她。

"你准以为我满脑子胡思乱想吧。"她说，误解了我的沉默。

"不，我明白的。死亡是不可避免的，就像黑暗终会到来一样。"

"就是这样。"

有很多次，我都想知道，当一个人处在半明半暗之中，那个黑暗是什么感觉。我想我以前其实已经接近黑暗了，但疼痛将我牢牢地拴在这个尘世里。我看着爱丽丝·格雷那顶毫无光泽的帽子在马肩边晃动着，想象着自己把医生那封信的事告诉她，但就像面对理查德时一样，我依然没有说出口。

"你做助产士，也太年轻了吧。"我说。

"我是从我妈妈那儿学的。她是个助产士。实际上，她是最好的助产士。"

我感到医生的话又一次勒住了我的脖子，我用那只好手调整了一下溅满泥土的衣领。

"你说你只要看看怀孕的女人，就能知道她们能不能活下去。"我问，"你看错过吗？"

"有时候吧。"爱丽丝回答，但我感觉她是在撒谎。

她之前还是能言善辩的，但此时好像有一块幕布罩住了她的情绪。我没有扭头，只是用眼角余光打量着她。她并不漂亮，但有一些重要的特征使她非常耐看：长长的鼻子，透彻聪慧的眼睛，给世界带来生命的双手。很快，她就成了我见过的最迷人的人之一。

我又咽了口唾沫，紧紧地抓住缰绳，仿佛是缰绳把我绑在了这个世界上。

"那你看看我，能看出我活不活得成吗？"

爱丽丝·格雷抬头看了我一眼后，她那对琥珀色的眼睛又看向了地面。

回到高索普，仆人们费了很大劲才把我从马上扶下来，搀扶我进了门厅。他们把我放下来时，我在台阶上的四五个人以及窗边的人之间寻找理查德的脸。不过，当他们像搀扶老公爵夫人那样扶我上台阶时，我黯然地想到他肯定不在家。四周乱糟糟的，我想起了爱丽丝。一个女仆想把树枝和破布制成的粗糙夹板拆开，我连忙拍掉了她的手。

"我就用这个，萨拉。"我说，和往常一样，我装出恶毒的口气，不流露出半分和蔼亲切。

仆人们肯定认为我是个大怪人。起初整整一年，我都不敢指示他们干这干那，毕竟有些人甚至都比我大四五十岁。大约在我十四岁的时候，有一天我在马厩里给我的马梳毛，听见一个负责打理庭院的男仆说我小小年纪就嫁了人。我一直在马厩里待到黄昏，羞愧得浑身刺痛，我不敢出去，那样他们就知道我听到了。后来理查德问我去哪儿了，怎么去了这么久，我把事情告诉了他，泪水就在我的眼睛里打转。不到一小时，那个男仆就被解雇了。

萨拉顺从地放了手，但我很清楚她在揣摩我为什么会这样，还会去储藏室把她的猜测讲给别人听。就在那时，我注意到爱丽丝正走下前门的台阶，马上就要走出我的视线。我连忙叫了她一声，她停下来，门厅里的过道很黑，只有门框处有光亮，她就站在那片长方形的阳光下。仆人们都安静下来，好奇地瞧着她。

"进来吃点东西好吗？"

我双耳通红，我知道每个人都在关注着我，于是我不由自主地清了清嗓子。

爱丽丝看上去有些犹豫，好像是在确定我发出的是邀请还是命令。但萨拉替她做了决定，她不耐烦地啧啧两声，把她领了进来，随手关上厚重的大门，不让春天的寒风吹进来。屋内，灯笼的火苗闪了闪，便稳定了下来，爱丽丝绞着双手。我很不自在地转向一个厨房女工，她一直站在一边，一点忙也帮不上。

"玛杰丽，送一些面包、奶酪和饮料到客厅，再把格雷小姐带过去。我换掉湿衣服后就去见她。"

爱丽丝饶有兴趣地望着高高的天花板、黑暗的角落和壁突式烛台。在上楼梯之前，我努力对她微微一笑，希望别人看不出这是我第一次有自己的客人。

没有一个仆人愿意帮我脱下肮脏的骑马服。用两只手都很难把衣服脱下来，更不用说只靠一只手了。我的手腕疼得厉害。帕克好奇地用鼻子嗅了嗅我，出于习惯，我脱下衣服后把一只手放在两腿之间，看看有没有流血。差不多半小时后，我才穿着干净的裙子和上衣下楼，帕克跟在我后面。楼下位于房子后部的客厅里传来了说话声，我推开门，迎接我的是两张面孔。

"理查德！"

他走到我跟前，抓住我的手腕，心烦意乱地吻我的脸颊。

"我正要去你的房间找你呢。你怎么从马上摔下来了，小跟屁虫？这又是什么发明？我得说，这个临时夹板做得不错。格雷小姐，这是你的作品吗？弗莱伍德，你有没有伤到哪里？希望没有别人受伤了。"

和往常一样，理查德连珠炮似的问题让我头晕目眩，我不知道先回答哪个。我由着他握着我的双手，看向爱丽丝，只见她面无表情，对他们两个的谈话只字未提。客厅并不大，但爱丽丝在里面显得异常土气，在贵重的土耳其地毯和蜂蜜色镶板的衬托下，她的衣服看起来是那么暗淡肮脏。在室内，她好像有些不一样了，几乎有些普通，而且看起来年轻了一点，也许只有二十二三岁。

"你见到我好像很意外啊。你忘了我今晚才走吗？"

在理查德的帮助下，我虚弱地坐在壁炉旁一张光滑的橡木椅子上。火焰并不旺，但发出欢快的噼啪声，真是谢天谢地。我还没来得及说话，玛杰丽就端来了面包、奶酪、水果和一罐麦芽酒，离开时还迅速地打量了一下爱丽丝和她沾满泥的手指。

"你的手……我叫人送点水来好吗？"我转向理查德，他已经开始往两个杯子里倒麦芽酒了，"是爱丽丝扶我上了马。"

"真是森林里的天使呀。"他说着递给她一杯酒。

她在围裙上擦擦手，接过了杯子，大口大口地喝了起来。我意识到理查德正等着我的回答，他灰色的眼睛盯着我。

"一切都好吗？"

他和往常一样心情愉快，一点心事也没有。有时他让我觉得自己好像披着一件厄运和苦难制成的斗篷，永远都脱不下来，然而，就算同样的斗篷披在他的肩膀上，他也会轻轻松松将它甩掉，就像是狗儿甩掉它身上的水一样容易。

"一切都好。"我微笑着回答，向他保证。暂时一切都好，我心想。

他跪下来，抓住我那只空着的手吻了吻，然后把一杯麦芽酒塞进我的手里。

"我去更衣，两位女士可以聊聊法式鲸骨圈蓬蓬裙。我想推迟一天再出门。再说了，复活节快到了，也没什么事可做。"

听了他的话，我不禁开心起来，但我还没来得及感谢他，他就走了。在出去的路上他还抓了一把葡萄。我看着爱丽丝，想知道她对我丈夫的印象如何，但她看上去很累，头发从帽子里垂了下来，她的嘴角也朝下撇着。淡淡的薰衣草香又飘了过来。炉火噼啪作响，发出耀眼的光芒，小房间里弥漫着木材燃烧的气味，闻了感觉很舒服。

我还没来得及说话，爱丽丝就问："法式鲸骨圈蓬蓬裙是什么？"

我差点儿笑出来，很高兴这次我会回答她的问题。

"是一个圆环，戴在腰上，可以让裙子蓬起来。你没听说过吗？"

她摇了摇头："你的手腕怎么样了？得用碎布紧紧地绑住。"

我小心翼翼地戳了戳手腕："还不错。我从马上摔下来很多次了。我的朋友罗杰说了，不摔下来七次，就算不上合格的骑手，摔下来一次只能算运气好。想必你是经常从马上掉下来吧，毕竟你得赶去接生？"

"我没有马。"

"没有？"我大吃一惊，"那你怎么去给人接生呢？"

她的嘴角上扬，露出一丝微笑。

"我走路去呀。如果有自耕农派仆人来接我，有时也会带马来。"我看上去一定很惊讶，她于是补充道，"通常生孩子没有那么快的。"

"这我不太清楚。"我感到她在房间的另一端看着我，她的眼睛像蜡烛一样闪烁着光芒，"请坐下。吃点东西吧。"

她依言行事："我不能待太久，我必须……我很快就得走了。"

我点了点头，看着她用修长的手指优雅地切奶酪。"这是你的第一个孩子吗？"

"是的。"我说。

我意识到我的语气和她之前说她没有孩子时的语气一模一样。她静静地吃着，我扭了扭我的结婚戒指，心里有很多问题，我把她带到我的客厅里来，除了向她表示我的感激之情，还为了什么？我想到了理查德的担忧。一切都好。还能好多久？爱丽丝身上有一种特质，让我对她产生了信心：在空地上，她没说话，就驯服了我的马。

"我失去了三个孩子。"我马上说。

她放下餐刀，往后一坐，在围裙上擦着手，掸去手指上的面包屑。我不敢看她的脸，只好盯着地毯，注意到到处都有帕克那橘色的狗毛，看起来像是地毯的一部分，很精致。

"我很抱歉。"她的声音充满了善意。

我摩挲着椅子扶手上的一只木雕狮子。

"我妈妈认为我生不了孩子。她老是提醒我没有尽到做妻子的责任。"

对面椅子上的人陷入了沉默，似乎是若有所思，而且看起来十分耐心。

"他们是多大的时候夭折的？"

"都没出生就死了。"我扯了扯裙子上一根松掉的金线，想把它塞回去，"第一次之后，理查德很担心，就雇了一个女人来看着我。"

"看着你？"

"看我有没有吃不合适的东西，诸如此类的事情吧。他很担心。"我又说了一遍。

"担心你还是担心孩子？"

"担心我们两个。你们刚才都说什么了？"

"随便聊聊。都是公事。"

嫉妒让我心中刺痛，我冷笑一声。

"他跟你谈公事？"

"不是的。我在帕迪厄姆的手梭客栈工作。我不知道那家店是你和你丈夫的。"

"是吗？"我问，意识到自己听起来多么无知，只是话已经出口了，"我还以为你……这么说你有两份工作？"

"科尔恩不是每天都有婴儿出生。"

"你在那儿工作多久了？"

"不久。"

"他们付你多少工钱？"

她喝了一大口麦芽酒，擦了擦嘴。看到她津津有味地吃喝，我很羡慕。我的胃咕噜噜直响。

"两英镑。"她说。

"一个礼拜吗？"

爱丽丝瞪着我："一年。"

我知道我的脸涨得通红，但我没有把目光移开。她一年赚的钱，只够我买三码天鹅绒布料。我在座位上挪动了一下，我的手腕开始发痒，我调整了一下系在我手腕上的从她围裙上扯下来的碎布。我的皮肤贴着光滑的橡木，感觉很凉爽。

我的嘴巴有些发干。我想告诉她理查德搬出了我们的房间，我想告诉她，二月份时，有一天我吐了四十次。"你能帮我生下这个孩子吗？保证他活着。"

"我……"

"我每个礼拜付你五先令。"

毫无疑问，管家詹姆斯把这笔钱记进账簿时，他的眉毛一定会挑到发际线，但我刚才在她薪水的事情上说错了话，感觉很不好意思，所以我很清楚我的出价必须既显得慷慨，又十分公平，不能让对方感到不自在。理查德曾经说过永远不要与穷人讨论金钱。爱丽丝显然很穷，而且我并没有从她的手上看到戒指，由此断定她还没有结婚。我现在明白他的意思了。

"那是我现在挣的五倍。"她轻声说。她把一根手指伸到帽子下面抓了抓头发，然后轻轻地放下麦芽酒。我的肚子咕噜响了一声，我们两个都听见了。我一点东西也没吃。

"我也可以送你一匹马，你可以骑马来这儿，或者到帕迪厄姆的客栈去。走路去科尔恩太远了。"

她想了想，舔了舔嘴唇，盯着炉火，然后问道："你这次怀孕几个月了？时间比以前都长吗？预产期在什么时候？"

"我想是初秋吧。上一次……我都快生了。"

"我得给你检查一下。"她说，"你最后一次出血是什么时候？"

"圣诞节。还有一件事。"

我放下杯子，把手伸进长袍，拿出医生的信，那是我穿衣服时塞在上衣里的。我一直把信锁在梳妆台的一小块方隔板后面，钥匙则被我藏在床下的绳子和床垫之间。我展开信，把它抚平，感受着我身体的温度。但是爱丽丝没有接信，她的眉头皱了起来。

"我不识字。"她没精打采地说。

门上突然传来刮擦声，我们两个都坐直了身子。我把信塞到椅子边上，但没人进来。

我喊道："什么事？"

没有人回答，我于是起身打开门。帕克站在门外喘着气，我跪了下来。

"原来是你呀。乖乖。"

它跟着我走到我的椅子边，我看见爱丽丝见帕克体形如此巨大，惊讶得睁大了眼睛。

"它是个温和的巨人。"我安慰她，让帕克趴在我的脚边，"我经常得刷掉裙子上的狗毛，但我真的不介意。快把你的奶酪吃完吧，不然它就要去抢了。"

"你的狗真的很大。"爱丽丝说。

就在她说话的时候，帕克抬起红褐色的头，大叫了一声。

"够了。"我对它说。

"它是什么品种？"

"法国獒犬。"

"是你丈夫送给你的礼物吗？"

我本能地伸手去抓它的耳朵。

"不是。我是在伦敦一个斗熊坑里把它救出来的。那时候它很瘦，饿坏了，被绑在街上卖票的看守旁边。我走过去抚摸它，看守却踢了它两脚。他说，狗要是太软弱了就是个废物，还说我会毁了它。我问他小狗卖多少钱，他说它还不如拴着它脖子的绳子值钱。于是我把它从地上抱起来，说要带走它。他马上改变了主意，说什么我扼杀了它的前途。我给了他一个先令，然后我们毫不犹豫地离开了。买下它的几天前，我和理查德看了一部戏，里面有个森林里的小精灵叫帕克，于是我就给它取了这个名字。倒不是说它有什么像小精灵的地方。"

爱丽丝若有所思地凝视着土耳其地毯上那头被宠坏的大狗。它的舌头有鲑鱼那么大，快乐地从它的嘴里伸出来。

"它还挺惨的。"她说，"我听说过斗熊，但从没见过。"

"我觉得斗熊太可怕了。伦敦的人真嗜血，也许是因为他们不能打猎吧。"

我们静静地坐着，气氛比以前更融洽了，她冲着我手里的信点了点头。

"上面说了什么？"

"信上说，我再生孩子，会死的。"第一次大声说出这件事，顿时感到缠在脖子上的卷须松了。"如你所见，我需要一个奇迹。上帝赐予我许多东西。我不确定其中是否包括做母亲这一项，但今天我祈求能有一个助产士，你就出现了。我非常希望给我的丈夫生个儿子，他也盼着呢。"

"那你呢？"

"我是他的妻子，我希望成为一个母亲。我不想让他做鳏夫。"

我试图咽下哽在喉咙里的硬块。爱丽丝望着我，毫不掩饰她的怜悯。一时间我纳闷她凭什么可怜我，她这么贫穷，没有结婚，还做着两份工，连匹马都没有。也许这金碧辉煌的大宅、英俊的丈夫和昂贵的衣服对她来说什么都不是，也许她还可以看出这一切对我也没什么用。我可以买到任何我想要的东西，而我最大的希望却得不到满足，我不能给理查德做一个合格的妻子，报答他为我所做的一切，而正是他带我远离我原本要走向的未来。为了他，我想让房子里有几个孩子，他们的手黏糊糊的，膝盖上满是灰尘。没有孩子，我们就算不上一个完整的家庭。我们有房子，但房子不是家。即使一辈子只能待在巴顿，每天早上的第一件事，晚上的最后一件事，都是面对母亲的指责，也比另一种选择要好。我太清楚，如果没有理查德，我的未来会是什么样。

"夫人？"

爱丽丝关切地看着我。火烧得噼噼啪啪响，餐刀仍然插在奶酪里，就像一把插进树干的匕首。

我向前探身，这是我第一次感到急迫。自从我遇见她，我的绝望就一直在。几个月来，我的绝望在逐渐积聚，但现在它从我身上喷涌而出。

"求你了。"我说，"说你愿意帮助我。"我意识到我抓着椅子扶手，"我需要你来救我的命，同时也救另一个人的命。帮我活下去，爱丽丝。求你帮我做个母亲，顺利生下孩子。"

她用奇怪的眼神瞧着我。她权衡着，不确定这次的交易是否可行。她终于点了点头，那感觉就好像她紧紧握住了我的手。

第五章

当天晚上我一个人入睡，噩梦再次出现。那片森林漆黑无比，冷飕飕的，甚至连放在我面前的手也看不见，我一走，脚踩在枯叶上，就会发出嘎吱嘎吱的声响，我只好一动也不动。我的心怦怦地跳着，竖起耳朵仔细听着。过了一会儿，野猪出现了，它们就在附近跑来跑去，充满了好奇，发出咕噜咕噜的声音，贪婪的呼吸冒着热气。我闭上眼睛，以便听得更清楚些，忽然感到有什么东西擦过我的裙子。一切都是静止的。一颗汗珠从我脸上滚落下来，接着，寂静被打破，情况发生了变化。那些野兽发出的声音可怕至极，有尖锐兴奋的尖叫，还有吠叫。我把双手举在身前，开始盲目地奔跑起来。我在哭，它们就在我后面，咆哮着，牙齿咬得咯咯响，尖利的獠牙如同骨头做的利刃。我绊了一跤，跌倒在地上，用手捂着头，呜咽起来。它们发现了我这个猎物，围着我打转。它们饿了，要用尖牙刺穿我的身体。一阵撕心裂肺的剧痛把我切成两半，我疼得抬起膝盖，但膝盖被我的裙子缠住了，我叫了起来。

此时日光明媚，而我在我的卧室里，浑身是汗。我的心如擂鼓，脸被泪水打湿，但当我意识到没有野猪，而我也不在森林里时，我马上放松了下来。我的呼吸放缓，手腕隐隐作痛。爱丽丝在我手腕上系紧的碎布已经松了，垂在我身下的床单上。我打着哈欠，在阳光下眨着眼，伸伸懒腰，翻了个身。

但母亲坐在床边，像老鹰一样盯着我。我费力地坐起来，她就在一旁等着。我没有看她，但我很清楚她把嘴巴抿成一条线，审视着我的一头乱七八糟的黑发，我的皮肤灰白得就像壁炉里的灰烬。玛丽·巴顿不喜欢任何形式的疾病、软弱或失败。事实上，她觉得这很讨厌。我们还没说话，我就听到理查德的靴子声在过道里响起，他的铸币腰带叮当作响。

"看看谁来了。"他说着走了进来，把一只手搭在我母亲僵硬的肩膀上。

母亲用她那对黑眼睛看了我一眼。她没戴帽子，浆得干干净净的高衣领在她的脸部四周展开。她那双雪白的手安详地交叠在膝上，表情十分克制。她仍然穿着她在户外穿的斗篷，让人觉得她要么是刚下马，要么是马上要出门。她总是觉得冷，这就是为什么在我和理查德结婚后，她抱怨巴顿庄园太大，也搬了出去，并听从理查德的建议，搬到了北边一所比较简朴的房子里。

她应该住得再靠北一些。

"你好，妈妈。"我说。

"你没吃早饭。"她说。

我舔了舔牙齿。我的呼吸很难闻。

"我去叫人拿点吃的来。"理查德说着离开，随手关上了门。

我推开厚厚的被子，从床上爬起来，拿了一块布去刷牙，母亲一直看着我。

"这个房间像个猪圈。你的仆人们应该更当心一些，他们的心思都放在什么地方了？"她说。见我不理她，她继续说下去，"你今天要打扮一下吗？"

"也许吧。"

在壁炉架上方，两座只有我一半高的女性石膏雕像摆在沙特沃斯家族纹章的两侧，它们分别象征着审慎和公正。有时我把它们想象成我的朋友。母亲挺直脊背站在壁炉前，正好位于两尊塑像中间，看起来她就像它们的第三个姐妹：悲惨。

"你怎么一脸好笑的神情，弗莱伍德？你是这所房子的女主人。马上穿好衣服。"

帕克呜咽两声，想要进房间，我放它进来。它走向我母亲，嗅了嗅她的裙子，之后就不理她了。

"我不明白你为什么要把这只野兽养在屋里。"她说，"狗是用来打猎和看家的，不用当小孩子来照顾。你手腕上戴的是什么？"

我把碎布捡起来，系紧一些。

"我昨天从马上摔了下来。只是扭伤了。"

"弗莱伍德。"她放低声音说，回头看了看门有没有关。我能闻到她擦在手腕上的精油，那味道叫人作呕。"理查德告诉我，你又怀孕了。如果我没记错的话，你已经失去三个孩子了，他们都没能顺利来到人世。"

"我没有失去任何东西。"

"那我就说得明白点。三次了，你都没能顺顺利利生下孩子。你真的认为你应该从马上摔下来吗？你太不小心了。你有助产士吗？"

"是的。"

"从哪儿找到的？"

"她是本地人。住在科尔恩。"

"找熟人推荐助产士，是不是更明智些？你和理查德跟简·托内利谈过了吗？找过玛格丽特·斯塔基了吗？"

我盯着审慎石膏像的脸。它那坚忍的目光避开了我。我是一个妻子，是方圆几英里内最大家族的女主人，此刻，我却穿着睡衣站在这里被自己的母亲训斥。是理查德邀请她来的吗？他知道我有多恨她。我握紧拳头，一次，两次，三次。

"我雇用谁，都由我说了算，妈妈。"我故意用甜美的语气说出"妈妈"两个字，她那始终镇定自若的脸上流露出一丝愤怒。

"我要和理查德商量一下。"她说，"与此同时，我希望你答应我，你将尽一切努力把这个孩子平安生下来。就目前来说，我觉得你根本做不到。你需要多休息，还需要做一些……室内活动。你可以演奏乐器，再也别像个乡绅那样骑着马四处跑了。你有一个好丈夫，如果你开始表现得像一个妻子和母亲，上帝的礼物就会到来。我没能让我们的家兴旺，你也就不能在塔里扮公主了。现在，我希望你和我一起吃饭。请穿好衣服下楼来见我。"

我听见她走下楼梯，不禁祈祷她的肖像画掉下来，把她压扁。

理查德在我面前倒了一杯葡萄酒，递给我的母亲。酒的颜色深得像红宝石，与那三次从我身体里流出的血的颜色一模一样，那浓郁的色彩异常美丽。我的血浸透了床单和床垫，最后只能放在火上烧掉。

为了避开那股刺鼻的气味，我马上抬头望着天花板。餐厅的屋顶雕刻着几十串葡萄，葡萄藤蔓向四角延伸，像情人的手一样缠绕在一起。

"你不喝吗，弗莱伍德？"

"不了，谢谢。"

理查德又给他的朋友托马斯·利斯特倒了一杯酒。利斯特是在去约克郡的路上来做客的。我们围坐在微弱的炉火旁，火冒出的热气让我昏昏欲睡。然而，我依然看见当理查德把杯子递给他朋友时，托马斯向他手上的戒指投去的贪婪目光。他自己那只什么都没戴的手弯曲了一下，他看了我一眼，立刻移开了视线。

托马斯的年纪比理查德小，比我大，他的身家财富比普通乡绅强，但不如我们。他会承认前者，但绝不会承认后者。他和理查德还有其他共同点：在同一年结婚，父亲都去世了，各自都继承了大笔遗产，并且需要照顾母亲和姐妹们。四年前，老利斯特先生在他儿子的婚礼上突患疾病，在新人宣誓时晕倒，几天后就离开了人世。托马斯的母亲一直伤心欲绝，这么久以来从未离开过家门一步。

在我看来，托马斯·利斯特是一个奇怪而又相当有趣的人，他并不轻易与人交谈，更喜欢听别人说话。他的大眼睛微微突出，非常瘦小，身材像个女人。理查德说，他就是因为有这样的体形，才成了一个优秀的骑手，能把身板挺得笔直。

我的母亲无法与年轻人融洽相处：她总有法子让他们觉得自己像个小屁孩。她问候托马斯的母亲，托马斯只是结结巴巴地礼貌地回答。就在此时，学徒埃德蒙走了进来，托马斯如蒙大赦。埃德蒙告诉理查德，有个女人从农场过来，说有条狗咬伤了一只母羊。那时，我们在牧场里放养了数百只绵羊。土壤太湿了，不适合养其他家畜。

一时间无人说话，理查德放下杯子。

"谁的狗？"

埃德蒙摇摇头："她不知道，主人。她发现那条狗在附近乱跑，把羊群都吓坏了。她叫你赶快去看看。"

理查德匆匆离开了。人们总是来敲我们的门，说出他们的故事。理查德很慷慨，他们的庄稼歉收，他就给他们粮食，他们修理房屋，他就给他们木材。帕迪厄姆有两百户人家，自从我们来到这里，就有很多问题找上门来。

"你去约克郡有什么事吗？"母亲问托马斯。

她嘴上老是强调要我做一个合格的女主人，可她做的每件事都是在昭示我的不称职。

"我要去听大斋节巡回法庭的审判。"托马斯说。

"审判？"

炉膛里的木柴噼里啪啦燃烧着。我想知道理查德要去多久。此时正值黄昏时分，黑暗很快就会从窗口进来了。

托马斯在椅子上动了动。

"谋杀审判。"他轻声说，"被告是个女人，叫詹妮特·普雷斯顿。"

我坐直了一点。

"你认识她吗？"我问。

"不幸的是，我和她很熟。"他脸颊上的肌肉抽搐了一下，"她为我家工作了很多年，但自从我父亲去世后，她就一直给我们惹麻烦。我们善待她，帮助她，但她忘恩负义，总是要求更多。"

"她被指控谋杀了谁？"

"一个孩子。"

一时间，我和母亲都深感震惊。托马斯严肃地盯着火焰。

"你是要证明她是清白的吗？"

托马斯严厉地看着我："她的清白？她应该内疚才对。她残忍无情地杀害了另一个仆人的儿子，那个孩子还不到一岁，只是个婴儿。"

一段记忆猝不及防地浮现在我的脑海里：一个小而冰冷的尸体，两排永远都不会张开的细小睫毛。我闭上眼睛，赶走回忆。

"她为什么要那么做？"我问。

"因为她是个善妒的女人。"托马斯气冲冲地说。

"她勾引爱德华不成，就夺走了他和他妻子最珍贵的东西。她是个女巫。"

我母亲向前倾着身子："又是女巫？"托马斯不懂这话是什么意思。"你没听说里德庄园来了一位新客人吗？"

"你怎么知道里德庄园那个客人的事？"我问。

她轻蔑地耸了耸肩："理查德告诉我的。"

她说这话的口气，当然是在暗示理查德会把他所知道的每一件事都告诉岳母。但她总是很会套话，她能注意到别人犹豫的瞬间或漫不经心的评论，不把他们知道的事都问出来决不罢休，就像那只狗不会放过母羊一样。理查德才不会把自己朋友的事传遍全县，我母亲一定是早就从别人那里听说了，又在他忙得心烦意乱的时候向他打听过。

"谁在里德庄园？"托马斯问道，看看我母亲，又看看我。

于是她把罗杰、小贩约翰·劳和女巫艾丽森·迪瓦斯的事给他讲了一遍。托马斯与罗杰本来就很相熟，他饶有兴趣地听着。

她的观点不如罗杰的明智，但她有许多自己的猜测。我很满意自己没有放下身段去纠正她，为了不让她看到我脸上得意的表情，我把注意力转向贴在餐厅墙壁最高处的雕带。雕刻出来的美人鱼、海豚、狮鹫兽和各种半人半兽的动物都把注意力集中在房间的中央，仿佛我们是在某个又大又神秘的宫廷里。

初来高索普时，我最喜欢的就是这所房子里的雕带，我在屋内转了一圈又一圈，观察着每一个形象，给它们起名字，为它们编故事。这里有两个孤女，她们是大海的公主，统治着海浪。有一支拿着盾牌的雄狮军队，准备进攻。夜幕降临时，我看着它们变得越来越暗，越来越神秘，母亲和托马斯·利斯特像两个洗衣妇一样叽叽喳喳地说个不停。我的眼皮开始下垂，嘴巴发干，背很痛。在理查德回来之前，我只能坐在这里，而他到现在都没出现。

就在那时，我突然想到：只要母亲在这里，理查德就会睡在我们的床上，免得引人怀疑，毕竟她的目光那么锐利，什么也逃不过她的眼睛。她没有表现出看见过那张矮床的迹象，但也许是理查德关上了更衣室的门。

我扯了扯发卷，想知道还要多久才能把它们拿出来。

"那姑娘住在罗杰·诺埃尔家。"母亲眼睛里闪着光，说道，"他把她留在那里，这样她就不会伤害别人了。"

"她承认了？"

"他们是这么说的。"

"罗杰认为还有别的女巫吗？"

我的母亲点了点头："这些女巫都来自同一个家庭。"

"老天，妈妈。谁听了你的话，都会以为在约翰·劳被诅咒的时候，你就走在他身边呢。"我说。

托马斯看上去若有所思，把杯子搁在胸前。

"你喜欢我们的美人鱼吗，托马斯？"我问。

"我以前仔细瞧过那些雕刻，它们非常漂亮，是由两兄弟设计的，高索普所有的灰泥雕刻都出自他们之手。"他亲切地站起来，走近雕刻。

我转向母亲，低声说："在这所房子里，我们不能像村姑那样谈论罗杰·诺埃尔的事。他是我们的朋友。现在托马斯要把你告诉他的话带到约克郡去了，可没必要把事情传得这么远。"

母亲的脸色变得非常难看："我不过是把你邻居鼻子底下发生的事告诉他罢了。很快大家就会知道这一带有女巫。他们应该知道。人们不是说这一带的女人很野蛮吗？"

"我不知道人们说过什么，也不想知道。再说了，我也不确定'野蛮'是否等同于'邪恶'。"

"做得太精美了。"托马斯在我们身后礼貌地说，"极其复杂，又十分奇异。"他似乎动了一下，但没有回到座位上，"我要在天黑以前上路。在我去约克郡之前，我可能先去里德庄园一趟。"

"里德庄园与你的目的地在相反方向，要走五英里的路呢。"我说。

他伸手去拿斗篷："代我向理查德问好。"

他很快就走了，他的靴子在走廊里发出回响。一阵沉默过后，我借口要去睡觉就离开了。

我房间里的蜡烛已经点上了，我站在镜子前把头发上的发卷取下来。我的头发看起来十分稀疏，我一梳，一股股的头发就掉到了地上。我走到窗前，拉上窗帘，透过镜子，我看到理查德站在门口。

"你今晚要睡在这里吗？"我问。

"我想是的。"

我转过身，心脏停止了跳动。

他的双手都是红色的，紧身上衣上沾满了血，脸上和肘部都有血点。

"发生了什么事？"

"我已经派人去拿水了。"他把手往胳膊上蹭了蹭，但血已经干了。他指甲周围的皮肤都经变成了棕色。"真是一团糟。我要是没看见那条狗，准会以为是狼干的呢。"

我走到床边，坐在床上脱掉拖鞋。

"那是不可能的。这里有一百年没有狼了。"

我想到今晚我们的身体将再次靠近，他的温暖身体就在我身边。也许我可以用手指顺着他的脊椎滑下去，就像以前那样。也许他会转过身来，亲吻我的唇，与我亲热。即使我们不再睡在同一张床上，我也永远不会忘记我的指尖触及他温热柔软的皮肤的感觉。然后，我想起了那封密信，这些画面便消失了。

"羊死了吗？"我问，转身让理查德解开我的衣带。

"没有。我只能杀死它。"

"那条狗呢？是条什么狗？"

"一条棕色的杂种狗。我没抓住它，它就跑了。我会去向附近的人打听一下看看那狗是谁养的。"

"我雇了那个救我的女孩做助产士。"

"真的吗？她叫什么名字？她是个助产士？"

"她叫爱丽丝。她很有经验。"我没有看他的眼睛。

"我希望你别介意……我从马厩里找了一匹马借给她，让她在照顾我期间使用。"

"不是我的马吧？"

"不是，是那匹灰色的拉车母马。它现在很老了。理查德……"我咽了口唾沫，"从今晚起你都会待在这儿吗？"

"许多男人和他们的妻子都睡在不同的房间里，这很正常。"他回答说，语气十分温和。

"这不正常。"

"胡说。况且你已经怀孕了，我们又不能让你再怀孕。"

但我没有听见他的话，我把罩衫拉过头顶。这时，一缕细细的深红色血液从我的大腿流了下来。我用一根手指擦去鲜血，恐慌如同乌云一样向我涌来。我闭上眼睛祈祷。

第六章

　　我醒着躺在床上，僵硬得像块木板，理查德轻轻地打着呼噜。我终于还是站了起来，去长廊里走走。月光倾泻了一地。房子里寂静无声，光滑的地面像雪一样闪闪发光。地板在我轻轻的脚步下吱吱作响，我走来走去，从东到西再折返回来。我在天亮之前回到了床上。我不止一次地看着自己皮肤上已经变干褪色的红色血痕，证明确有其事，或者更确切地说，确实有事发生，但很快就停止了。我迅速地用睡衣盖住血痕，理查德没注意到，只是忙着洗掉自己身上的羊血。我从房间的另一头都能闻到血腥味，我的胃里因厌恶和恐惧而翻腾着，仿佛闻到血的味道就会导致我自己出血。

　　爱丽丝让我给她几天时间，她要去采一些给我补身体的草药，但我感觉好像已经过了很久，于是到了早上，趁所有人都在吃早饭，我带着帕克出门运动。我什么都吃不下，我的胃里又像是装满了鳗鱼，但这次我很担心。我们从房子里出来向右转，沿着草坪的边缘走到河边，再沿河经过大谷仓和户外棚屋。狗窝里的狗闻到了帕克的气味，"汪汪"地叫个不停。它在角落和墙壁周围嗅了嗅，没有理会那些猎犬。有时我怀疑它是否知道自己是条狗。我也想知道它是否还记得我救它之前的事情，我希望它不记得。

"早上好，夫人。"农夫和学徒们说，他们拿着工具、绳子和一些我不知道有什么用处的东西。

"早上好。"我说，然后继续往前走。

不久，高索普及其所有附属建筑物都消失了，树林出现在眼前，树木就像一块绿色的帷幕将庄园遮盖住了。我沿着那条狭窄的路走着，逐渐远离高索普。树叶在我周围沙沙作响。我看着帕克鼻子紧贴着地面探索着，穿过树林。

在离高索普大约四分之一英里的地方，我看见两个人骑马过来。我走近树林等着，认出魁梧一点的那个人是罗杰。他们来到近处，他对他右边的人说了几句话。那是个女人，穿着素色羊毛连衣裙。我的视力很差，但我知道那不是他的妻子凯瑟琳。罗杰下了马，拿着缰绳走了过来，我注意到他的缰绳上系着一根绳子，而绳子的另一端绑着他的同伴。她那双纤细白皙的手腕戴着手铐，而手铐就系在罗杰的缰绳上。由此可见，她是一个囚犯。作为治安官，罗杰经常用马车在这一带押解重罪犯，有时还把他们送到兰开斯特的监狱。我的目光在她绑着的手腕上停留了许久，然后我抬起头，看到了一个年轻女人的精明面孔，她有着黑眼睛和薄嘴唇，带着一种敌对的骄傲注视着我。

"夫人，我很高兴看到你在这么好的天气里出来散步。你看上去精神很好。"罗杰说。

"你是来看我们的吗？"我问，伸出手让他亲吻。

"我这次来有别的目的。实际上，我是来邀请理查德的。他在家吗？"

"在。"

"他今天上午有空吗？"

"他一小时后动身去曼彻斯特。"我撒了个谎。理查德是不会和罗杰一起离开，留下我一个人和母亲相处的。"他的行李都准备好了。一切都好吗？"

他又点了点头。说来也怪，他没有介绍他的同伴。

"这可太不凑巧了。我现在要去阿什拉庄园。"

"詹姆斯·沃姆斯利家？"

"是的。我想知道理查德是否有兴趣陪我一起去。我有两场询问要进行，如果能得到他的帮助我将感激不尽。"他又走近一点，"你丈夫总有一天会成就一番作为的。记住我的话，等他到了我这个年纪，一定会担任要职，而且我计划帮助他一路高升。他出身高贵，这可是我没有的优势，他的叔叔在宫廷里很出名。我会找个合适的时机把他介绍给国王，我希望他能参与到潘德尔的发展中来。这样一来，他就能得到王室的关注，更上一层楼。我和沃姆斯利先生都相信他的意见，但今天我们得靠自己了。"

他回头看了看他的同伴，她那么安静，多少让他感到不安。

"听说你雇了一个助产士？"罗杰突然说。

我惊讶地眨了眨眼。"是的。"我回答，不清楚他是怎么知道这事的。自从打猎以后，理查德就没见过他了。

罗杰咧开嘴笑了："太好了。到了年末，高索普就有继承人了。还是上次从维根来的那个女人？"

我很难集中注意力，他身后的女人散发出恶毒的光芒。

"不是。我找了当地的一个女人。"

"珍妮弗·巴莱？她是凯瑟琳的助产士。"

"不。是一个叫爱丽丝的姑娘，来自科尔恩。"

奇怪的事情发生了。一提到爱丽丝的名字，和罗杰一起来的女人突然动了一下，把她的马吓了一跳。我抬头看了她一眼，但很快就移开了视线，因为我发现她的目光并没有从我脸上移开，就好像她在看什么有趣的东西。

"我们得准备一份礼物，庆祝你生孩子。"罗杰说。他怎么能和我有说有笑，好像那个犯人根本不在这里似的？他看起来很高兴，"给一个什么都不缺的女人买点什么才好呢？"

"那位是你的朋友吧，罗杰，她是谁？不介绍一下吗？"

"她是艾丽森·迪瓦斯。"他说。

一阵寒意掠过我的皮肤，我的心跳开始加速。这么说，罗杰竟然带着这个女巫满潘德尔乱转，还把她带到了高索普。艾丽森高傲的目光使我相信她知道现在的情况，我心中涌起了一丝同情。

"可别被她那件衣服骗了，那是凯瑟琳的衣服。艾丽森这几天一直住在我家里。我们要去阿什拉庄园见她的一些亲戚。"他高兴地说，又回到了他看管对象的身边。

那姑娘没有说话，但眼神满含恶意。我们沉默了一会儿，一只白嘴鸦叫着飞出了树林，风吹过我们周围的树林。

"代我向理查德问好。礼拜五晚上，你们来里德吃饭吧？凯瑟琳很想见见你。"

"那太好了。"

我行了个屈膝礼，接着，我的目光又瞟向艾丽森·迪瓦斯。她仍然像一座雕像一样一动不动，正在出神。罗杰扬扬帽子向我致意，便上了马。我目送他们离开，罗杰举起戴着许多戒指的手告别。我叫回帕克，朝家里走去。

这一天是大斋节的最后一天，母亲不喜欢吃鱼，厨师也一直记得她的喜好。我们坐下来吃了一顿丰盛的晚餐，有土豆奶酪馅饼、水果、面包，还喝了啤酒。我小口吃着，但我已经习惯不吃东西，也就不再感到饿了。

除了厨师外，母亲不喜欢我们所有的仆人。她断定他们既粗鲁无礼又忘恩负义，还说用不了多久，家里银器和丝绸就会一件件不翼而飞。有时我想知道我是住在自己的房子里还是她的房子里。我看得出来，她怀念管理巴顿的日子，与她现在住的那简朴的庄园相比，巴顿仆役众多，又是那么富丽堂皇。我结婚后她来看我们的时候，理查德和我常常称她为庄园里的荣光女王，她还总是试图把我们两个都当她的孩子来引导。结婚之前，从来没有人和我说说笑笑。每次她说"说真的，理查德，我从没见过像你这么珠光宝气的男人"或是"你应该把你的纹章放在酒瓶上当酒标。现在都流行这样。他们在约克郡这么做"，我们就往嘴里塞满食物，假装回不了话。

那天下午，她决定对壁炉上方的那套嵌板提出异议。

"理查德，我看你还没有把我女儿的名字写在壁炉架上呢。"她说，指的是那五个刻着沙特沃斯家族不同成员名字的方形实木木板。

我们结婚前，理查德的姓名首字母被刻在了第四个实木木板上。他本来想找个木匠把我名字的首字母和他的刻在一起，但一直没抽出时间，所以那上面只有"R"和"S"①两个字母在等着同伴的到来。母亲经常提到这件事，仿佛木板是我存在的唯一证据，而不仅仅是装饰。

"不急的，妈妈。"我说。

"都四年了，还不急吗？"

"那上面的名字会不断增长的。"理查德和蔼地回答。

---

① Richard Shuttleworth（理查德·沙特沃斯）这个名字的首字母。——译者注

她决定第二天，也就是复活节那天离开，于是我们一起去了教堂。我不知道是不是我自己的想象，但我的腰一夜之间变粗了。整个仪式我都坐在那里，看着整齐地放在膝盖上的双手，想着爱丽丝·格雷在哪儿，在干什么。镇上所有的人都盯着我，他们打量我的时间比平时还要久。我知道我看起来气色很不好。我坚持穿黑色的衣服，这样一来，更衬托出了我灰败的面色，就像雨云一样阴暗。我母亲的出现也引来了不少额外的目光。她表面上一脸冷漠，但我知道她心里像有只猫一样在叫。

仪式期间，在助理牧师讲话的时候，我的目光越过一顶顶帽子，寻找一缕金色的头发，但什么也没看到。我注意到一个年轻女人，她坐在几张长凳之外，穿着一件漂亮暖和的斗篷，挺起的孕肚贴着斗篷。她用乡村妇女那种大胆而友好的目光看着我，仿佛在说"我们是一样的"。

但我们并不一样，我看向别处。

我的手像冰块一样冷，于是我把手放在屁股下面，直到双手变得麻木。那天早上，我又开始呕吐，一次又一次的呕吐令人讨厌。科尔恩在几英里外，有自己的教区，爱丽丝不太可能来圣伦纳德教堂做礼拜。但她在不到一英里外的手梭客栈里做工，我是否有勇气表现出一副不耐烦做礼拜的样子，然后离开去找她？我本来是邀请她在耶稣受难日来的，但她说不行，只能过了复活节再来。

我看见药剂师和他的家人坐在几张长凳以外，他那平静的脸转向讲道坛，就像花儿朝着太阳。爱丽丝是自己种草药，还是从他那里买？如果她是从药剂师那里买，她会小心谨慎吗？

助理牧师约翰·巴克斯特清晰的声音响彻整个教堂，驱散了每个角落的黑暗。

"希律看见耶稣，就甚欢喜。因为听见他的事多，就已想要见他，并且指望得见他所行的神迹。"他说道。

我们在伦敦买给他的英王钦定版《圣经》也在讲道坛之上。当时是我第一次去印刷厂。工厂位于一座高楼之中，而那栋楼在我看来就像衣橱一样狭小。在外面的街道上，孩子们头上顶着装满面包的篮子，好像我们在加利利。印刷厂里是一个完全不同的世界，既充满了学术氛围，到处是纸张和墨水，又很像一个酷刑室，摆满了巨大轰鸣的木制装置。

"祭司长和文士都站着极力地劝告他。希律和他的兵丁藐视耶稣，戏弄他，给他穿上华丽衣服，把他送回彼拉多那里去。"

这本《圣经》是去年印的，我们买了三本：一本放在家里，一本送给教会，还有一本给了理查德的母亲。三本《圣经》都十分精美，镶着金边，里面的纸薄得像花瓣。

"他们喊着说，钉他十字架、钉他十字架。耶稣第三次对他们说，为什么呢，他做了什么恶事呢。我查不出他有什么该死的罪来，所以我要责打他，放他去。他们立即大声催逼他，求把他钉在十字架上。"

约翰·巴克斯特上了年纪，肤色与《圣经》书页的颜色差不多，但他的声音听起来年轻得多，盖过了咳嗽声、拖脚走路的声音和幼儿的喃喃声。我感觉脑袋轻飘飘的，就好像我是个沙漏，需要倒过来。

"因为日子将到，人必说，不生育的，和未曾怀胎的，未曾乳养婴孩的，有福了。那时，人要对大山说，倒在我们身上吧。到山上去，掩护我们。"

我感到母亲在我旁边动了动，她的衣服压在我的衣服上。胸衣很紧，我脖子上的脉搏猛烈地跳动。我的脑袋空空如也，我总觉得它会与我的脖子分离，像羽毛一样飘到椽子上。

约翰·巴克斯特示意我们站起来，见众人起身，我也站了起来，这个时候，教堂开始扭曲、旋转。然后，我的世界陷入了黑暗之中。

第二天早上，我没有在窗口等爱丽丝，在看见理查德在草坪上训练新猎鹰之后，我就决定过去找他。母亲离开后，一直笼罩着我的乌云也消散了，但从前那抹阴云又回来了。我小心翼翼地穿过湿漉漉的草地，向站在台阶旁边的理查德走去。我静静地停在他身后，以免吓着那只被绳子拴在他手腕上的鸟。猎鹰被蒙着眼睛，迷迷糊糊地在我们头顶上方拍打着翅膀，被理查德大腿上那袋鸡肉的香味搞得心烦意乱。

训练猎鹰是一门艺术，而理查德是个中高手。他发出咔嗒咔嗒的声音，拉了拉绳子，把猎鹰也拉了下来，猎鹰扑腾了几下，最后落在他的手套上。他给它扔了一点肉。

"我一直都搞不明白，你为什么非要亲自训练猎鹰，干吗不交给训鹰的人去做。"我说，"你的眼睛还能保得住，真是不可思议。"

"因为这么做，效果最令人满意。"他轻松地回答，"而且，只有训的时间够久，它才会认你当主人。忠诚是争取来的，不是你要求就能得到的。"猎鹰又飞了起来，当绳子达到极限，它吓了一跳，尖叫起来。"这只鹰来自土耳其。它自己就可以这么尖啸，都用不着我吹笛。"

"它是在骂你。"我取笑道。

"我都不知道你会说土耳其语。"

"关于我，你还有很多东西要发现。"

我们相视一笑，我的心事再次浮现。我把它们强压下去。

"有什么事吗？"理查德问。

到我的柜子里取出那封信，简直易如反掌。

告诉我你为什么瞒着我。我可以一边把信递给他，一边质问他，告诉我这不是真的。

相反，我只是摇了摇头，眼睛盯着那只鸟。

"罗杰邀请我们礼拜五去吃饭。"我说。

"是的，他告诉我他看见你了。他带着那个女巫来的？"

"她是个怪人。我都不确定哪个叫我更害怕，是她的出现，还是罗杰的冷漠。她一定很危险，否则也不会被铐住。罗杰为什么要带她来我们家？"

　　"他都快把她变成他的影子了。只要她在他的视线里，他就能在国王的视线里。我相信一旦他利用她达到了目的，就会把她处理掉。"

　　"你的朋友有点冷酷无情。"

　　理查德斜睨了我一眼："别这么天真了，他也是你的朋友。"他用拇指轻轻碰了碰我太阳穴上那块深色的痕迹，"瘀伤还挺严重的。"

　　"瘀伤的颜色比我衣服的颜色还要多。我的自尊心受到了最严重的伤害，那么多人都看到我昏倒了。"

　　"我们得把你关在家里了。先是从马上摔下来，现在又在教堂里晕倒。该拿你怎么办呢？"

　　一桶桶的葡萄酒滚进我们身后的房子里，再从石头通道滚进地窖。理查德的注意力又回到那只鸟身上，我顺着他的目光欣赏着猎鹰光亮的爪子，柔软的翅膀扑棱着，想要挣脱绳索。经过几个月这样的训练后，理查德就会用肚子里塞了活鸡的死兔子当猎物训练猎鹰。那之后，猎物会变成断了腿的兔子。我想知道，等它第一次真正去打猎的时候，我会在哪里。是否已经被埋在了教堂的墓地里？

　　猎鹰尖叫着，在我们上方拍打着翅膀，在翅膀的拍击声中响起了马蹄声。理查德把猎鹰拉下来，让它落在自己的手套上，就在此时，我第一次感觉到腹中的胎儿在动，他在加速生长。不会有错的，但是，我刚刚意识到孩子动了一下，他就停了下来，这一切来得太过突然，我都怀疑这是不是我想象出来的。但我以前有过一次这种感觉：就像我是一桶水，一条鱼在我体内来回翻转。我紧紧抓住理查德的胳膊，全身都紧绷了起来。

"弗莱伍德，你还好吗？"

"是的。"我说谎了，"孩子……我感觉到他在动。"

"那太好了！"他满脸堆笑，我也跟着笑了起来。

他的鹰不耐烦地拍着翅膀，眼见要来抓我的头，我连忙向后退开。

"爱丽丝应该在路上了。我要骑马去通往科尔恩的路上接她。"

"你的手腕好了吗？能骑马吗？"

我举起绑着绷带的手臂："快好啦。"

空气清新，我的一边是流淌的河水，另一边是绵延的树林，随着马儿的颠簸，我感觉到我的思绪不再围绕着自己的人生，而是转移到了爱丽丝的生活上。关于她，我知道得太少。她救我的那天，我送她到前门，问起了她父亲的情况，爱丽丝告诉我他病了，不能工作。我想知道他们父女关系好不好，爱丽丝是不是很想结婚，好搬出去住。穷家女和富家女大不相同，有钱的姑娘只需要在家里等着丈夫上门求婚，就像火鸡被养肥后在圣诞节被人吃掉一样。没钱的姑娘可以自己选择，甚至平等地选择：她们可能看上自己的邻居，也可能喜欢上她们每个礼拜去买肉时见到的小伙计。我试着想象爱丽丝和一个男人在一起的情景，比如她那修长白皙的手指抚摸着他的脸，又比如他从她的脸上拨开一缕金色的头发，但我想象不出来。

此时树木变得稀疏，可以看到广阔的天空，四周翠绿的山丘此起彼伏，如同床上铺的新床单。河流在我的前面转了个弯，我不得不深入海格树林，离开空地再次进入林子里。马蹄声在这里小了一些，过了大约一分钟，我看到前面的空地上有两个女人。她们穿着素色的衣服，戴着白色的帽子，没有注意到我。我发现其中一个人竟是爱丽丝，赶紧拉紧缰绳，让马儿慢下来。她的声音飘荡在林间，很尖锐，透着怒气。我从马背上滑下来，悄无声息地走过长满青苔的地面，朝她们走去，在一棵树后面停了下来，在那里我可以更清楚地看到另一个女人。

她是我这辈子见过最丑的人，简直有点吓人。一看就知道她很穷。她的连衣裙松垮垮的不成形，看上去就像用几块粗麻布缝在了一起，衬托得她身材消瘦，有些畸形。但最让人惊恐的是她的眼睛：它们长在她脸上的不同部位，不像其他人的眼睛一样是水平的。一只眼睛在她脸的上部，像是向上望着她周围的树叶，另一只眼睛却长在她的脸颊上，注视着树根。有一对这样的眼睛，她是能看到更多，还是什么都看不到？爱丽丝说话时，她张着嘴站着，尖尖的舌头耷拉在嘴巴外面。

我听不见她们在说什么，就在我探身向前时，旁边有什么东西猝然一动，把我吓了一跳。一条瘦狗从树林里跑出来，它身上的棕色狗毛很粗糙。狗绕过我身边，向两个女人跑去，而她们根本没注意到它。它穿过她们之间很小的缝隙，继续向远处的树林走去。这么看来，小狗是那个丑女人的宠物了。我想趁着还没被发现赶快转身走开，可是爱丽丝好像要朝我和马走过来，我马上愣在当场。另一个女人用粗哑刺耳的声音说了几句警告之类的话。

那条狗在远处吠叫着，它的主人飞快地回头看了一眼，然后冷冷地把她那双畸形的眼睛转向我的方向。我立即感觉浑身皮肤刺痛，只盼着我身上那件深绿色的衣服能让我不容易被发现。她又对爱丽丝说了什么，然后一面嘟嘟囔囔，一面蹒跚着去追那条狗了。

爱丽丝在空地上待了一会儿，我看见她的拳头攥紧又松开。她搓了搓小臂，就好像她很冷似的。见她做出如此脆弱的动作，我不禁为自己躲起来偷看而感到内疚。接下来，她朝相反的方向走去，那里正是河边。

我没看到她的马，也听不到马蹄踏在树林地面上的响声。我不知如何是好，有那么一会儿，我就这么看着她逐渐走远，然后我跨上马，一路慢跑着回家，好在这段距离并不远。我上气不接下气地在台阶底下下了马，回头看了看来时的路，过了几分钟，我看见她缩着肩从花园东边的树丛中急匆匆地走了过来。她迈着大步，她的步伐中同时包含了隐秘、优雅和威严这几种感觉。她像一只兔子，在刺骨的寒风中弯着腰，飞快地穿过屋前的草坪。她没有穿斗篷，脸色阴沉，看上去很烦恼。

"你的马呢？"这是我问她的第一个问题。她还没来得及回答，从我们来的方向就传来了狗叫声。她心烦意乱地回头看了一眼。

"爱丽丝？"

前门开了，理查德站在台阶最上面。

"啊，两个树精从树林里回来了。下午好，格雷小姐。"

爱丽丝点点头，眼睛盯着地面。

"你好，先生。"

"你会照顾好我妻子吗？"

爱丽丝又点点头。

"弗莱伍德，你的马要自己走到马厩去吗？"理查德问。

我让自己镇定下来，拿起缰绳，准备牵马回马厩，但理查德拦住了我。

"还是让你的助产士来吧。"

我焦急地看着爱丽丝，她心烦意乱，脸色比平时更苍白。

"除非她反对？"理查德问她。

爱丽丝带着痛苦的表情从我手中接过缰绳。我看着她弓着背牵着马走开，然后，我撩起裙子，进了屋。

"她看起来太年轻了，不适合做助产士。"理查德说，我从他身边走过，走进漆黑的走廊。门关上时，壁灯在气流中闪了闪。

"她和你差不多大。"

"我还是觉得我们应该去伦敦。那里有几百个助产士，每天都接生婴儿。"

"别逼我去伦敦，理查德。我希望我们的儿子出生在属于他的家里。"这句话似乎很管用，他伸出手来，紧紧地握着我的手。"我和爱丽丝去我的房间，她要给我做个检查。"

十分钟后，还是不见爱丽丝的踪影，我不再坐在地板上抚摸帕克，而是站起来走到楼梯顶上。她就在那儿，站在我的画像下面，凝视着那幅画。她不知道我在看着她，我看见她的唇边向上翘起，仿佛在微笑，沉浸在美好的回忆中。

"你觉得我母亲怎么样？"我问，吓了她一跳。

"她……她的脸有点尖。"她这样回答，我听了咧嘴一笑。"这是你吗？"她朝画里的孩子点了点头。

"你笑什么？"

"你这么小，表情却很严肃。你让我想起了……"她的声音越来越小。

"让你想起了谁？"

但她没有回答，像从白日梦中惊醒一样，撩起裙边来到楼梯顶端我的身旁。我们从理查德睡觉的更衣室走过，一眼就能看到那张矮床，我注意到她的怀里是空的，她似乎什么也没带。

"我丈夫想知道你多大了。"我说着，随手关上了门。

她张着嘴，却什么也没说，双肩微垂着。

"我不知道。"

我盯着她。

"你不知道你今年多少岁？那你的生日是什么时候？"

她耸耸肩："我想我应该是二十出头吧。"

"你不知道你的生日？"

她摇了摇头："恐怕我得承认一件事。我把你给我的马弄丢了。"

"你把马弄丢了？"

"我把它系在房子外面，第二天早上它就不见了。"

她的每句话都带着歉意，我默默地诅咒着自己的愚蠢。我没有想过问她有没有马厩，她当然是没有的。我应该给她钱，让她把马寄放在旅馆或附近的农场里。她误以为我非常失望，于是又说道："我会赔偿你的。我给你工作，不收工钱。那匹马多少钱？"

"我不知道……几镑吧？"她的脸沉了下去。"别担心，现在事情已经过去了，我照样还是会付给你工钱的。"我毫无把握地说，毕竟我也说不准理查德会不会生气。

我该怎么和他说这件事呢？不要紧。现在爱丽丝来了，我们就专注眼前好了。

我问她带来了什么，她走到梳妆台前，撩起裙子，从口袋里掏出几个小亚麻布包，把它们并排摆在光亮的梳妆台桌面上，然后一一打开，露出里面的草药，这些草药种类不一，有的是深绿色，有的是浅绿色。炉火熊熊，非常暖和，帕克在地毯上打着呼噜，我的房间和厨房里的气氛差不多。我走过去坐在床上，不知该怎么办。

"你就像个四处推销的药草商人。"我说，"理查德见了，一定会印象深刻。"

她从左指向右："莳萝、金盏花、薰衣草、甘菊。"

她举起了第一束草药，那东西柔软得像羽毛，有着精致的波浪状叶子。"让你的厨师把它剁碎后和黄油拌在一起,你可以把黄油涂在肉、鱼或其他任何食物上。"

"这有什么用?"

"作用很多。还有这些花瓣。"她举起那些娇嫩的金花,"把花瓣晒干,加入热牛奶里,也可以用来给奶酪调味。让厨房每天早晚给你煮一杯热牛奶,拌入花瓣,能缓解你的呕吐。"

我点点头,记住了她说的话:黄油、热牛奶、奶酪。

"这是薰衣草。"她说,"用雨水泡一泡,洒在你的枕套上,能让你睡得好一些,驱走噩梦。"

她意味深长地看着我,有那么一会儿,我在想我是不是已经把噩梦的事告诉了她。她是怎么知道的?她又掀起围裙,拿出一个小玻璃瓶,用拇指和食指捏着。

"我给你做好了一些。只有这一瓶。"

她走到床边,用手指挡住一半瓶口,轻轻地把薰衣草水洒在枕头和鸭绒被上。突然,她停了下来,接着又俯下身去细看。

"你掉头发吗?"

我下意识地拍了拍头发,我的头发几乎盖不住下面的发卷。

"是的。"

我看不见她的脸,但她似乎一边若有所思,一边把薰衣草水抹在床单上。过了一会儿,她回到我身边,把小玻璃瓶塞到我手里,又拿起一把雏菊样的植物。

"'就像一张甘菊床,踩得越多,铺得就越多。'"我背诵道,"你知道那首诗吗?"

"不清楚。"她简短地说,"把这个也泡在热牛奶里,滤一滤,就可以喝了。现在来看最后一样。"她修长的手指捏着一个细长条的东西，看上去像树皮。"这是柳树皮。如果你觉得疼就嚼嚼这个，能缓解痛楚。"

"你是从哪儿弄来这些东西的？从帕迪厄姆的药剂师那儿？"

"是从我认识的女人那儿。"她说。

"她们也是助产士吗？"

"大多数女人即便不是助产士，也懂这些。"

我不知道她是不是在取笑我。

"她们可信吗？"

爱丽丝看了我一眼。

"从国王的标准来判断吗？不。他害惨了她们。但人们仍然生病、死亡，仍然会有孩子，不是每个人都有皇家医生的。国王诬陷助产士会巫术。"

"听起来你好像并不支持陛下。"

她没有回答，开始把小块的亚麻布叠起来。这一带的许多人对国王都有自己的看法，但都有充分的理由将这些想法埋藏在心里，不告诉别人，所以我为她的坦率深感震惊。也许所有出身微贱的人说话都很大胆。

"国王并不支持妇女们想办法在这个世界上闯出自己的路来，比如帮助邻居、驱除疾病、养活她们的孩子。他既然不支持，那我也不支持他。"她拍了拍手掌，变得更有条理了。

"记住怎么做了吗？"

"我想是的。"

我真高兴理查德或仆人们没有听到我们的谈话。爱丽丝掏掏口袋，把亚麻布袋塞了回去，然后，她提出看看我的手腕。

"我差点儿忘了……"我说。她给我检查，按按这里，又按按那里，前前后后地弯曲着我的手掌。现在我一点也不痛了。"那天晚上我出血了。"

爱丽丝用她那双琥珀色的大眼睛盯着我，我又闻到了薰衣草的气味。这气味是从哪儿来的？她不可能喷香水，肯定是将薰衣草捏碎，涂在了手腕和脖子上。我想象着她穿上她那件粗糙的羊毛连衣裙，把头发塞进帽子里，然后做出这个有女人味的小小尝试。

"疼吗？"

我摇了摇头。她眯起眼睛："你身体里的血可能太多了，这对你和胎儿都不好。下次我来再给你带点东西。"

"什么时候？"

"过几天吧。在那之前，按照我的指示使用这些草药，你应该能感觉好一些。"

我走到放医生那封信的壁橱前，拿出一小袋硬币，递给她。

"这是什么？"

"第一个月的工钱。这些草药，我该付多少钱？"

"不用了。"

她在手里掂了掂钱袋子，里面的硬币来回滚动。这声音使我想起了理查德，不禁朝门口瞥了一眼。我没有告诉他或詹姆斯我付给爱丽丝多少钱。可以等以后再说，等到我的肚子变大了，他就能看到她的酊剂起了作用，也就不会有异议了。

我目送她走出房间，她在楼梯顶端向我挥手告别，然后，我回到我的房间休息。通常我都得捡起枕头上的黑头发，扔进火里烧掉，我真担心自己的头发最终会掉光，我会变得像鸡蛋一样光秃秃的。这个孩子还能从我这里得到什么？如今，人们制作的假发非常精致，但女人的头发就像她的衣服和珠宝一样，是一件不可剥夺的财产。我的肚子越来越大，皮肤也变得越发灰白，理查德现在对我已然没有欲望了，没有了那头浓密乌黑的秀发，以后他会更加不想要我。我见到他的两个妹妹时，很羡慕她们那头柔软的金发。但黑色是一种特别的颜色，很难染色和保养。黑色意味着财富和权力。

我坐在床边，用手摸了摸枕头，但白色的枕头上没有黑色的发丝。一定是爱丽丝把它们拿走了。我躺下，闭上眼睛，让薰衣草香带我入眠。

第七章

从我们结婚以来，理查德就以带我出去炫耀为荣。在派对上，我就像烛光映衬着的宝石，在他同伴们的注视下闪闪发光，我总是从他的眼里寻求认同，得到后，我会绽放出更强烈的光芒。

我期待着去罗杰家用餐，爱丽丝的酊剂起作用了，我的气色好了很多。不过，我很高兴她没有看见我在房间里踱来踱去，鼓足勇气才下楼到了厨房，对仆人们重复她的吩咐。母亲说我总是太在乎别人怎么想，但实际上我是太在乎别人怎么说，尤其是在我背后说了什么。人们的想法不为人知，谣言却可以传播千里，而且，我很清楚，作为高索普府的女主人，不管人们想什么，说什么，我都是主角。厨师扬起一边眉毛，听着我让她把莳萝加入黄油，又看着我把甘菊的叶子放在擦得干干净净的木桌上。但她还是按照我的吩咐做了。晚上，一杯加了甘菊的温牛奶送到了我的门口，第二天晚饭时，他们又为我送来了一道特制的黄油，我头一次对家里的仆人产生了好感。理查德还在隔壁房间睡觉，所以我希望能在罗杰家光艳迷人，让那张矮床再次空置。

礼拜五到了，十一点，我们准备骑马去里德庄园。现在白天变长，即使我们整个下午都待在诺埃尔家，到我们离开的时候天也还是亮的。我不太喜欢在夜里骑马，天黑了，就看不到森林的边缘，却可以听到树木的根部传来颤抖和拉扯的声音，就像拴着链子的猎狗在拼命挣扎时发出的动静。我孕吐了那么久，都不记得我和理查德最后一次一起出去玩是什么时候了，所以我穿上了我最喜欢的深蓝色裙子，裙身上绣着奇异的鸟和甲虫，戴上了一顶高高的丝绸帽子，还准备了我所有的骑乘马具。我决定改天再告诉他马丢了的事，不然傍晚的气氛就被毁了。我下定决心不让任何事来破坏。

"啊，一对恩爱夫妻来啦。"

罗杰在大厅里欢迎我们，递给我们每人一杯饮料。他穿得很讲究，但他穿着黑天鹅绒西装和软靴子，身上仍带有乡下人的土气。他的妻子凯瑟琳穿着一件带有金丝刺绣的黑色蕾丝礼服，径直向我走来。她没戴帽子，衣服剪得很低。我比她的女儿还小，但我们对时装和伦敦，以及曼彻斯特、哈利法克斯和兰开斯特最好的服装店都很感兴趣。

"高索普有什么新鲜事吗？我们很长时间没见到你了，理查德说你孕吐得很厉害。希望你已经好了。"在我们必不可少地互相称赞了对方的衣服之后，凯瑟琳说道。她那对祖母绿耳坠在烛光下闪闪发光。

"好了。"我说，"我被禁足了一段时间，但现在我好多了，谢谢你。"

"罗杰说你不久前还和他们一起去打猎了？你身上沾满了泥巴，我听了简直大吃一惊呢！"

"是有这么回事，不过理查德责备我闹出的声音太大，赶走了猎物，打猎的时候也的确不适合与朋友聊天。"我笑了笑。

"随时欢迎你来里德，不过我们现在少了一个房间。"

"怎么回事？"

"让罗杰在晚饭时告诉你吧。"

就在这时，派对上的一个人转过身来，我看见此人是托马斯·利斯特。他看了我一眼，礼貌地点了点头。

"利斯特先生去约克郡的时候去过高索普，不过没有久留。"我说。

潘德尔的前任治安官老尼克·班尼斯特也和罗杰、托马斯以及理查德站在一起，他把杯子放在胸前，整个人看起来很干瘦。

"罗杰答应送给尼克几只猎鹰和几桶葡萄酒，这才把他请出了家门。"凯瑟琳热情地加了一句，然后请我们坐下。

托马斯·利斯特在我左边，尼克·班尼斯特在我右边，罗杰、凯瑟琳和理查德坐在我们对面。

"我们必须把这对恩爱夫妻分开，不然的话，他们这一整晚都要没完没了地说肉麻的话了。"罗杰眨眨眼说。

我笑了，想象着若是宣布这对爱侣都不在同一个房间里睡觉了，会产生什么样的效果。

第一道菜端上来了：羊肉馅饼、黇鹿馅饼、火腿豌豆汤。罗杰等着一切都摆好后才开口："各位。"我们拿起刀子时，他说，"你们都知道，我一直在调查潘德尔地区的一系列犯罪活动。但你们有些人可能不知道的是，经过了几次非常令人不安的审问，又有一些人被逮捕了。"他在椅子里动了动，示意让一个仆人给每个人的酒杯斟满酒，"你们还记得我提过的艾丽森·迪瓦斯吧，这个女孩用巫术伤害了小贩约翰·劳。我很高兴地告诉你们，她现在和她的家人一起被牢牢地关进了监狱里，无辜的潘德尔人暂时不会再受魔鬼的摆布了。"

"她的家人也在监狱里？"我问。

罗杰慢慢地点了点头："她的母亲、外祖母和哥哥都承认自己会巫术，信罗马天主教。许多人的生命都被迪瓦斯家族夺走了……他们已经逍遥法外太久了。"

在我右边，尼克·班尼斯特用他那呼哧呼哧的沙哑声音，第一次开口说了话。

"这家人真是魔鬼的化身。"

餐桌上爆发出笑声，我等着笑声平息再提问。

"他们都做了什么？"

"这个呀……"罗杰漫不经心地挥了挥手，"他们干过的恐怖事可不少，制作黏土娃娃、说咒语、诅咒别人。他们每个人都有自己的魔宠，这就是有力的证明。"

"你看见他们的魔宠了吗？"我问，想起他并没有见过艾丽森的魔宠。

"不需要亲眼所见。我肯定那些魔宠确实存在。约翰·劳描述了艾丽森的魔宠是什么样，就是那条狗。她的母亲伊丽莎白也有一只狗，叫鲍尔，她的外祖母也有，养了大约二十年。二十年啊，她一直与魔鬼有契约，在整个乡村传播他的邪恶。"

"可是如果你看不见，又怎么能肯定它们是存在的呢？"我问。

四周一片寂静，每个人都在吃东西。罗杰端详着我。

"魔鬼只在他的仆人面前现身。他们让魔宠吸他们身体里的血，你觉得无害的宠物会这样吗？你会让你的狗吸你的血吗，弗莱伍德？"

"罗杰。"理查德冷冷地说，"我把我的猎鹰放你身上，它一定会吸你的血。"

除了我，大家都哄笑起来。

我拿起餐刀，拨弄着盘子里的食物，但见到肥美的羊肉，我的胃不禁一阵翻腾。

"那个叫普雷斯顿的女人有什么消息？"凯瑟琳问托马斯·利斯特，他总是需要别人引导，才能开口聊天。

听到有人提起他的仆人，他坐直了一点，清了清嗓子："她被无罪释放了，这可真是个晴天霹雳。"他轻声说着，把杯里的酒一饮而尽，"不过我相信她很快会再回来的。"

我没听明白他的话。

"回哪里？"我问，"如果你认为她杀死了一个孩子，你肯定不会让她回韦斯特比吧？"

他放下杯子，用餐巾轻轻擦了擦他那张很小的嘴。

"是回下一次在约克郡开庭的巡回法庭。"

我看看周围的其他客人。

"对不起，我不明白。"

"詹妮特·普雷斯顿谋杀了我父亲。"他轻声说。

餐桌上鸦雀无声。只能听到风吹打着窗户，火焰在大壁炉里噼啪燃烧着的声音。其他客人似乎和我一样糊涂。罗杰靠在椅背上，像父亲一样向托马斯点了点头，仿佛他刚刚揭示了某种深奥的真理。

理查德说："你父亲不是在四年前就去世了吗？"

托马斯盯着他的盘子，他那瘦小的身体十分僵硬。

"他死时说过一些话，我从没对任何人说过。"他轻声道，"我和母亲都听到了。他吓得魂不附体。"

"被什么吓的？"

"吓他的人就是普雷斯顿。我父亲临终前喊着说：'詹妮特压得我喘不过气！普雷斯顿的妻子压得我喘不过气。救救我，救救我！'"说到这里，他提高了嗓门，激动得高声喊叫起来。餐桌边的每个人都沉默不语，他响亮的声音在高高的墙壁之间回荡着，"他叫我们把家里所有的门都关上，这样她就逃不掉了。"

"她当时在场？"

"她的灵魂在那里。我知道他能看见。他死后，她被带到我父亲的尸体旁，她一碰，尸体就流血了。"

"由此可见她是女巫无疑了。"罗杰言之凿凿地说。

"可是，"我说道，"如果这事是四年前发生的，为什么现在才将她送去巡回法庭？而且上个月送她去受审，还是为了别的事。"

托马斯看向罗杰。

"上个礼拜的耶稣受难日，我们所有这些好公民都在祈祷，与此同时，有人聚在一起。"罗杰缓慢地说，像是在揭露什么秘密，"当我们所有人按照上帝的旨意禁食时，这群人却在享用偷来的羊肉。这件事发生在一座叫马尔金塔的破房子里，那是艾丽森·迪瓦斯的外祖母德姆戴克的家。在这几个人中，有一个就是詹妮特·普雷斯顿。"

"普雷斯顿与迪瓦斯家很熟吧？"理查德问。

罗杰点了点头："她是个女巫。他们聚在一起，除了对比各自的魔宠、亵渎主耶稣以外，还能谈些什么呢？他们本应该为了基督斋戒的。对了，他们还谈到了年轻的利斯特先生。"

"为什么？"

"普雷斯顿在密谋杀害他。"罗杰简单地说。

我能感觉到我旁边的托马斯·利斯特在发抖。他开始摆弄他所有的刀叉和餐盘，将它们排列成一个细致的图案。

罗杰继续说："他们谈论的事可不止这一件。他们聚在一起讨论一个阴谋，与不久前差点把国王赶下台的阴谋非常相似。"他向前探身，牙齿在烛光下闪闪发光，"他们计划炸毁囚禁他们亲属的兰开斯特堡监狱，要把那些人救出来。"

"你是怎么知道的？"

罗杰拍了拍鼻子，把手帕叠好后往后推开椅子，站了起来。

"请允许我介绍我最重要的证人。"

他离开了房间，当他回来时，他用熊掌一样的大手，紧紧抓着一个小女孩的小肩膀，桌子周围的人见了，都倒吸了一口气。

小女孩和他一起大步走进房间，在离桌子不远的地方停了下来。她看起来只有十来岁，脸尖尖的，面色苍白，长着一双明亮的大眼睛。灰褐色的头发从刚浆洗过的帽子上散落下来，尽管她的围裙系得很紧，但是她那件式样简单的羊毛连衣裙还是太大了。她无惧地和我们每个人对视，当她大胆地注视着我时，我无法把目光移开。有一点叫我很不安，她既不害怕，也不折服，她的表情是那么平静，仿佛肖像画里的人物。

"这位就是詹妮特·迪瓦斯。"罗杰宣布。

"在他们那种人之间，这个名字很受欢迎。"班尼斯特先生喘着气说。

"沙特沃斯先生和太太，利斯特先生，请允许我向你们介绍一下詹妮特·迪瓦斯，我的全部信息都是她提供的。她一直在协助我和班尼斯特先生的调查。她是艾丽森的妹妹。"

我看见凯瑟琳迅速地瞥了那个女孩一眼，眼神里写满了怀疑和恐惧。看她那样子，好像如果可以的话，她会让另一个人站在他们两个中间。

我转向班尼斯特先生，低声问道："她就住在里德庄园吗？"

"是的。"他喘着气说，"住在孩子们住过的一个房间里。"

我不知道罗杰家长大了的孩子们会怎么想，我也不知道自己对此有什么看法。这个女巫是艾丽森的亲妹妹？一时间没有人说话，见到他们上下打量这个迪瓦斯家女孩的样子，我不由得起了一身的鸡皮疙瘩，于是我开口了。

"你好，詹妮特。"我说，"你觉得里德庄园怎么样？"

"很好。"那孩子带着浓重的口音粗声粗气地说。

"你要住多久？"

"她将一直待到夏季巡回法庭的审判日期确定下来。"

凯瑟琳轻呼一声："八月吗？罗杰，她真的要住那么久？"

"你还想让她去哪儿，凯瑟琳？她的家人都在兰开斯特监狱，而且，他们将一直待在那里，直到被传唤到国王陛下的法官面前。"

他的话似乎丝毫没有使詹妮特感到不安。她继续环顾着客人和房间，她游移的目光被墙上的肖像、镶板和家族盾形徽章吸引住了。她长这么大肯定从没见过这样的东西，也没有见过比自己高得多的壁炉，更没有见过这么丰盛的食物。

"第二道菜就要上了，要不要吃点，詹妮特？"罗杰问，"我们有烤鸡、牛肉、面包，还有一些今天早上做的黄油。"

詹妮特急切地点了点头，挨着凯瑟琳坐在了桌子的一头。凯瑟琳看上去很不自在，虽然她的唇边挂着女主人该有的笑容，笑意却没有传到她的眼睛里。她的耳环闪闪发光。

"在耶稣受难日那天，詹妮特就在马尔金塔，她把那些人说过的话都告诉了我，其中就包括针对普雷斯顿主人的那桩阴谋。"罗杰回到座位上说，"她哥哥詹姆斯告诉我有很多人在场，詹妮特也确认了名单上的人。我们合作得很好，对吧，詹妮特？"

那孩子正盯着餐桌上没吃完的食物，我忍不住每隔一会儿就看她一眼。她的脑袋那么小，我觉得罗杰只要一只手就能把她的头捏碎。她全家人都被关了起来，她似乎一点也不为所动，我不知道这使我感到害怕，还是使我心生怜悯。

第二道菜端上来了，罗杰和理查德谈起了他们感兴趣的其他事情，像什么盐的价格，他们的牛在市场上能卖多少钱。詹妮特狼吞虎咽，脸上和手上都沾满了油脂。就在我看着她的时候，我听到理查德告诉罗杰他订购了一支枪，我猛地环顾四周。

　　"枪？理查德，你没和我说这件事。"

　　理查德瞥了罗杰一眼。

　　"弗莱伍德，我想我用不着跟你商量。"他说，"除非你精通连我都一窍不通的燧发枪。"

　　在座的宾客都窃笑起来，我顿时满脸通红。

　　"枪在屋里会不会爆炸？"

　　"如果处理得当，就不会。"理查德傲慢地说。

　　他转向罗杰，表示这个话题结束了。

　　我试图和左边的托马斯说话，但他的行为非常奇怪，不愿与我有眼神交流。依我看，那孩子把他吓坏了。凯瑟琳在詹妮特身边局促不安，一句话也没跟她说。

　　不久，话题又回到了罗杰的猎巫行动上。

　　"我们还是不要当着这孩子的面说了，免得她做噩梦。"罗杰道，"詹妮特，回你的房间吧，我明天早上派人去叫你。"

　　小女孩从桌边滑开，甚至都不用挪开椅子，她太瘦了。她悄无声息地离开，她一走，人们就很容易当作她根本没有来过。

　　罗杰转身向我们吐露了秘密。

　　"她母亲发现这孩子背叛了他们，简直气疯了。我想她会当着我的面发疯。"

　　班尼斯特先生在我旁边打了个嗝，用一只长着褐色斑点的手捂住嘴巴，连连道歉。

"她妈妈叫伊丽莎白·迪瓦斯，只要看她一面，这辈子都忘不了。"他说，"你们看见她，肯定很害怕，她一只眼睛长得很靠上，另一只眼睛长得靠下，直盯着地面。"

我觉得好像有一桶冰水兜头泼到我身上。我呆呆地望着班尼斯特先生，他把我的不敢置信错当成听得入了迷。

"她听起来确实像喜剧里的人物，但我可没有胡说。我永远也不知道她是怎么跟两个男人生了三个孩子的。"

我的嘴是那么干涩。

"迪瓦斯那家人住在哪儿？"

"科尔恩郊外。马尔金塔很小，破破烂烂的，又很潮湿。真搞不懂他们在那种地方是怎样生活的。"

第八章

"接下来你得吃点苦。你需要一个有活力的胃。"

爱丽丝拿起她放在我房间梳妆台上的一样东西：一把装在牛角刀鞘里的折叠刀。有那么一刻，我很害怕，还以为她要剖开我的肚子，但她看到我的表情，阴沉的脸色缓和了一些。

"我要让你的血管呼吸。"她解释说，"你的血太多了，只有这个办法能解决。"

她从牛角刀柄里抽出看上去很钝的刀刃，给我看刀尖是平的，一点也不锋利，刀尖上有一个小三角形，与刀尖成直角。这把刀样子很怪。她告诉我这种刀叫角刀。我看自己的血已经看得够多了，也痛了不知道多少次，所以并不害怕。

爱丽丝这次来，仍然像以往一样神秘，弯腰驼背地穿过屋前的草坪。她没有闲聊，我也没有。然而，我们相处起来更和谐了，我们这两个性格截然不同的女人，竟然可以这样，其实这并不容易。我喜欢她柔和的嗓音，很想知道她是否在火炉旁给她父亲念过书。然后我想起来她并不识字。看到她轻快而坚定地在房间里忙活着，脊背挺直，修长的脖子有点像是马脖子，我漫不经心地想，她的声音是她身上唯一温柔的东西。她上辈子说不定是高索普这种庄园里合格的女主人，可能比我要好。在客栈里做工，可能使人变得强硬。几乎可以肯定的是，贫穷一定可以让人越来越坚强。尽管如此，她离开这里的时候，兜里的钱将比来时多。

她让我脱下外套和一层层衣服，露出胳膊，然后把一张椅子拉到窗前，点点头让我坐在上面。她用一根丝带紧紧地系在我的手臂上部，戳了戳我肘部的苍白皮肤。

"爱丽丝，"我说，"你说孩子现在长出睫毛了吗？"

"睫毛？"

"对呀，他长睫毛了吗？"

"你这问题问得可真奇怪。我说不好。"

我点了点头，打量着她让我准备的东西：一个大碗、干净的亚麻布、水、一根针和一些淡色的线。理查德在楼下和詹姆斯整理账本，我出于直觉锁上了房门。我转头看向爱丽丝，只见她站在壁炉旁，看着两边的石膏像。

"是你的家人吗？"她问。

"不。它们是审慎和公正。"我说。

"那是什么意思？"

"审慎和公正是沙特沃斯家族的座右铭。"

我冲着角刀一点头："你从哪儿弄来的？"

她用围裙擦着刀子，过了一会儿，她说："你对我的东西从哪儿来这么感兴趣呀？"

"我就是很高兴你没有让我去找这种刀子。首先，我不知道去哪里找。其次，我可以想象如果我告诉詹姆斯我订购了这样一把刀子，他会是什么表情。"

"詹姆斯是谁？"

"我们的管家。"

"为什么要告诉他？"她问。

"我们买回家的每一件东西，离开高索普的每一件东西，无论是酿酒厂的啤酒，还是农场的鸡，抑或是女主人的助产士，都得由他记在账簿里。"

"我也会被记录进去吗？"

"是的。"

在血液积聚的过程中，我的手跳动着作痛。爱丽丝让我把碗递给她。那是个漂亮的黄铜碗，上面装饰着花朵，是理查德的母亲送给我们的。她把碗放在梳妆台上，还把我的胳膊搭在上面。

"准备好了吗？"

我还没来得及说"是"，她就用角刀刺破了我的臂弯。她把角刀抽出来时，我像只小狗似的叫了起来。温暖的红色血液立刻从她刺破的地方涌了出来。我用另一只手捂住嘴，但我的眼睛始终盯着那丑陋的血液。

"审慎是什么意思？"爱丽丝问，调整了一下她抓着我胳膊的姿势。

轻微但清晰的疼痛感传遍了我的全身。

"啊……审慎。谨慎的意思就是……还要多久？"

"要接半碗。"

"半碗？"血流得非常快。

"审慎是什么意思？"爱丽丝又问。

"就是慎重，做事情很小心。"

"公正是自由的意思吗？"

"不是。"我说，尽量不去看那只盛着我血的碗，我的血流入碗中，就像从瓶子里倒酒一样容易。我感觉头重脚轻，就跟在教堂里昏倒时的感觉一样。"公正表示公平，没有偏见。"

爱丽丝像以前一样麻利地捏住刺破处两边的皮肤，把针穿了过去。她给我缝合伤口，我则看向了别处，她每扎一下，我就皱一下眉。

"我看上去就像个垫子。"我说，感觉着她的呼吸扑在我的胳膊上，"你觉得这有用吗？"

"你现在没有月经，刺破静脉血管是放血的最好办法。只要找到正确的放血位置，就对健康有好处。"

她洗掉我胳膊上的血，用一团麻布球贴在我的胳膊上，让我按住。帕克好奇地走了过来。我把亚麻布从胳膊上扯下来，只见鲜血从粗粗的线头里向外渗着。帕克闻了闻，又舔了几下伤口，最后觉得伤口不像它想象的那么好吃。

我立刻想起了罗杰的话："你会让你的宠物吸你的血吗，弗莱伍德？"

他的话是如此荒谬，我几乎失笑。爱丽丝用一条亚麻布把我的胳膊包起来系好，然后把我领到床前，让我躺下，她来收拾。抽血和扭伤都在同一只胳膊上，自从我见到她以后，我就总是受伤，我把这话对她说了。她笑了笑，拉上了床幔。

"我没觉得有什么不同。"过了一会儿我说。

"要一两天后才能见效。"她的声音传来。我听到玻璃的叮当声。"要是你觉得不见好，我们可以试试另一只胳膊，多抽点血。你还在用我给你的那块柳树皮吗？"

"是的。"

她拿着一块比我的手还小的布，出现在床幔的褶子里，从布里抽出一片绿叶。她从叶子边缘扯下小小一块，递给我。

"含着这个。"她说，"这样血就不会流得这么快了。不过，别吸得太多了，含过之后就吐出来，别吞下去。"

我躺着，双手放在肚子上，含着那片叶子，农场里的学徒在夏天午后就爱吸树叶。它似乎在我的舌头上融化了，一种平静的感觉将我包围。虽然我才认识爱丽丝两个礼拜，但和她在一起，我的烦恼就像行将熄灭的余烬一样消失了，只有到了夜里才会再次燃烧起来。她不能保证必然可以救我一命。事实上，她并没有做出任何承诺，但我知道她想帮助我，自从嫁给理查德以来，我从没像现在这样感觉如此安全。

"爱丽丝，我现在怀孕了，还能继续骑马吗？"

她思考了一会儿。

"我认识的有马的女人并不多，但我母亲认识不少，她总是说她们骑马不会有问题。你经常骑马吗？"

"每天都骑。"我回答。

"你既然一直骑，那就没有理由停下，只要不再摔下来就行了。依我看，骑马非常熟练的话，就跟走路一样安全。"

"我上次小产，理查德似乎认为……一切都是我的错，他觉得我粗野，骑着马到处乱跑，还和帕克玩。他认为女人这个样子不好。事实上，如果我整天闷在家里，坐在硬邦邦的椅子上绣垫子，我会死的，可他偏偏觉得这样最安全。"

"也许他想让你待他看得见的地方，所有的丈夫都是这样的。直到他们看腻了你，想让你离开他们的视线。"

听到她尖刻的语气，我抬起头来："我记得你说过你没结过婚吧？"

"是的。"她马上说道，然后好像觉得自己透露太多了，她又加了一句，"啊，我找到你那匹逃跑的马了。它现在就在你的马厩里。"

我惊讶得说不出来，盯着拉上的床幔。

"你听见了吗？"她从床幔后面喊道。

"听见了。你在哪里找到它的？"

"一个邻居发现它在田野里吃草，就把它牵了回来。"

"你肯定是同一匹吗？"

"马鼻子上有块白色的三角形图案，一只耳尖是黑色的。对不起，马具不见了，可能是被马甩掉了。"

更有可能是被人偷了，我心想，因为我从来没见过哪匹马能自己甩脱马鞍、马勒、笼头和缰绳的。我还没来得及回答，门外突然传来一阵动静，把我吓了一跳，接着，理查德的声音响起。

"弗莱伍德？门怎么锁上了？"

我拉开床幔，爱丽丝已经拿着我的外套向我走了过来，我连忙穿上遮住伤口。

"弗莱伍德？"

理查德不耐烦地敲着门，我打开门后，他立刻走进了房间。

"为什么锁门？"他又问，这个问题是在问爱丽丝。

她无助地望着我，我惊慌失措，飞快地瞥了一眼梳妆台，她的东西刚才还放在那里，但此时梳妆台上空空如也，台面还是那么闪亮。

"理查德，你必须明白，爱丽丝在忙着，我们不希望有人来打扰。"

我希望能安抚他，但他仍然对爱丽丝怒目而视。

"她在做什么？"

我搜肠刮肚地寻找着答案："都是女人的事啦。"

一阵可怕的沉默持续了大约五秒钟，爱丽丝低下头看着地板。只是一眨眼的工夫，她把东西都收到哪儿去了？我看了看房间的角落和壁炉，却没有看到那碗血。

"很好。"理查德终于说，"罗杰在楼下，他有事找你。有人……和他一起来的。"

"谁？"

自从去罗杰家吃过晚餐以来，我们之间的关系就一直有些冷淡，虽然我也不能确定是为什么。我不知道是不是我问的问题太多，惹恼了他。

"你很快就会知道的。"他转过身，但还是扫视了整个房间一眼，"屋里是不是有一股怪味？"

他的目光在爱丽丝身上停留了一会儿，就走了出去，紧紧地把门关上。

"他指的是血吧。我也能闻到。"我告诉爱丽丝，但她的表情很平静。她的情绪怎么变得这么快，就像是乌云从太阳前面掠过。她和理查德在这个方面很相似。"我去看看来了什么客人，你在这里等我好吗？"我问她。

我下去一楼，想起了我刚才目睹的那场奇怪的谈话。理查德表现得好像他觉得爱丽丝很讨厌，甚至令人反感。我还记得他们第一次见面时的情形，他当时还和她有说有笑。理查德喜欢调情，也喜欢别人顺从他。那次他要爱丽丝把我的马牵去马厩，她那无声的责备无疑让他心里很不痛快。他跟我们的女用人说话，她们都很害羞，脸涨得通红，而爱丽丝却无动于衷。好吧，他曾经选过一个女人给我做伴，现在轮到我选了。但当我转过楼梯的最后一个弯，我顿时忘记了我的丈夫和助产士。有两个人站在门厅里：一个是豪爽开朗的罗杰·诺埃尔，另一个是迪瓦斯家那个瘦得像麻秆一样的孩子。

"罗杰，詹妮特。"我尽量不让自己看上去那么吃惊，"没想到你们会来，我太高兴了。"

詹妮特并没有看我，而是睁大了眼睛，打量着她看到的每一件东西：橡木栏杆，昏暗的楼梯上方挂着的肖像画。她仍然穿着那件旧裙子，那顶浆过的白帽子衬托得她的脸色更苍白了。她一言不发地走到房子后面的落地窗前。我朝罗杰眨了眨眼。

"你找理查德有事吗？"

"是的，他在大厅里等我。我和理查德有事要谈，我是来问你能不能带詹妮特参观一下高索普。她从来没见过这么好的房子，要是能去转转，她会非常开心的。"

我摸了摸自己胳膊上被角刀扎破的地方，贴着亚麻布的地方很痒。我想起爱丽丝还在楼上我的房间里。我看着窗边詹妮特那小小的身影。不等我回答，罗杰就慈祥地对我眨了眨眼睛便离开了，他那双光亮的靴子走过石头地面，嗒嗒直响。我咽了口唾沫，走到那孩子站的地方。

"那儿是潘德尔山。"我指着远处若隐若现的群山，"这是考尔德河。有时可以看到大马哈鱼逆流而上。"

她的五官相当精致，并不难看。她小小的朝天鼻上布满了雀斑，灰色的睫毛很长。

"你想看看哪些房间？"

她耸了耸肩，用那粗重的口音说："这儿有多少个房间？"

"你知道吗？我从来没有想过这个问题。我也不知道有多少房间。也许我们可以数一数？不过有许多房间是给仆人住的，我想我们不应该去打扰他们。你家有多少个房间？"

她瞪着我："一个。"

"啊。好吧，我们去转转吧。"

我带她参观了一楼，看了餐厅、食品室和仆人的工作间，这个工作间以前是书房。在大厅里，我指了指上面的廊台，告诉她有时候吟游乐师和演员会在上面表演，我们就在下面看。她大部分时间都是默默地走来走去，偶尔会问画像上的人是谁。餐厅里的美人鱼和神秘人像似乎让她着迷，擦得锃亮的剑和盔甲也很吸引她。她背着手仔细端详着它们，像极了缩小版的罗杰。然后我们看了户外的建筑：我们去了大谷仓，我告诉她这是这一带最大的谷仓之一，还看了马厩和农场办公室。我们穿过院子，马童和学徒们点头向我们问好，我果然看到那匹鼻子上有白色三角形图案的灰母马懒洋洋地在马厩里嚼干草。

"你喜欢住在里德庄园吗？"我们回到主楼时我问。

詹妮特想看楼上。我犹豫了一会儿，还是同意了。

她又耸耸肩："那里没这儿大。"

"但是罗杰和凯瑟琳的家很温馨。我相信他们一定把你照顾得很好。"

我不知道罗杰是怎么可以做到一边照顾她，一边将她的家人关起来，对一个人尽职尽责的同时，却要处死她的家人。

詹妮特在楼梯上转过身来看着我。

"我能住在这儿吗？"她问。

她一只手放在栏杆上，像个小小的宫廷贵妇。我张着嘴巴又闭上，她如此直率，我的心软了下来。

"恐怕不行。你是罗杰的客人。"

她目不转睛地盯着我看，这可不是孩子该有的眼神，我不由得产生了一种奇怪的感觉：我说错了话，以后会后悔的。她转身继续往上来到顶层。在她提出这个要求后，我带她参观空卧室时感觉很不好意思，这些房间都是客房，却从来没有人住过。

"我母亲经常来看我。"我撒了个谎，"理查德的家人也常来，他们住在约克郡。他有很多兄弟姐妹，而我一个也没有。"这时，我们回到了楼梯上。

"那是谁？"她指着我和母亲在巴顿画的肖像画。

"那是我和我母亲。"

"为什么你手上有只鸟？"

"它是我的宠物，叫塞缪尔。它没活多久就死了。我把它关在我房间的笼子里。"

"你妈妈为什么没有鸟？"

"她不养宠物。"

"我妈妈有一只狗。"

我想起了那个样貌丑陋的女人伊丽莎白·迪瓦斯，我在海格树林里看到她和爱丽丝在一起，那只棕色杂种狗从我身边溜过，我还想起罗杰说伊丽莎白养了魔宠。这当然是无稽之谈。我见过那条狗，它可没什么邪恶的地方。但那条狗从伊丽莎白身边经过的时候，那个女人转向了我……一想到她的眼睛，我就感觉浑身不舒服。

"它叫什么名字？"我问。

"鲍尔。"

"狗叫这种名字，有点怪。你有狗吗？"

"没有。我的狗还没出现呢。"

她真是个古怪的孩子。

"我有一只叫帕克的大狗。它在家里，只是不知道跑到什么地方去了。"我说。

"它跟你说话吗？"

"没有，但我们彼此理解。"

詹妮特点了点头："我姐姐也有。我奶奶有个男孩子。"

"男孩子？你是说她的儿子吗？"

"不是她的儿子。他的名字叫凡西，穿着棕色和黑色的外套，有时他会来我们家，他们一起去散步。"

"你说的是一只狗啊？"

"不。他是一个男孩。她认识他已经二十年了，可是他一直都没长大。"

我忍不住盯着她看。

"你把这一切都告诉罗杰了吗？"

"是的。他对我的家人很感兴趣。"

我们默默地站在那里，看着我的肖像，气氛有些尴尬。过了一会儿，詹妮特爬上最后一级楼梯，我带她走进长廊。这一天阳光明媚，地面刚刚擦过，窗户映照在木地板上，就像天空映衬在湖面上。我觉得詹妮特逛腻了，尽管她的目光继续扫视着每一个橱柜、每一把椅子，仿佛她是一个商人，正在给这些待售物品估价。我们一回到塔楼的楼梯上，她就指了指。

"那个房间是干什么的？"

"这是我的卧室。"

"能进去瞧瞧吗？"

我紧张地笑了笑："今天不行。"

"有人在里面吗？"

"没有。"

她顿了顿，才点点头，开始像贵妇人一样下楼。我的手心都是汗，我的心脏开始在胸腔里狂跳。爱丽丝认识她的母亲，那詹妮特认识爱丽丝吗？我意识到我并不想弄清楚答案，因为我有一种奇怪的感觉，总觉得詹妮特·迪瓦斯是个危险人物，只是我说不出为什么。不过这听起来太荒谬了，毕竟她还是个孩子。

我把她带进大厅，她像个孙女一样跑向罗杰。他正和理查德坐在桌子的两边，文件摊在他们中间，罗杰把罐子里最后一点葡萄酒倒进自己的杯子里。

"小家伙，玩得开心吗？"他问。詹妮特点了点头。"弗莱伍德，你气色好了很多。"我微笑着点点头。"理查德，"他接着说，"在我动身去兰开斯特之前，能麻烦你准备点吃的东西吗？你家厨师做的鸡肉馅饼还有剩的吗？这个时候就算给我们馅饼皮，我们也不会拒绝的，对吗？"

他向詹妮特眨了眨眼睛，詹妮特站在他的椅子后面，像个细心的仆人。

"弗莱伍德，你去厨房拿吧。"理查德说。

"当然可以。"

我行了个屈膝礼，穿过屋子走了回去，尽管火都生了起来，我还是觉得很冷。这所房子里有很多房间，我却很少去厨房。厨房里有一张又长又矮的桌子，上面摆满了面粉和锅碗瓢盆。一篮一篮的蔬菜放在地上，开放式的炉灶闪烁着火光，让整个厨房都很暖和。炉灶上方有"俭以防匮"几个字，是由石头拼成的，每个字母都有前臂那么大，是劳伦斯叔叔留下的训诫。窗框里挂着一只兔子，轻轻地荡来荡去。厨房里的用人看了看我，我已经习惯了他们看我的方式：飞快地瞥我一眼就别开脸。

"芭芭拉？"我对着桌边那位身材魁梧的厨师喊道，她正把蛋黄刷在馅饼上。

她没注意到我进来，厨房里叮叮咣咣，我的声音又太小，一个年轻的仆人不得不过去把她叫来。我传达了罗杰的要求，她到食品柜取了一些食物包起来，像往常一样，厨房里忙得不可开交，我看着仆人们滚面团、切菜、炖肉。她递给我一个裹着冷馅饼和冷肉的温热布包，我停了一会儿没有走。

我说："你把我要的草药餐做得很好，谢谢你。黄油很美味，喝了甘菊牛奶，我马上就睡着了。"

她那张红扑扑的脸颊上漾开了一抹微笑。

"你太客气了，夫人。我很高兴看到你的脸上有点肉了。你给我的草药快用完了，我可以让詹姆斯再订购些吗？"

"不用了。"我立即说，"我会让我的助产士再带些来的。"

我谢过她，转身要走，但她说："夫人，那个女巫的孩子今天真来高索普了吗？"

"你是说詹妮特·迪瓦斯吧，她是罗杰·诺埃尔的客人。"

附近几个仆人马上竖起了耳朵。

"我不想看见她。"芭芭拉接着说，"他们都说她是魔鬼的女儿。"

"我想这并不是真的。"

"我相信夫人你很明白为什么允许这些人进来，但我希望她不会给这所房子带来诅咒。今天早上，牛奶都变质了。那可是刚从农场运来的。"

我想结束谈话，就又点了点头，准备离开，但芭芭拉在门口把我叫了回来，她的嗓门很大。

"你的那个助产士，是从哪里来的？"她说。

我有点不耐烦了，回答说："科尔恩。"

芭芭拉的嘴角耷拉了下去。

"我以前从没见过她，我姐姐也是个助产士。你可以问问我们是不是有可以推荐的人。"

"是的，把草药掺入我的饮食是爱丽丝的主意，而且效果很好。"

我的耳尖发烫，我感到一股红晕爬上了我的脖子。女主人雇用谁，通常都会遭到仆人的质疑吗？邀请谁进屋，也要听从他们的建议？我拿起布包。

"谢谢。"

我在出去的路上绊了一下，厨房里随即传来压抑的笑声。我走进大厅，心里又慌又恼，我对这个家的善意又一次改变了。那两个男人现在站着，正在整理他们中间的文件。詹妮特蹲在壁炉前，抬头望着壁炉的四角。她就算站在壁炉里也站得下，就像我在她这个年纪时也可以站在巴顿庄园的壁炉中一样。

"这是给尼克·班尼斯特的名单。"罗杰说着，从他面前的一捆文件里抽出一份密封的文件。他把那份文件扔在桌子上，"我在里德庄园也有一份，但我不在的时候，他会来这里拿。"

理查德点了点头，把文件拿过来塞进了背心。

"我会交给詹姆斯。"

"不要离火太近，詹妮特。"罗杰警告说。

"火是给炖锅和异教徒准备的，小孩子不能靠近。"

"也是给女巫的？"那孩子问。

"在陛下的国土上，女巫会被扔进火里烧死。在我看来，英格兰应该效仿苏格兰，但不幸的是，这里的惩罚只是吊死。也许还能说服陛下改变主意。现在，我们必须出发去兰开斯特了。"

她叫了起来："去见妈妈？"

罗杰瞥了我一眼，示意我把食物递给他，我走了过去。

"你母亲还在客店里，那儿不允许孩子去。谢谢你，弗莱伍德。"

"艾丽森呢？奶奶呢？"

"她们也在那儿。你很快就能见到她们了，她们都在一座城堡的一个大房间里，有许多重要的人会问你一些关于她们的问题。你还记得该怎么说吗？就是我们谈过的那些话。"她点了点头，从他手里接过布包展开来，吃了一大口馅饼，"她很能吃了。好吧，我们要走了。"

理查德送他们出去，我看着詹妮特跟着他们走进走廊，像影子一样迅速而安静。

我回到我的卧室，只见爱丽丝正静静地坐在窗边，眺望着外面的群山。

"抱歉，让你等了这么久。"我说着，随手把门关上，"但愿没有耽误你在客栈里的工作。"

她摇了摇头："我晚些时候才开工。我好像听到有小孩子的说话声了。"

我舔了舔嘴唇，做出了决定。

"我的朋友罗杰·诺埃尔带来了一个叫詹妮特·迪瓦斯的孩子。她的家人正在兰开斯特等待巡回法庭的审判，他们被指控使用巫术。"

我注视着她的脸，寻找她认识那家人的迹象，但一无所获。她没有任何表情。

我等了一会儿，说："你认识他们吗？"

她站起来，掸去裙子上的灰尘，把椅子靠在墙上。

"不。"她说，"不认识。"

我已经数不清理查德在我隔壁房间里睡了多少个晚上了，以至于我一个人醒来后，居然开始觉得这很正常。多亏了枕头上的薰衣草酊剂，我才没有做噩梦，我的头发也不再大把大把地脱落。我发现理查德正在餐厅里吃早餐，于是坐在他对面的座位上，接过了一个面包和一些蜂蜜，把面包撕成小块。

"理查德。"仆人们一离开房间，我就说，"我最近感觉好多了。你能考虑搬回我们的房间吗？"

他又看了一会儿信，才抬起头来。

"你说什么？"

"我说我感觉好多了，我希望你能搬回我们的房间。我已经有两个礼拜没吐了。"

"真是个好消息。"

他继续看信、吃早饭，很明显他不会做出回应了，我想起了那天早上困扰我的一件事。

"我找不到我的红宝石项链了，就是我们结婚一年的时候你送给我的那条。"

现在我成功地引起了他的注意，他把正在看的信折好，塞到盘子下面。

"是吗？你把项链放在哪儿了？"

"就在衣帽间的柜子里。我昨晚和今早都找过了，应该是我放错地方了。我不记得上次戴是什么时候了。"

他灰色的眼睛里流露出若有所思的眼神。

"你的助产士在你的房间里待了很长时间吧？"

"是的，但她是不会偷项链的。"

"不会吗？"他淡淡地问，"她自己有很多项链吗？"

我把一小片面包放进嘴里吞下去。

"我知道她不会的。我信任她。"

"你这么容易就相信她，也不见你这么对弗恩布雷克小姐。"

"我再去找找。"

我推开盘子，趁他还没来得及反驳，我就离开了。疑虑像针一样拨动着我的思绪，但我尽量不去理会。那天早上，我把我用过的各个房间翻了个底朝天，把我有钥匙的每一个客房和橱柜都找了个遍。我是把最珍贵的珠宝首饰都锁起来了，但钥匙就放在衣帽间壁炉台上的一个花瓶里，那儿并不是什么隐秘的地方。我其余的首饰都还在，包括我最喜欢的几枚猫眼石戒指、一串天鹅绒珍珠项链，还有母亲在我十三岁生日时送给我的祖母绿耳坠。

我又热又烦，就去楼下，想问问负责打扫卧室的女仆最近有没有看到那条项链，这时我听到一阵骚动。在楼梯的最后一个拐弯处，我差点撞到正朝我快步走来的理查德，他怒气冲冲的。

"找到了吗？"他问道。

"没有，我……"

"那条项链是我姑母的。"他生气地说，"她去世的时候，父亲将项链送给了我。项链属于这个家，现在丢了，简直就是对他的侮辱。"

"对不起。"我结结巴巴地说，但他摇了摇头。就在这时，我注意到仆人们从门口和过道里涌向大厅，紧张地看向我们。

"跟我来，这一切该告一段落了。"

他拉着我的手，把我往同一个方向拉，我吃惊地发现家里所有的人都聚集在高高的天花板下，有十五到二十个人，还有一个我没想到会在场的人。

"爱丽丝！"

她瞥了我一眼，脸上带着焦虑的表情。她手里拿着一个用绳子捆着的包裹，那里面装的是草药，我告诉她厨房里的草药不多了，她答应给我带来。她两颊上泛起了红晕，金色的头发披散在脸庞周围，比平时更凌乱，仿佛她是匆匆赶来的。

理查德从我身边走开，爬上狭窄的楼梯，来到吟游乐师表演的廊台。显然他有话要说。

"我妻子告诉我，她有一条珍贵的红宝石项链不见了。"他说，"这是高索普庄园第一次发生这样的事，你们都是忠心耿耿的仆从，我并不愿意暗示你们中的一个人或是几个人清楚项链的下落。"我看着他说话，汗水刺痛了我的腋窝，我觉得有好几双眼睛在看着我。"很有可能是沙特沃斯太太放错了地方，但她向我保证，她把平时会放项链的地方都检查过了。这条项链是对我父亲的一个纪念。"他继续说，他的语气由严厉转为恳求，这总是能使仆人们软化下来。

"项链对我来说非常重要，一定要找到。我会让女仆们把所有房间彻底找一遍，也会把大家的住处都找一遍。明天这个时候，我希望项链回到我的手中。如果是这样，我就不再追究了。"

几个仆人挺直了脊背，我意识到，他甚至叫来了马夫和马车夫。为什么不把农场的学徒也叫来？我恼怒地想。这时我注意到有个人举起了手，是萨拉，这个比较大胆的女仆总喜欢得到理查德的赞赏。我敢肯定，她知道他一个人睡后必定心里美滋滋的，甚至还可能想象晚上穿着袜子去见他。

"萨拉有话说？"理查德点点头，示意她可以发言。

"我相信您知道，我们都在这儿工作这么久了，不管找到了什么，都会马上交给您或夫人。"她道，"所以，也许您应该问问那些在这里工作没多久的人。"

一阵窃窃私语声传遍了整个房间，显然这话引起了大家的兴趣。对于她的直言不讳，众人有的惊讶，有的觉得好笑。

"你为什么这么说，萨拉？你是不是知道什么？"

理查德的语气很诱人。我想象着他们两个单独在一起的情形，随即赶忙把这个想法抛开。他是个优秀的商人，善于耍手腕做成他想做的事。就是这样。

我瞥了爱丽丝一眼，她正把重心移到脚上。她没有看理查德，而是直视萨拉。她的眼神很锐利，两颊泛着红晕。

"我想说的是，"萨拉操着浓重的口音，娇滴滴地说，"有人刚来这儿工作没多久，夫人的珠宝就不见了，这可能不是巧合。"

站在她旁边的两三个年轻姑娘几乎掩饰不住她们的兴奋。

"无礼的荡妇！"一个苍老的声音在我身后嘟囔着。

"谢谢你，萨拉，不用再说了。没有必要胡乱指责，但我基本上相信这所房子里的人的忠诚。然而，有些人可以更直白地表达他们的忠心。"理查德是在看爱丽丝吗？他开始朝楼梯走去，"请各位自己斟酌吧。记住，明天中午，那条项链必须重新回到弗莱伍德的手里。这不是请求。"

大厅里人声鼎沸，仆人们鱼贯而出，我走到爱丽丝身边，挽起她的胳膊。

"上楼来吧。"

她甩掉我的手。

"我想我还是不去了。"

她把包裹塞进我的怀里。草药和薰衣草的香味扑鼻而来，但此时这种混合在一起的香味让我感到恶心。

"为什么不去？"

"我把你要的东西带来了。我看不出你还需要我做什么。"

"那就去客厅吧。我叫厨房送些……"

"不了，谢谢你。我得去手梭客栈了。"她的声音完全失去了往日的温柔。

大厅里现在静悄悄的，最后的脚步声在过道里嘎吱作响。理查德的祖先从墙壁上的画像里敏锐地注视着。

"希望你不会认为我是在指控你偷窃。"我试图拿出揶揄的口气，但听来是在恳求。

"你的珠宝首饰都很漂亮，但我确定它们并不适合我。我相信你不再需要我了吧？"

"你说什么？爱丽丝，不，你不能走。我知道不是你偷的。"

我确实肯定吗？

我还记得，她抽完我的血后就拉上了我周围的床幔。我离开一小时后回来，见她若有所思地坐在我房间的窗前，脊背挺直，精致的面孔棱角分明，仿佛是在摆姿势画画像。我内心深处还有一个想法：她是怎么处理我的血的？有整整一碗血呢，理查德要求进房间时，那碗血就不见了。她是扔进火里了吗？可我并没有听到液体燃烧的咝咝声，也没有闻到血液烧焦的恶臭味。现在不是怀疑的时候。爱丽丝正注视着我，我知道我的表情泄露了我的疑惑。

"我得走了。"她冷冷地说，"在一个不信任我的地方，我是无法工作的。"

我还没来得及动，她就快步走进了过道。我走到过道时，她已经到了前门，我拉开门后飞快地走下台阶，差一点就撞到在台阶底部下马的一个人。

"沙特沃斯太太！"尼克·班尼斯特说，转身看着爱丽丝那瘦弱的身影越来越小。

"班尼斯特先生。"我一边喘着粗气一边说。

我觉得自己好像要崩溃了。发生了一件可怕的事，我却不知道该怎么办。就为了一条对我毫无意义的项链！

"你好像受了很大惊吓似的。那个女人是谁？"

这位治安官犹豫地走了过来，把一只布满皱纹的手放在我的胳膊上，正好碰到角刀刺破的地方。他一碰，伤口就有些刺痛，我赶紧闪开，结结巴巴地道歉。只是几天工夫，伤口就几乎愈合了，形成了一道月牙形的整齐伤疤。

这会儿，我只能看到爱丽丝的那顶白帽子起起伏伏地在向树林边缘移动。像往常一样，她没有经过户外棚屋去大路，而是径直走进了树林。

"夫人，你好吗？"

我叹了口气，感觉到冷风用它的手指拂过我的长袍。我的肚子贴着胸衣。过不了多久，我就不能再穿胸衣了。

"很好，谢谢你，班尼斯特先生。你是来找理查德的吗？"

"不知道他有没有空。我是来拿罗杰上次来这儿时留下的东西的。"

"我知道。我去帮你找。"

我曾听理查德说过会把那东西交给詹姆斯，但我不愿去找他拿。我甚至不想看他一眼。尼克跟着我进了屋，我吩咐一个路过的仆人照看他的马。詹姆斯的书房离前门只有几步路，他白天和法警出去了。帕克仿佛感觉到了我的不安，向我走来，用它那湿漉漉的鼻子蹭我的手。

"请原谅，班尼斯特先生，你要拿的东西是什么？"

"也许沙特沃斯先生知道在哪里……"

"不。我就可以帮你。"我说，语气有些过于严厉了，"理查德今天很累了。"

我推开书房的门，走到房间中央的大书桌前。詹姆斯的办公室很整洁，桌面上只有一罐羽毛笔、一瓶墨水和一叠羊皮纸。皮椅的后面是一个架子，上面放着几本装订好的家庭账簿，最早的账本可以追溯到二十年前，那时候理查德的父亲第一次开始记录沙特沃斯家的账目。我翻了翻一叠不知按照什么顺序整理归档的信件，这时候，我想起詹姆斯给我送来那摞整齐的关于我几次流产的信件。愤怒再次在我心里燃烧着：理查德认为不应该把我可能会死的消息告诉我，现在，他还把我唯一可以信任甚至能救我一命的人从家里赶走了。我意识到自己在发抖，热泪模糊了我的视线。我抽了抽鼻子，尼克·班尼斯特清了清嗓子。

"夫人，你的狗可真不错。"他说。

我擦了擦眼睛，又扫视了一遍书架，找到了我需要的东西：那是一封信，带有诺埃尔家族徽章的蜡封。我把信封翻过来，看到了罗杰用他那草书写的尼克·班尼斯特的名字，便把它交给了那个老人，他这会儿正在抚摸我的狗。

"谢谢你。"他点了点头。我知道我让他感觉很不自在，而且他在找话说。

"真是恶心。"

"怎么了？"

"潘德尔的女巫呀。不过相信罗杰会把她们连根拔起。我怀疑他是否会辞去为国王服务的职务。我对他说：'罗杰，最后大干一次吧，然后再舒舒服服地过日子。让一些年轻的血液接手你的工作，比如理查德。'你知道的，他很信任你的丈夫。希望有一天他能以治安官的身份接他的班。"

"是的。"我没精打采地说。

"罗杰做事从不半途而废。他并不满足于把那家人都送去受审，啊，不。他想要重现昔日的荣耀。他想让自己的名字出现在伦敦的小册子上。我发誓他想当骑士。他在宫廷里已经很出名了，但他不会就此打住。你和我一样了解他。"

我不知道爱丽丝此时已经走出多远了，是否已经到了客栈。我应该去追她吗？

"'最好把她们都抓起来。'我说。"尼克接着说，"审问审问她们也不会有什么坏处。"

"审问谁？"

我的态度非常粗鲁，但我想让尼克说完他的独白就赶快离开，我好考虑该怎么做。也许再过几个月，我的肚子逐渐变大，爱丽丝消了气，就能说服她回来。

"就是审问女巫在马尔金塔密会的事呀。他发现那里就跟老鼠窝差不多。不仅是迪瓦斯家的人，还有他们的朋友，这些人说要杀死托马斯·利斯特，还要炸毁监狱。这份名单上有几个当地人的名字。毫无疑问，这将在社会上引起轩然大波。谁能想到，在这片潮湿的小角落里，竟有这么多邪恶的勾当呢，还是在耶稣受难日那一天……哈！对他们来说，这不是什么好事，至少现在不是。"

"你手里拿的是名单？"我对着他手里的纸点了点头，他的话让我感到好奇，"上面都写了什么？"

我的兴趣让他松了一口气，他问我要拆信刀，我在詹姆斯书桌最上面的抽屉里找到了一把。他撕开罗杰的卷轴，让它散开，举在一臂远的地方大声朗读了起来。

"'詹妮特·迪瓦斯和詹姆斯·迪瓦斯称，他们在密会后骑着白色的小马驹离开，詹妮特·普雷斯顿叫他们一年后到她位于吉伯恩的家再次聚会。普雷斯顿是带着她的魔宠来参加聚会的，那是一匹白色的小马驹，脸上有一个棕色的斑点。'"

我感到我的心在胸腔里跳动。

"参加耶稣受难日密会的人还有谁？"

这位上了年纪的治安官眯缝着老花眼，花了很长时间才找到了那些名字。

　　"让我看看……啊，找到了：'休·哈格里夫斯的妻子，来自巴利村；克里斯托弗·布尔考克的妻子，以及她的儿子约翰，来自莫斯恩德村；迈尔斯·纳特的母亲；凯瑟琳·休伊特，来自科尔恩；爱丽丝·格雷，也来自科尔恩。'"

第九章

　　手梭客栈的招牌离河很近，过了旅店，公路分成两条岔路，向北边和西边延伸。我以前路过这家店很多次，却几乎都没有正眼瞧过。我把马拴在院子里，才意识到店名来自沙特沃斯家族的盾形纹章。那个盾形纹章由三架梭子组成，一只手从中伸出来抓住第四架。同样的标志也被刻在了这栋低矮建筑侧面的一个木牌上。

　　我走进大门，店内突然安静了下来，仿佛有一百双眼睛注视着我。尽管我穿的是我最朴素的衣服，披着一件黑色羊毛斗篷，戴着一顶简单的金带黑帽子。这个地方很小，天花板很低。几群男人围坐在几张像是矮凳的地方，矮凳上摆满了壶罐，他们的脸僵硬而茫然。一个男人站在像马厩门一样的隔断后面，等着看我要干什么，也许他以为我走错了路，才会来到这里。我朝他走去。

　　"我找爱丽丝。"我道。

　　他面色红润，嘴巴张得大大的，露出一口难看的牙齿："爱丽丝……"

　　"爱丽丝·格雷。"我低声说，"她在这里吗？"

他默默地点点头："我去叫她，夫人。您要不要去个安静点的地方？"

"谢谢。"

我跟着他穿过一块布帘，他把我领进一条光线昏暗的狭窄过道，来到饭厅，里面空无一人。整个地方很冷，没有生火，像高索普的啤酒厂一样弥漫着臭气。我用斗篷裹紧身体，走到可以俯瞰院子的窗口，只见有人把木桶滚入仓库。我认得那些酒桶来自高索普，上面还带有沙特沃斯家族的徽章。此时传来了门开关的砰砰声，过道里随即响起脚步声，我吓了一跳。

"以后别来这里了。"

过了一会儿，我才分辨出那个尖厉的声音是爱丽丝的。我把一只手放在肚子上，像是在保护自己，然后走到门口往外看。过道的尽头有一个深色头发的年轻人，他身着脏衬衫和旧裤子，但这丝毫无损于他的英俊。他看上去几乎像个外国人，像个海盗或王子，留着一头黑发，皮肤黝黑，一双黑眼睛很漂亮。爱丽丝背对着我站着，双手叉腰。

"你以为你可以离开我吗？"他问道。

"离开一个像你这样下三烂的酒鬼吗？我为什么不那样做？回家吧。"

"我在那里什么都没有。现在，我什么都没有了。"

他的脸皱了起来，看上去好像要哭了。

听了这话，她的肩膀垂了下去，像我在树林里见过的那样，她抱着自己的手臂上端。我在门口往后退，生怕他们看见我。爱丽丝再开口的时候，她的声音变粗了。

"过去的事，就让它过去吧。"

"你说得倒是容易，你有活儿干，现在还有了一份新……工作。"

"走吧，好吗？"

他把脸凑近她的脸，乌黑的眼睛闪闪发亮。

"如果我愿意，我可以毁了你的一切。我可以告诉他们一些事情……有人一直在问呢。"

"不要一直纠缠我了！"她尖叫起来，我脖子上的汗毛都竖了起来，"你不要再回来了。"

他最后狠狠地瞪了爱丽丝一眼，便跌跌撞撞地穿过过道，从我身边走进了院子。他身上散发着浓重的啤酒味。我犹豫着走了几步，来到爱丽丝站的地方，她背对着我，仍然抱着自己。

"爱丽丝？"

她转过身来，脸色比平时更为苍白。她的眼睛瞪得大大的，充满了惊恐，那时候在满是仆人的大厅里，她眼中的恐惧都没有此时的强烈。

"弗莱伍德？你来这儿干什么？"

我拉着她的手，把她领进了房间。

"我们在这里说话，会有人听到吗？"

"你说谁？"

"任何人。"

她摇了摇头，我把门关上。

"那人是谁？"我低声说，我的声音有些颤抖。

她摇了摇头："谁也不是。如果你来是为了项链的事……"

"不，不是，别管项链的事了。爱丽丝，你刚走，我就看到了罗杰·诺埃尔给尼克·班尼斯特的信。你认识他们两个吗？"她又摇了摇头，她的表情那么坦率，充满了困惑，我相信她说的必定是实话。"好吧，但罗杰认识你，或者说，他马上就要认识你了。爱丽丝，你是怎么认识迪瓦斯那家人的？"

爱丽丝就像一棵倒下的树一样，身体晃了几晃，不得不抓住椅背。

"你是怎么认识他们的，爱丽丝？怎么认识的？"

"我并不认识他们。"

"耶稣受难日那天你在他们家都干什么了？他们被指控使用巫术，爱丽丝。那家的外祖母、母亲、艾丽森……他家最小的女儿詹妮特现在住在罗杰家里，她把一切都跟罗杰说了。"

她的眼睛扫视着房间："我……"

"爱丽丝，你得明白，你的名字在一份名单上。现在这份名单掌握在一个有权有势的人手里，在这个地方，法律上的事都是他说了算。你会被逮捕的，而且肯定会因为使用巫术而被传讯。"

她的脸色顿时变得刷白。我觉得她要摔倒了，连忙跑过去，抓住她的胳膊，小心地扶着她坐在椅子上。

"我……我会被抓起来？还会被传讯……可传讯是什么意思？"

我吞了吞口水："传讯的意思是，你将在巡回法庭里接受审判。大斋节已经过了，也许夏天巡回法庭就要开庭了。"

"审判。"她低声说，"但是女巫都是会被绞死的。"

"大多数的确是。"我跪在她面前，握住她的手，"但你还没有被逮捕，还有时间让罗杰改变主意。爱丽丝，你必须告诉我你在马尔金塔和迪瓦斯家的人都干了什么。我可以帮助你。理查德也可以帮助你。"

她仍然吓得目瞪口呆，不敢置信地微微摇了摇头。然后，她把双手攥成拳头，塞到腋下，这下，她变得更娇小了。

"是谁把我的名字告诉他的？伊丽莎白·迪瓦斯？"

"我觉得是她的女儿詹妮特。你去那里做什么，爱丽丝？你得告诉我实情，这样我才能告诉罗杰是他弄错了。"

过道里响起了脚步声。我的心扑通扑通狂跳起来，直到脚步声渐渐远去。

"是他弄错了吗？"我问。

仿佛过了很久，她坐直了身子，把头发塞进帽子里。她那张很大的嘴巴看起来十分严肃。

"我不认识这些人。"她说。

"爱丽丝，你得明白，如果你在那儿，他们就会认为你和他们是熟人。他们会把你当成女巫的。"

她咬着嘴唇，鲜血从她的牙齿下渗了出来。她粉红色的舌尖像蛇一样伸出来，把血舔掉。

"告诉我吧。我去告诉理查德，我们还可以一起去找罗杰，让他知道是他弄错了。"

但她没有看着我，而是有些出神。

然后她说："不。我不信任他。你也不应该信任他。"

"信任谁？罗杰？"

她闭上眼睛揉了揉，仿佛突然很累似的。

"理查德？"我说。她仍然闭着嘴。"我不能相信理查德？他可是我的丈夫。"我站了起来，但是我太矮了，站起来也只比她高一头。"是因为他说了项链的事吗？他知道不是你偷的。我敢肯定他知道的。他只是气急了。"

有什么东西让我发起抖来，我意识到那是恐惧。我想把爱丽丝的手从她脸上撬开，让她看着我。

"我认为你还不了解你的处境有多危险。"我激动得声音发抖，"罗杰在猎巫呀。他像收集纸牌一样收集女人。我是来警告你的，我想要帮助你。如果你乐意的话，我会帮助你，我认为你应该接受。我劝你现在不要回科尔恩了。"

116

"可我住在那里。"

"他们会去那里抓你的。你应该去投奔亲戚朋友。罗杰和理查德知道你叫什么。用不了多久，他们就会意识到你就是罗杰名单上的那个爱丽丝。"

"那他们为什么没有破门而入把我抓走呢？"

"因为他们还不知道，我不会让他们去抓你。"

我话音一落，她就发出了一种像是嘲笑的声音。我伸手去拉门把手。

"我要回家向理查德解释清楚一切，他会去找罗杰。"

"你崇拜你的丈夫。"她的声音在寒冷空旷的房间里听起来非常清晰。

"这是当然。你是什么意思？"

"别去找他。"

"为什么？"炽热的怒火又冒了出来，"你不知道我的丈夫有多大的影响力吗？你是说你不需要我们的帮助吗？你自己能想办法渡过难关？爱丽丝，你可能会没命的。如果是我认识的罗杰，他是不会在伦敦法官面前被愚弄的。他列了一张要逮捕的人的名单，上面有你的名字。你还有什么不明白的？"

她又把脸埋在双手里。她仿佛在一个下午就老了十岁。

"爱丽丝，你在听我说话吗？你不相信我？"

"我相信你。"她说。

这是一个小小的胜利，尽管我很生气，但她的话仍让我心中雀跃。她以前从未对我说过这样的话，也不需要对我说。

"但你不相信理查德？为什么？"

她慢慢地转过脸来看着我。

"账本。"她说。

"什么？"

"你的管家记的账。你说过，你们买的所有东西，还有所有离开高索普的东西，都要记录在账册上。对吗？"

我点了点头，有些糊涂了。

"去看看账本吧。"

"可是……你怎么知道里面有什么？你又不识字。"

她那双琥珀色的大眼睛里有一种令人费解的同情。

"我不需要看，就能知道里面有什么。"

我直接去了詹姆斯的书房。壁炉里的火已经点上了，但是，当我拿出那本用小牛皮包着的厚账簿时，我还是浑身冰冷，牙齿直打战。詹姆斯用工整的笔迹，列出了进出的全部项目：

三月：两车麦芽酒；麻布袋；三条大腌鳕鱼，交付给伦敦的托马斯·亚特……

我应该找什么呢？

四月：迈克尔·索普带腌肉去科尔恩；吉登希尔园半年的租金；从伦敦运来一支枪的运费。

就是理查德的那支枪吗？我知道枪的事。

结婚登记证，威廉·安德顿先生从约克郡带来。

我停了一下，手指按住那个地方。高索普怎么会有人需要结婚证？据我所知没有人订婚。

就在那时，我注意到了一个非常熟悉的词，以至于刚才完全将其忽略了：

香皂，交付给巴顿。

煤炭，来自帕迪厄姆矿井，交付给巴顿。

鸡肉，从克里瑟罗购得，交付给巴顿。

巴顿。

巴顿。

这是我曾经的姓氏，也是我的家。但现在那里没人住了。自从我和母亲四年前搬出去以后，那里就一直是空的。

"夫人，您在这里。"詹姆斯站在门口，他平时那沉着的脸上露出焦虑的表情。我合上账本。"您有什么事吗？"

"没有，詹姆斯，谢谢你。"

我砰的一声合上账本，尴尬地绕着桌子走了过去。但当我从他身边走过，来到过道时，我的怒气突然又回来了：我就是看看自家的账簿，怎么跟做错事似的？我为什么不应该关心我给这个家庭带来的财产是如何保存的呢？事情怪怪的，我觉得我必须谨慎小心。在客栈那个潮湿的小房间里，我和爱丽丝分手的时候，这也是我给她的临别赠言。

"你上哪儿去？"我这么问她。

她只是耸了耸肩，望着空空的壁炉。我已经筋疲力尽，无法提供帮助，只能飞奔回家，满脑子想的都是自己混乱的处境。

"主人一直在找你。"詹姆斯说。

我惊恐地注意到他不仅十分忧虑，而且脸色苍白，神情严肃。

"出什么事了？"

"有一个仆人病了，就是女仆萨拉。理查德让我派人去请医生。"

"很好。她怎么啦？"

"她说头疼，现在又发烧了。她神志不清，一直在找她母亲。"

"那就把她母亲叫来。把她送回家也可以。"

"我想最好还是等医生看完她之后再说，以防传染。"

我皱起了眉头。有太多的念头充斥在我的脑海中，比如送去巴顿的补给品、病倒的仆人、爱丽丝与迪瓦斯家的联系，还有那条红宝石项链。今天发生的事情比过去一年还多。

"她早些时候看起来还挺好的。"我自言自语地说，想起她在理查德的家庭会议上是怎么发言的。

然后我想起了爱丽丝粉红色的脸颊和严厉的目光，我的心沉了下去。我默默地祈祷着，但愿汗热病或其他致命的疾病不会蔓延到这所房子。

外面的走廊很黑，詹姆斯的书房里温暖宜人。我本来不想骑马二十英里返回巴顿，但现在是非去一趟不可了。

"詹姆斯，我需要你为我做两件事：给我的马套上马鞍；给理查德捎个口信。"

"主人随时都会回来……"

"口信是这样的：我要去科尔恩，在那儿找个小旅馆住一个晚上，设法说服爱丽丝回来做助产士。"

他惊讶地看着我："但是，夫人……"

"我觉得理查德把项链的事处理得很糟糕。他侮辱了我们忠实的仆人。这一切你都是亲眼所见。不过你当然不会把我的话告诉他。恐怕他让我失去了一个经验丰富的助产士，我很信任她，也很喜欢她，除了她，我不允许别人给我接生。你愿意怎么和他说，就怎么说吧。真正的原因，詹姆斯，是我不能忍受我丈夫对待仆人的方式。你们都对我忠心耿耿，我很看重你们，我希望你们不要因此而对他心怀怨恨。这就是我离开高索普的原因，我很生气。请告诉他别来找我，我明天早上就回来。"

他犹豫了一会儿，利落地点了点头。

"是的，夫人。"

我转过身，然后，就像我突然想起的那样，微微转过身，希望我的脸藏在黑暗中，不会暴露我的想法。

"啊，詹姆斯，巴顿怎么样了？一切都好吗？"

他的脸立刻沉了下去，脸色变得煞白。这正中我的下怀。他像一条奄奄一息的鱼，张了几次嘴，我静静地等着。

"您需要从那儿取什么东西吗，夫人？那里已经好几年都没人住了。"

"是四年了，对吗？"

他咽了口唾沫，喉结随之动了动，把要说的话咽了下去。

"是的，没错。"

"很好。我去拿斗篷。"

天黑后不久我就到了。月亮还没有出来，夜空中只有云，一切都笼罩在黑暗之中，但我看到巨大的房子在前面若隐若现，一楼的一个房间里闪动着欢快温暖的光亮。我并不想回这个地方。我不想看到我和母亲同住的房间。我不想看到客厅，我的童年就是在母亲离开客厅去拿东西的那段时间结束的。我不想看到吱吱作响的楼梯、高而冰冷的天花板，也不想看到那个空笼子，一个冬天的早晨，我发现塞缪尔因为离火太近而死在了笼子里。

我刚在屋外下马，就听到一个声音，或者更确切地说，是看到了一个东西，我连忙转过头来，一个很矮很瘦的东西穿过了我右边的草地。那东西光滑柔软，像是一道影子，但它停了下来，它那毛茸茸的尾巴笔直地伸在身体后面。竟然是一只狐狸。它僵住了，一动不动，就像一座雕像。我们彼此凝视着，我的皮肤感觉刺痛不已。但它马上就跑掉了，消失在黑暗中，我一个人继续往前走，在前门台阶上绊了一跤，暗骂拖鞋下面的木套鞋不跟脚。我甩掉木套鞋，它们叮咣两声，掉在了地上。

门毫无阻碍地开了，门厅里光线很暗，没有点燃火把，旧日那种熟悉的寒意在门槛上包裹着我。

"有人吗？"我叫道。

我无法也不敢想象大厅里有什么东西或者有什么人。最糟糕的不过是有流浪汉闯了进来，或者，这才是最好的情况？

我的脚踩在地上，几乎没有发出半点声响。我能听到的唯一的声音是我急促的呼吸声，以及血液冲击我的耳朵引起的耳鸣声。我在黑暗中盲目地走着，双手举在面前，摸着墙壁，朝大厅的门走去。一个念头悄悄地爬上我的心头：我可能会摸到一个正无声无息等我送上门的人的脸，但我急忙甩脱这个念头。我把墙从上到下摸了一遍，找到了我一直在找的把手，拉开了门。

一个温暖明亮的场景映入我的眼帘。墙壁上的烛台闪闪发光，壁炉上方的玻璃使得光线反射回房间，光线又倒映在枝形吊灯上。那个巨大的壁炉有十英尺宽。我以前常常走进壁炉，因为在灰烬上烧坏了拖鞋而挨骂。此时，一个女人正坐在壁炉边上。我向她走过去，我觉得自己好像在做梦，飘浮不定，因为我们之间的距离似乎并没有拉近。她注意到了我的存在，立即站起来。她比我大几岁，一头黑发露在外面。她看上去很害怕，我一开始不明白，随即恍然大悟，我的心先是怦怦乱跳，跟着停止了跳动。

身后走廊里一阵喧闹，我本该大吃一惊，但我没有，因此，当詹姆斯从高索普飞奔而来，气喘吁吁、满头大汗地出现在走廊，我几乎没有反应。我死死盯着我前面的妇人，就在她起身的时候，她的斗篷掉了。她的肚子和我的一样圆。

地板开始倾斜。石板冲过来欢迎我这个昔日的主人。我很感激它们的拥抱，因为我的世界崩塌了，我的身体也随之崩溃了。

第二部分

威斯特摩兰（现在的坎布里亚郡）

一六一二年五月

法律就像蜘蛛网，小蚊蝇被网捕住，

大的却穿而过之。

——弗朗西斯·培根爵士

第十章

风雨交加，詹姆斯还是陪我回到了高索普，我一回到房间就锁上了门。我把自己整整关了一天一夜，我逐渐习惯了理查德敲打我房门的声音，我的心空空如也，也就没心情去介意任何事了。我、审慎、公正都在等待着，至于等什么，我们就不知道了。但是，第二天晚些时候，当我开始认真地考虑叫人来生火和送些食物时，一个女仆走到门口，报告说我母亲派人送了信来。

透过钥匙孔，我吩咐她去告诉来人我只想一个人待着，不一会儿她又回来了，她的声音变得更加苦恼，她带来了一个男人，我不认识这个男人的声音。

"巴顿太太让我告诉你，有辆马车正等在高索普门外。"那声音说。我等着他继续往下说。

"她很坚持，说除非你上马车，否则马车不会离开。"

"那就让马车在那儿腐烂好了。"

那人清了清嗓子。我不知道还有谁默默地和他站在一起。

"巴顿太太邀请你和她一起到柯克比朗斯代尔去住。她认为你可能想换个环境。"一阵恭敬的沉默过后，他继续说，"我在这里等您准备好。"

我回床上躺了好一会儿，盖着被子翻来覆去。

最后，我用哽咽的声音说："你在吗，理查德？"

片刻后，送信人说："现在只有我一个人，夫人。"

我费了九牛二虎之力才重新来到锁眼边上。我所能看到的只是一条腿和剑鞘。即使经过了一天一夜，我仍然无法理解有多少人知道了理查德的背叛。这件事离开我的床，传到了给她送啤酒的啤酒厂，然后到了书房，我们忠诚的仆人詹姆斯在那里把每一次对我的打击都记录下来。这件事已经传到了手梭客栈，我想爱丽丝就是在那儿听说的。而且，这事儿甚至渗入了我的过去，污染了我已经不会再为之伤感的童年。这是最糟糕的一点，理查德竟然安排他的情妇住在我长大的房子里，在我们结婚的那天，那栋房子就像一个包裹一样交给了他，因为他知道我再也不会去那里了。

就在那时，我突然有了一个想法：母亲知道那个大着肚子的黑发女人吗？随着下午的时间一点点过去，这个问题像只苍蝇一样在我耳边嗡嗡叫着，我听到帕克在门的另一边叫着。它在门外又抓又叫，我这才想到我只顾着自己，都把它忘了。我跪在地上，往门靠了靠。

"帕克。"我低声说，"帕克，停下。我在这里。我在这里。"

听到它的嚎叫，我顿时泪如雨下，这声音仿佛要把我撕成两半，不管我说什么，它都不会安静下来。我必须抱抱它，我无法抑制这个想法，便转动钥匙，它扑了进来，把我扑倒在地。它的大舌头擦过我的脸，我忍不住笑了，它爬到我身上，呜咽着，喘着气，发出单纯而快乐的声音。等它和我嬉闹完，我坐起来。送信人站在离门很远的地方，战战兢兢地等着。

"我会去的，但我有条件。"我说。他优雅地鞠了一躬，满怀期待地站直了身子。"第一，我要带上我的狗；第二，我们路上要去一个地方。"

"要我叫个仆人给您收拾东西吗？"他问。

"我自己会收拾。"

在北上的旅途中，我和爱丽丝想出了一个计划，好让罗杰找不到她，她辞去了在手梭客栈的工作，告诉老板她的父亲病了，需要照顾。我坐在马车里在几条街外等着，以免被人看见。我们都很紧张，十分匆忙，因为她其实是畏罪潜逃，我问她是否有东西要回家拿，她只是摇了摇头。道路在我们身后渐渐消失，我们决定让她以陪护吉尔的身份，与我一起去我母亲那里。她告诉我，吉尔是她母亲的名字。

"你想吃点什么吗？"我问。

我们在另一家客店的院子里等车夫去换马，这时候，晚饭烤肉的香味飘了过来。这是一个宜人的五月夜晚，天气很暖和，四周一片宁静，我们听着院子里的各种声音，马蹄声嗒嗒，人们聊着天，谈论着他们的日常生活，马车门上的帘子拉了下来，没有人能看到车内的情形。

爱丽丝摇摇头。

"你说你母亲是个助产士。"我说，"那她……"

"她已经去世了。"

"我很遗憾。"

"那是几年前的事了。"

爱丽丝坐得笔直。即使没穿紧身胸衣，她的姿态也很优雅。

"她是怎么死的？"

过了一会儿，她才回答。

"她发了高烧。她病了很长时间，就这样进入了来生。我无能为力。"

"你的草药知识都是从她那里学的吗？"

她点了点头："她有一个草药园……她说那儿是她的厨房，因为我们没有厨房。她种各种吃的东西，还种草药……我努力维护着那片园子，因为我知道她有多喜欢那儿。她把每种草药的名称都告诉我。我们会出去散步，她指给我看那些草药，告诉我它们都有什么用。她说，女人了解那些知识非常有用，这样作为妻子和母亲，就能把家庭维系在一起。她很希望我有个家。"她柔声说完。

"那她是在哪儿学的？"我问。

"女人要从哪儿学这些呢？我想是从实践中总结出来的吧。她和她的朋友凯瑟琳一起，哪儿需要她们，她们就去哪儿。他们说凯瑟琳是个慢性子，她不管做什么事都花很长时间，以确保做得完美。她总是小心翼翼地把她的东西拿出来，即使正在生孩子的母亲叫喊得撕心裂肺。"她笑着回忆往事，"她会生一堆火，好像时间多的是呢。"

"你也和她们一起去吗？"

爱丽丝点点头。

"你接生过几个孩子？"

"不知道……二十个吧。也许更多。"

她的回答使我吃了一惊。我原以为她更有经验，但我没有问。过了一会儿，我问她走后，她父亲是否会想念她。她想了想，然后摇了摇头。

"不。他会想我，但不是想我这个人，而是因为我能干活儿。"

"什么意思？"

"做饭啦，喂鸡啦，做家务啦。还有挣钱。"她的声音很平淡。

"你从来没想过结婚，有一个自己的家？"

她的脸色阴沉下来，片刻后便恢复了正常，快到我怀疑那也许只是我的想象。她似乎在考虑如何回答，然后说："那其实没有什么不同。不管是做女儿，还是做妻子，生活都是一样的，只是换了个男人指使你干这干那。"

"我想你是对的。但你应该有自己的孩子。每个女人都想要孩子的，这是我们生命的意义。"

她垂下眼睛："孩子们只会添麻烦。"

这是一个奇怪的回答，尤其是对助产士来说。接着，车夫爬上车顶，把我们的座位震得摇晃起来，我们再次出发。

爱丽丝再没说话，我想我是得罪她了。过了几英里，我开始打起瞌睡，这时我听见她用平静的声音，仿佛自言自语地说："我从来没有坐过马车。"

我们到达时，天已经黑了。庄园坐落在山坡上，四周是茂密的林地，上坡路很陡，我不得不把脚抵在对面的座位上，以防滑下去。花园一直延伸到山谷的顶端，山顶遍布碎石子，石楠树郁郁苍苍。帕克睡着了，爱丽丝也睡着了。她睡觉的样子很奇怪，但看上去还是很警觉，修长的脖子梗着，脸上毫无表情，好像才刚闭上眼睛。

马车停了下来，我从车上爬下来，累得筋疲力尽，这是我两天来的第二次长途旅行了。帕克趴在我身后的地上，打着呵欠，伸了个懒腰。爱丽丝在它后面。亨利把我的箱子卸了下来，台阶顶端的宽大前门打开了，灯光洒在我们这个奇怪的组合身上，映出了母亲那清晰的轮廓。

"弗莱伍德。"她说，她那微弱的声音传进了黑夜，"我还以为你不会来了呢。"

我瞥了爱丽丝一眼，我们一起走上台阶。

母亲住的这所房子属于沙特沃斯家族，大约二十年前，理查德的叔叔买下了这里，以便在去苏格兰的路上休息或打猎。我只来过一次，那时母亲胸口疼，理查德就劝我去看看她。

我决定直接谈正事。我的箱子还没有放在门厅的石板地上，我就转过身来面对母亲。

"你知道理查德的那个女人吗？"

"我当然知道，弗莱伍德。趁你还没累死，快进去吧。"

她证实了我的怀疑，像是用剑刺穿了我的身体又拔了出来。

爱丽丝挽着我的胳膊，几乎是搀扶着我穿过铺着石板的走廊，来到一间陈设简陋却温暖舒适的房间里。没有书，没有花瓶，家具的表面光秃秃的，就好像正等着那些原本摆在上面的东西掸灰后再被放回来。玛丽·巴顿总是用加尔文主义的方法来布置家具，但这里的地毯需要更换，壁炉需要清理，窗户也该擦一擦了。

她在火炉旁坐下，示意我坐到对面那张又旧又破的椅子上。我想知道自从理查德的叔叔二十年前买了这个地方以来，家具有没有换过。但是房间里很暖和，壁炉里燃着一堆低矮的炭火。屋中弥漫着一股淡淡的难闻的气味，令人作呕，夹杂着肉腥味，过了一会儿我才意识到这里的蜡烛是动物油脂做的，不是蜡。

"给我的助产士来把椅子。"我说。

母亲盯着我看了一眼，又迅速地上下打量了爱丽丝一番，才站起来大步走出房间。爱丽丝对周围的环境不感兴趣，只是心不在焉地盯着她脚下破旧的地毯。母亲回来了，一个仆人在她身后搬来了一把结实的椅子，他把椅子放在靠墙的位置，鞠了一躬后就轻轻地关上门出去了。

我们都沉默着，等着对方先开口。没过多久，我就发起了脾气。

"你让我跋涉五十英里路来这里，却一句话都不说？"我厉声道。

不管我有多粗鲁，母亲的表情总是让人捉摸不透。她的面色刷白，我注意到她的眼睛和嘴唇周围的皱纹比我上次见到她时更多了。

她深深地叹了口气，闭上了眼睛。

"我一直盼着不会有这么一天。"她说。

"你以为我不会发现吗？"

"是的。"她简单地说。

"为什么？你早就知道了，为什么不告诉我？理查德背叛了我，他伤害了我，破坏了我们的婚姻，而你一直都知道这一切。你可是我的妈妈！"

"我是想保护你。"她慢慢地说。她的眼神十分深邃。

"我怎么能相信你呢？我谁都不信。没有人值得我信任。"我说。

除了爱丽丝，我脑子里的一个声音补充道。

我用手捂着脸哭了起来，母亲看着我，她的表情很可怕。

"我恨你！"我冲着她尖叫。声音响彻小房间，在木墙之间回响着，"我恨你们两个。你们两个都背叛了我。"

她让我镇定下来，我瘫坐在椅子上，又像个闷闷不乐的孩子。我的呼吸慢了下来，我擦干了脸上的泪水。

"你就住在这里吧。"母亲最后说。

"住到什么时候？直到她生下孩子？"我问。

"什么孩子？"

母亲的脸上露出了了然的神色。她用一只苍白的手抓住了椅子的扶手，脸色变得更苍白了。

"她……"

"她就快生了。"我说。

她闭上眼睛。"愚蠢的傻瓜。"她低声说。

我不知道她指的是我们中的哪一个。

"你知道她在巴顿？"

母亲点了点头。她心不在焉地弯曲着戴有那枚朴素的金结婚戒指的手指。我看到她在思考。我用眼角的余光看到爱丽丝默默地坐着，一动也不动。母亲没有问她的名字，甚至没有承认她的存在。

"你知道那个女人叫什么吗？"我最后问道。

"朱迪思·索普。"

"你是怎么知道她的？"

"这并不重要。"

"对我来说很重要。"

"重要的是你能保住这个孩子，你以前并没有做到。"

我的心一下子沉了下来："为什么？"

她舔着牙齿："弗莱伍德，听我说。你生不下继承人，那她生的孩子就会是继承人。"

她的声音在房间里听起来很清晰，我们凝视着彼此，在这件事上达成了共识，这可能是我们有生以来第一次这样。我突然浑身发冷。

"但她并不是他的妻子。"爱丽丝开口道，把我们两个都吓了一跳。

"私生子和继承人没有差别。"母亲阴沉地说，"私生子也许不能直接继承遗产，但不管是房产、土地，还是财物，一个人可以把各种东西遗赠给自己的私生子。尤其是在没有其他继承人的情况下。此外，让私生子成为合法继承人只有一个办法，那就是他的父母结婚。"她轻蔑地补充道。

詹姆斯的字迹浮现在我眼前：结婚证，威廉·安德顿先生从约克郡带来。

我用手捂住了嘴。

"他打算娶她。他知道我要死了。"

"死？"

我把詹森医生的信和我在账本上看到的订购结婚证书的事告诉了我母亲。此时，我颤抖得很厉害。

"弗莱伍德！"

见我抽搐起来，母亲惊呆了。

爱丽丝突然出现在我身边。

"你有罗莎索利斯吗？"她问我母亲。

"那是什么？"

"肉桂白兰地。给她做一杯吧，对她有帮助。"

母亲快步离开房间，爱丽丝握着我的手，她的手是粉红色，而我的却是灰白的。不久，母亲带着一个仆人回来了，他端着一个托盘，托盘上放着一个锡杯。爱丽丝接过来递给我，我把酒咽了下去，锡镴碰到我的牙齿上叮当作响。在这种混合酒水的刺激下，我的喉咙感觉火辣辣的，五脏六腑也变暖了，剧烈的颤抖缓和了下来，我只是轻轻地抖动着。母亲把杯子放回托盘上，要仆人拿点面包和葡萄酒来。

"夫人。"仆人温柔地说，"精粉面包没有了，只剩下麦麸面包了。"

"随便拿什么都可以。"母亲厉声说。然后她转向爱丽丝，她的黑眼睛露出饶有兴味的眼神，"你叫什么名字？"

"我叫吉尔，夫人。"

母亲点了点头，既表示她听到了，又表现出了她的不屑一顾，然后回到我面前的座位上。

各种想法在我的脑海里打转儿。我感到肚子里的孩子在动，好像在提醒我他还在那里。那感觉就像马车驶过一片低洼地带，也不能说不愉快，我用双手捧着肚子抚摸着，仿佛是要让肚子变暖。我想起了医生信中蜘蛛网般的字迹，现在对我而言，信上的内容与我自己的名字一样熟悉：她的寿命就要到头了。

第十一章

　　我和爱丽丝合住在房子顶层的一个房间里，那里很暖和，这个地方偏北，夏天还没有到来。她躺在一张放在我旁边的矮床上，她睡觉的方式很特别，整个人蜷缩在床垫上，并不用枕头。我之所以知道，是因为我并没有睡着。我不想翻来覆去把床压得嘎吱嘎吱响吵醒她，最后我还是从床上起来，坐在窗边。

　　我满脑子想的都是那个理查德的女人。我越想描绘出她的样子，她的脸就变得越模糊，但我敢肯定我从未见过她。我不知道她是否睡在我在巴顿的旧床上，也不知道理查德在巴顿时是否也睡在我的旧床上。他每次出门前都要吻我的额头，我从窗口望着他骑马离开，前往哈利法克斯、曼彻斯特、兰开斯特，以及再远一点的考文垂、伦敦、爱丁堡。但实际上，他只是去了巴顿。

　　眼泪很容易就倾泻而出，我尽量不使劲抽鼻子，也不哭出声音来。我无法想象回高索普，但也不能在这里待下去。在母亲的家，我永远都是个客人。我陷在了泥沼里，正在下沉。但此时此刻，坐在窗前望着窗外的一片漆黑，我不去想第二天，也不去想第三天。现在，我还活着，我的孩子也还活着，他正像一只新生的小猫一样蠕动着，我一直都能感觉到，我从来都不是真正的孤独者。然后我意识到，等到孩子出生了，而我依然活着并成了母亲，我将永远不会孤单。这个想法就像一缕温暖的阳光照在我的脸上。我可能失去了理查德，或者他的一部分，我的婚姻也不再是我想象的那样，但我将拥有一个终生的朋友。

我转过身来，望着睡着的爱丽丝，只有她能帮助我达到这个目的。她的金发散落在枕头和她的背上，她的胸膛轻轻地起伏着。我想起了那个在手梭客栈惹她心烦意乱的男人，想起了她说过的"孩子们只会添麻烦"。我觉得她是我第一个可以称为朋友的人，但我对她到底了解多少呢？

爱丽丝好像意识到有人在瞧着她，她在窄小的床上动了动，呜咽一声。我看着她安静了下来，然后她浑身僵硬地用双手抓住了被子。

"不要折磨她。"她呜咽道，"不要折磨她。"

但我还没来得及决定是否叫醒她，她突然恢复了平静，身体放松了，表情也缓和了下来，继续沉沉地睡着。

我把手放在肚子上坐着，看着深蓝色的天空变得更加黑暗，然后天一点点变亮，鸟儿开始打破寂静，这时候，我的眼皮变得越发沉重，我爬回了冰冷的被窝。

那天早上，我们几个闷闷不乐地吃了早饭。爱丽丝要和仆人们一起吃，但我要求她和我、母亲一起坐，她拒绝了，我却十分坚持。她和母亲都不高兴这样，仆人将鸡蛋摆在她们面前时，她们两个的脸都绷得紧紧的。面包拿来了，但和我以前吃的不一样。我记得母亲的仆人头天晚上说过他们只有麦麸做的面粉。

我抓了抓感觉很紧的衣服和帽子，打了个哈欠。爱丽丝正小口吃着一个煮鸡蛋，我从碗里拿了一个，把温热的煮鸡蛋捧在手里。在纯白色的蛋白的衬托下，我的皮肤看起来几乎是黄色的。

"弗莱伍德，你的鸡蛋有什么不对吗？"母亲问。

我咬了一口，发现异常好吃，咸咸的，很坚实，不像我在厨房做的那种放在蛋壳里的颤巍巍、水汪汪的鸡蛋。我把鸡蛋放下，去挠我的胳膊，在抓不到皮肤的地方，我只能用力揉搓衣服的衣料。

"弗莱伍德，"母亲说，"你长虱子了吗？"

我想是的，虽然我觉得没有这个可能。我觉得从脚踝到耳朵，全身都有些发痒。我抓挠着脖子、脸、手腕和袜子，只要是能够到的地方，我都会挠。

"也许吧。"我说。

穷人才会长虱子，不洁净的人才会长虱子，我不会。我每天都用亚麻布擦洗身体，在手腕和喉咙上涂抹玫瑰油。

"把早餐吃了。"母亲说，"要是你有你的助产士那样的胃口就好了。"

爱丽丝涨红了脸，不再往面包上涂黄油，慢慢地放下刀子。

"比起这种便宜货，我更喜欢吃精粉面包。"我说，希望也让她脸红，她的确满脸通红。

但是我在撒谎：麦麸面包温温热热的，很有营养，涂上自制的黄油吃起来很香。瘙痒的感觉再次袭来，我站起来去抓双腿的后面，结果我的餐刀咔嗒一下落在了桌子上。

"弗莱伍德！"

"我也不知道我这是怎么了。"

我把手指伸到裙子后面，那里的刺痒感刚有所缓解，我胳膊上刚才揉搓过的地方又痒了。

"控制一下你自己。太丢人了。"

"以前从来没有发生过这种事，我一来和你住，就开始浑身发痒。你洗床单了吗，妈妈？"

"当然洗过，别说傻话了！"

"我得去换下这身衣服。"我大步离开了桌子，在门口停了下来，"吉尔，你能来帮我一下吗？"

爱丽丝似乎松了一口气，不再吃早饭，跟着我走出饭厅，去了楼上。她一一解开她在半个钟头前刚刚绑上的所有丝带和花边，我却已经痒得忍无可忍了。

"快点，拜托了！"

最后，长袍落在我脚下，我走到裙身之外，接着还必须脱掉紧身衣，法式群环也从我的臀部拉了下来。等我可以坐下来解开袜子时，我连忙卷起内衣的袖子，用指甲使劲儿抓我的皮肤。我把手伸进睡衣去抓肚子上的肉，以前柔软的部位现在摸起来又硬又滑。我从头发上扯下一根发卡，用它挠我的后颈。

爱丽丝看着我在她面前扭着身体挠痒痒，若有所思地摩挲着脖子。

"也许洗个澡会有用？"她建议道。

一个浴盆和几壶水从厨房送了过来。然后，一个女仆来敲门，送来了一块黑色的肥皂，肥皂是自制的，软软的，不像我们买的那种像是纯白色的蛋糕的肥皂。我不知道怎样叫爱丽丝在我脱衣服时转过身去，但她还是主动转了过去。我把内衣裤扔在地上，还以为会看到一些黑色的小东西在我的肉上爬上爬下，在我的衣服里爬进爬出，但是什么也没有。我全身的皮肤都发白，并不像感觉的那样是红通通的。我大笑起来。爱丽丝从她的矮床上转过半个身子。

"怎么了？"

"什么也没有。没有虱子。没有皮疹。一定是我出现了幻觉。"

我进入水中，把水泼得满地都是，扑灭就像许多小火苗在烧我的皮肤的刺痒感。

"要不要我出去？"爱丽丝问，仍然对着墙。

"不，留下来吧。"我说。

她一直背对着我，把腿叠在身下，让自己更舒服些。水平稳了下来，我低头看着自己的肚子，它比我上次洗澡时大了很多。我看不见肚子下面粗糙的黑色毛发。我把肥皂涂遍全身，皮肤变得像鳗鱼一样光滑，瘙痒感随之消失了。我把罐子灌满了水，倒在头上，在头发上抹了些肥皂泡，头发马上乱成了一团。水轻轻拍打着我的身体，我叹了口气，想起了一些事，自从四月份我和理查德、罗杰一起骑马在雾中打猎，那些事就一直在困扰我。

"爱丽丝，你听说过魔宠吗？"

我听见她在床上动了动。

"听过。"她说。

"詹妮特·迪瓦斯告诉我，她妈妈养了一只狗，我见过她带着一只狗，当时你和她在一起……"

爱丽丝不动了："这是什么时候的事？"

我吞了吞口水。她扭过头，直视着我，她的眼睛明亮而清澈。

"什么时候的事？"

"爱丽丝，别看。"

我试图把自己藏在浴缸里，但她的目光并没有离开我的脸。

"你在监视我吗？"

"没有。"

"什么时候的事？"

"我……我骑马出去接你，就看见你和她在树林里。"

她又转向火堆，伸手去拿拨火棒，把它插进细碎的煤块里。

"你听到了什么？"

"什么也没听到。"

"你当时为什么不出来？"

"我……我很害怕。害怕她。害怕那个女人。伊丽莎白·迪瓦斯。"

"为什么？"

"她的眼睛。我看了很怕。"

当她转过身来面对我的方向，疯狂地向四面八方望着的时候，她看上去太骇人了！

"还有她的女儿詹妮特。"我接着说，"我不明白为什么罗杰相信她所说的那些话。他怎么可以相信呢？她毕竟只是个孩子。"

当我说这话的时候，我想起了自己在那个年纪的样子，我没有对任何人说起过发生在我身上的事情，因为我知道不会有人相信的。但那是不同的，而詹妮特的故事里尽是巫术呀，魔宠呀，就像哄孩子们睡觉时讲的故事。

"也许他愿意相信。也许那些话都是他教给她说的。"

"罗杰不会那么做的。"

"你怎么知道？"

"他是个好人。他待我们一直很好。"

我的话在房间里响起，听起来却是那么空洞。罗杰也知道理查德在外面有女人吗？那就是双倍的背叛，甚至比我母亲的背叛更叫人心痛。他说我和理查德是"恩爱夫妻"。他要么是不知情，要么就是太残忍。

"爱丽丝，我很抱歉偷看你，我不是故意的。"我沉默了许久才说。

我的思绪混乱纠缠，我必须把它们理清楚，一一想明白。我看到爱丽丝在抠着她的裙子上的什么东西。她的旧衣服需要好好缝补和清洗一番了，她的帽子也得浆洗一下。我决定现在就给她安排。我不知道她最后一次洗澡是什么时候，说不定她也想把自己洗干净。

"爱丽丝，你想洗澡吗？"

"不了，谢谢。"

"我可以叫人再送点水来。"

她生气了："我身上有异味吗？你以为是我把虱子传给你的吗？"

"不，当然不是。没有虱子。都是我想象出来的……"我看着地上我那堆白色内衣，又确定没有虱子在爬，"爱丽丝，你说我的皮肤是不是蜡黄色的？"

她轻蔑地瞥了我一眼。"也不能说是蜡黄的，你的肤色看起来确实不健康，只是也从来没有健康过。"

她充满了怨恨，我第一次怀疑我把她带到这里来是否正确。自从那天理查德暗示她偷了我的项链以来，她的内心就发生了某种变化。尽管如此，我还是习惯别人服从我，而她对我的态度好像我们是平等的，但我意识到我并不介意她这样。

我又舀了点水浇在身上，然后站起来，到梳妆台前照镜子。我的头发乱蓬蓬的，像鸟窝一样扎在耳朵周围。我的乳头很饱满，周围有一圈深色的乳晕，乳头也是深色的，眼睛下面有一片乌青。我用干净的亚麻毛巾把自己裹住，又裹上浴巾坐在床上。爱丽丝仍坐在原地。我想着她都想去哪些地方。肯定不是这里，但直觉告诉我，她也不怀念她离开的那个地方，她也不可能怀念，那儿现在不安全了。也许她觉得最舒服的地方是我想象不到的，比如在旧被子下躺在爱人的怀里，或者在春天温暖的夜晚和她的父亲舒舒服服地坐在外面。

"爱丽丝，你老实告诉我，我是不是影响你和你父亲了？"我一面说，一面把一件干净的罩衫套在头上。

"没有。"

"那其他人呢？"她摇了摇头。

"旅店里的那个人呢……"我犹豫了一下。

她瞪着我："你看到他了？"

这是我第二次承认偷看她。我微微红了脸，点了点头。

"就在他离开的时候，在过道里。他惹你生气了吗？"

"我不想谈这件事。"

她转过身去，我看不见她的脸。

我梳了头发，拿起珍珠色丝绸紧身衣，用指关节轻轻地拍打着。我决定今天不穿紧身衣，直接穿长裙，我再也受不了束缚我的肚子了。爱丽丝看见我在摆动紧身衣。

"你是不是受够了必须穿自己穿不上的衣服？"

"不。"我老实地说，"我一天只穿衣打扮一次。除了今天。"

我们相视一笑，我觉得她原谅我了。敲门声响起，有人来取洗澡水，另一个仆人送来了糖饼干和热牛奶，我和爱丽丝分着吃了。她说她二十四小时内吃的东西比她一整年吃的都好。我们坐在那里吃着饼干，把饼干屑喂给帕克，我的嘴唇上沾着糖粒，头发干净柔软，衣服也很干净，如此，我确实应该很容易忘记自己为什么在这里，但我实在无法忘记。爱丽丝之所以和我在一起，是因为我的肚子越来越大，而我之所以在这个离我的卧室五十英里远的明亮且通风的房间里，是因为我丈夫有了另一个女人。一切都是那么混乱，但不知何故，我并没有感到完全绝望。反正暂时还没有。

不久，母亲走了进来，一脸不悦地看着爱丽丝坐在床上，双腿歪向一边，一杯牛奶放在掉满糖粒的裙子上。爱丽丝微微红了脸，赶紧端坐好。

"你今天还穿衣打扮吗，弗莱伍德？"母亲问。

"也许吧。"我看见她向我的肚子瞟了一眼，此时没有一层层的丝绸、天鹅绒或羊毛的遮盖，我的肚子显得更大了。"你没有木柴生火吗？我们就像两个仆人，俯身烤着这些快要熄灭的煤块。"

"我们的经济状况很好。如果你喜欢用木材烧火，我可以给你拿把斧头来。"

她的一双黑眼睛闪闪发光。

我们瞪着对方，然后她转身离开，重重地关上了门。

"没有木头，没有面粉，也没有蜡烛。"我自言自语，"我都要以为我母亲老了以后变得越来越小气了。"

爱丽丝通了通炉膛里的灰。

"她的钱都是从哪儿来的？"她问。

"我从来没有想过这个问题，但我想是……从我们这里拿的吧。"

一只小鸟在窗下的树冠上歌唱，歌声甜美而清澈。我们，我一直都知道这个词是指我和我的丈夫，但他一直有两个家。他有两个女人，他首先想到的是哪个？我把结婚戒指从手指上取下来又戴上。摘下，戴上，摘下，戴上。

"你是在这儿长大的？"

"这里？不。我在巴顿长大。我母亲在这儿才住了几年。"

"巴顿？但那不是……"

"是的。"

她的眼睛睁得大大的："你丈夫竟然让情妇住在你家里？"

"我并不认为那儿是我的家，但你说得对。"

"为什么不是？"我能感到她那对金色的眸子在看我。

"那里不是一个快乐的地方。"

她笑了一声，又一次把脚蜷缩在身边。

"住在庄园大宅，怎么可能不幸福呢？你难道没有华丽的衣服、精美的食物，没有仆从成群吗？"

我没有笑。早些时候，她让我瞥见了她的生活，虽然只看到了一点，但还是看到了。现在她在等我决定该告诉她多少，她那聪敏的眼睛一直盯着我的脸。我叹了口气，学着她那样交叉双腿。

"我出生几年后，我父亲就去世了。我对他没有任何印象。那之后，就剩下我和母亲了。除了我的鸟塞缪尔，我没有朋友，没有亲戚，也没有任何人可以一起玩。有一天，我把塞缪尔的笼子放得离火太近，它就死了。它是我唯一的朋友。我是个可怜的孩子。每当我做错事，母亲就威胁要把我送到我丈夫那里去。我应该再养一只宠物做个伴，但我没有。"

"你丈夫？"她突然问，"你的意思是理查德？"

"在理查德之前我结过一次婚。"

我还没来得及制止，我拼命想忘掉的记忆就一下子变得清晰起来：客厅里，母亲的裙子消失在拐角，我丈夫用低沉沙哑的声音说："到我这儿来，弗莱伍德。"他伸出一只大手，让我坐在他的腿上。

"你以前结过婚？这么说你是……离婚了吗？"

"天哪。不。为了让我嫁给理查德，那个婚约就解除了。我母亲认为巴顿和沙特沃斯两个家族联姻的好处更大。如果理查德不同意，我仍然会嫁给莫利纽克斯先生。"我已经很久没有大声说出他的名字了，"我认为他不是个好人。"

爱丽丝沉默不语，若有所思。

"你第一次结婚时几岁？"她问。

"四岁。"

爱丽丝吓得说不出话来。然后她问："他多大了？"

"大概三十岁吧。"

"太可怕了。"她低声说。

"我只见过他两次：一次是在巴顿，第二次是在我们的婚礼上。在那之后，我母亲就带我回家生活，直到我准备好成为他的妻子。谢天谢地，那一天没有到来。"

爱丽丝脸上的每一个线条都流露出怜悯之情，还有一种深刻的理解，仿佛她也知道这个世界有多么肮脏，而她自己也曾有过类似的经历。

"你怎么这个表情？"我几乎笑了起来，"你以为我可以自己选丈夫，比如在旅店里遇到合眼的人？"

"我以为是这样。"

"问题是，如果可以的话，我还是会选择理查德。"

"你一定非常爱他。"

"是的。"我简单地说，"他把我从另一个未来中拯救了出来，给了我一个新的未来。对这件事我没有发言权。但你不一样，你很幸运，喜欢谁就可以选谁。"

她微微一笑："以前从来没有人说过我幸运。"

"你在旅馆里是不是认识了很多男人？"

"的确认识了很多醉鬼。"

"这么说来，这个世界里的选择还是很多的。"

我们都笑了，接下来我们都没说话，但气氛很融洽。我想知道这是否就是友谊的感觉。

"我不想回家去。"过了一会儿，我说，又严肃起来。

"那你打算怎么办？"爱丽丝问。

"不知道。"我把结婚戒指转了一圈又一圈，"想听故事吗？"

"是的。"

"我不知道事情是怎么开头的，但我家所在的那个村子的人都说，有一头野猪在森林里到处乱跑，搞得一片狼藉。我父亲说，谁能杀死那头野猪，就把我嫁给那个人。狩猎开始了，在圣劳伦斯日那天，沙特沃斯家的大儿子杀死了野猪。在杀死野猪的地方有一个客栈，叫'野猪头'，不过我不知道是先有的那家客栈，还是先有的那个故事。"

爱丽丝没听明白："但你父亲早就去世了，那时候你还没……"

"这只是个故事。你知道最棒的是什么吗？我害怕野猪。"

"为什么？"

我耸了耸肩："我做噩梦会梦见野猪追我。我小时候一定听过这个故事，因为从我记事起，我就一直害怕野猪。巴顿家的徽章是三头野猪。"

除了理查德，我从来没有告诉过别人这么多关于自己的事，我感到自己暴露在外。爱丽丝很安静。

"我敢打赌你什么都不怕。"我说。

"我当然也会怕。"她说着，扯掉了围裙上一根松了的线头，"我害怕谎言。"

那天晚上，我在凌晨时分突然醒来。房间里很黑，弥漫着一股微弱的蜡烛芯烧焦的气味。肯定是发生了什么事我才会醒：可能是有声音，或有什么动静。也许是帕克，它有时和我们一起睡在房间里。我再次闭上眼睛，试图在被单下面舒服地躺好，但无法消除被人注视的感觉。我掀开被子，爬到床边看爱丽丝的矮床，让我的眼睛适应黑暗。在她的矮床上，白色亚麻床单在月光下微微发光。那张窄床上竟是空的。

一阵嘈杂声在我身后响起，我立刻知道房间里还有别人。我慢慢地转过身，在黑暗中到处寻找，吃惊地看到一个穿着白色睡裙的高挑人影站在我的床边，刚才我的头就在那个位置。我刚要尖叫，但还是忍住了。

"爱丽丝。"我低声说，我的耳畔嗡嗡直响，几乎听不见自己在说什么。

她没有动，只是轻轻地摇晃着。我看不见她的脸。

"爱丽丝？"我说，声音大了些，"你吓着我了。"

她默默地走回自己的床边，爬了上去。过了很久，我的心跳才缓和下来，等我睡着的时候，窗户的边缘已经出现了光亮。

"你还记得昨晚发生了什么吗？"早上她用亚麻布擦身时，我问她。她瞪着我。

"你就站在我的床前。"

"是吗？"

"是的。你可把我吓坏了。我的心差点儿跳出来。"她很惊讶，说她不记得了。"你梦游？"

"是的，但只会在……"

她没有说下去，又开始擦洗。

"只会在什么？"

"没什么。"

几天后的晚上，我带着同样的感觉醒来，她又站在那里，在月光下犹如鬼魅，又过了几个晚上，同样的情况再次发生。这件事一直叫我心生不安，我觉得她好像在保护我不受伤害，我也说不清她是否明白她要保护我不受谁的伤害。

母亲家的厨师是个名叫克纳夫太太的女人，多亏了她，在那么久食欲不振之后，我的胃口又恢复了。她给我做了苹果派、黄油面包、饼干、姜饼和杏仁糖。吃饭的时候，我们会吃奶油欧芹酱酥皮鲑鱼、牡蛎馅饼，以及中间是粉红色的软糯牛肉。松软的土豆、黄油胡萝卜和奶酪馅饼，都让我赞不绝口。每天晚上我都喝罗莎索利斯，也就是加了肉桂的白兰地，慢慢地，我那凹陷的双颊开始恢复血色。我一次也没吐过。我和爱丽丝谈过母亲的家务开支后，我让人把壁炉里的煤块换成了木柴，换掉了动物油脂烛火，换上了真正的蜡烛，并指示供货商把账单直接交给理查德。

一天早晨，天还没有大亮，我肚子里的孩子就开始动，我也醒了过来。我把手放在圆圆的肚子上，只觉得肚皮像鼓一样绷得紧紧的，一边想着这种感觉多么奇怪，一边听着爱丽丝平稳的呼吸声。我想起了詹森医生的话，每逢孤独的清晨，我时常都会想起他的话，我从床上起来，走到窗前。深蓝色的天空是那么美，但房子周围的树林仍然笼罩在阴影中。树林的另一边是一个村庄。

房间里很暖和，空气并不新鲜，我找到斗篷，披在睡衣外面。外面的走廊一片寂静，走廊远端母亲卧室的门是关着的。我口干舌燥，就悄悄地去了厨房，想要吃一个熟梨或多汁的杏子。我在地上的篮子里找到了一个梨，便走出后门到外面去吃，这时天已经亮了，鸟儿在我头顶上歌唱。我站在广阔的天空下，梨汁流到了我的手和下巴上。我想着发生的每一件事，却希望自己的思绪能静止不动。我的肚里咕噜噜的，孩子那小小的拳头和脚不停地捶打和踢着。

"早上好。"我低声说，"我们去看日出好吗？"

我的皮肤又痒了起来，我心不在焉地搔着，这时候，我的注意力被林边的一个东西给吸引住了。那是一只动物，在树干间来回穿梭。在晨光中，它看起来和帕克是一样的颜色，但帕克这会儿还在土耳其地毯上呼呼大睡呢。我倚着墙站着不动，看着它绕了一圈，在树林里转来转去，仿佛要朝母亲家走去，但不想被人看见。那是一只狐狸。它牢牢地注视着我，我们都等着对方先行动，然后，一只大鸟，应该是秃鼻乌鸦或渡鸦，从树梢之间飞了出来，扑扇着翅膀，呱呱地叫着飞入清晨的天空中。等我回头再看，狐狸已经不见了，我忽然心中一动，但一时间又说不好自己想到了什么。直到我回到楼上，发现爱丽丝在我们房间里铺床，我才恍然大悟。我进来时，她抬起头来，我看到她的眼睛和狐狸的眼睛是一样的颜色，就如同阳光下闪闪发亮的硬币。

第十二章

有两封信同时寄到：一封是给我的，另一封是给母亲的，都是理查德写来的。虽然只是几张纸片，但我觉得他像是来到了这所房子，闯进了一个不欢迎他的地方。他那歪歪斜斜的笔迹总是显得很匆忙，而他很可能是花了一个下午才写完了那封信。母亲马上打开了给她的信，我把我的信放进了口袋。

爱丽丝在外面。她一直待在树林里，寻找可以在厨房菜园里种植的植物。我常常从窗口望出去，看见她跪在地上，裙子压在身下，白色的帽子在绿色的树丛中飘动。在我觉得瘙痒的几天后，我看见她拿着一大把浅绿色的叶子从菜园走到厨房门口，然后把它们拿到我的房间里。她让我用它们擦发痒的皮肤，很快我就不再觉得瘙痒，我的皮肤又变白了。

"在我们来这儿时的路上，你说孩子们总是惹麻烦。"

我站在外面，看着她在种植植物。她的脸上满是泥土。她蹲着，用手背擦了擦脸颊，尽管春寒料峭，但她忙个不停，并不觉得冷。

"你在这里种了这么多草药，用来帮助一个还没出生的胎儿长大。"

我想了想，"你太清楚分娩是怎么回事了，不知道你是不是因此就害怕生孩子了。通常助产士都年纪不轻，已经过了生育年龄，反正我见过的那些助产士都是这样。"

"也许吧。"

她看上去若有所思，同时又有些心不在焉。我看着她拔了一根草扔进篮子里，我决定进屋去，清新的微风不再宜人，但接着她开口了。

"你想要几个孩子？"

我紧紧地抱住自己。

"两个吧。"我回答说，"这样他们就永远不会像我一样孤身一人了。"

"一个男孩和一个女孩？"她问。

"两个男孩。我不希望任何人经历女人的人生。"

理查德的信还留在我长袍的口袋里，虽然我把信的事儿忘了，但两天后，母亲认为在他来信的两天后讨论一下他的事，是恰当的时机了。我从她放下汤匙的样子就知道她想干什么。我能看见她琢磨着怎么说出他的名字。

"弗莱伍德，"她说，"你想过什么时候回高索普吗？"

"没有。"

"想都没想过？"

我瞥了一眼爱丽丝，她坐在我对面，心烦意乱地搅着她的饭和蜂蜜。

"没有。"

"那就和我说说你最近都想了什么。"母亲又拿起了勺子。

直到这时，我才注意到她的手旁边放着一本英王钦定版《圣经》。

她看见我发现了那本书，就把它拿起来，打开了缀带书签标记出的那一页。

"我们一边吃，一边思考《路加福音》吧。'你们不要论断人，就不被论断。你们不要定人的罪，就不被定罪。你们要饶恕人，就必蒙饶恕。'"她把书放在她的碗旁边，又拿起了勺子，"你觉得这段怎么样，弗莱伍德？"

我假装思考，舔着牙。

"我认为，通过钦定版《圣经》，国王出现在了每个家庭中，每个书架上，这是很了不起的。他鼓励我们不要去谴责别人，他自己却没有做到。罗马天主教徒、女巫——"

"《圣经》不是国王写的，弗莱伍德。这是上帝的圣训。国王在他自己的刊物上写了关于女巫的事。"

"是吗？"

她起身离开了房间，过了一会儿，拿着一本薄薄的黑小牛犊皮装的书回来，递给我。我推开碗，掀开柔软的书皮。在用墨水描画出的魔鬼下面，印着《恶魔学》这几个字。火焰舔着他的身体，巨大的翅膀在他身后展开。我抬头看着母亲，她示意我读下去。

"伟大的詹姆斯王子执笔。"我念道。

爱丽丝看着我手里的书，我记得她不识字。我翻了一页，看着国王写的内容。

"上面说什么？"爱丽丝问。

"'在这个时候，这个国家到处都是这些可恨的魔鬼的奴隶，有女巫，也有巫师，因此，亲爱的读者，我要把我如下这篇文章寄给你们……'他写了一本关于巫术的书？"我一边问母亲，一边翻阅着这篇似乎很详尽的文章。

"二十多年前，他乘船去苏格兰，但那艘船受到了巫术的诅咒。他以叛国罪判处了大约一百名女巫。那时候，一年要举行二十次女巫审判。马夫的一个远亲不久前就被处决了。威斯特摩兰这里离边境不远。你的朋友罗杰·诺埃尔只是紧跟时代而已，弗莱伍德。处决异教徒并不是什么新鲜事。"

我想起了尼克·班尼斯特那蜘蛛网般的笔迹：爱丽丝·格雷，也来自科尔恩。

我们自从来到这里就很少去想那件事了，至少对我来说是这样的。不知道那个叫詹妮特的孩子是不是还在里德庄园。

"但什么是女巫，这个定义却变了。"爱丽丝对我母亲说，"她们都是安分守己的人，按照她们自己的方式生活了几个世纪。直到这个国王登基，人们才开始害怕。助产士才不是女巫，你从来没有用过助产士吗？"

母亲流露出敌意。

"你怎么敢在我家里这样无礼地对我说话？你是助产士，还是政治界的大人物？"

我警告地看了爱丽丝一眼，一阵红潮顺着她的脖子往上蔓延。

"吉尔不过是说，也许并不是所有被控使用巫术的人都有罪。"

母亲的脖子涨得通红。"你们是在捍卫那些用血、骨头和毛发来行邪术的魔鬼信徒吗？这叫安分守己？她们都是无神论者。"

爱丽丝盯着桌子，她知道自己多嘴了。

"够了。"母亲继续说着，把膝上的餐巾抚平，对我道，"让我们再谈谈眼前的事吧，你什么时候回兰开夏郡，回到你丈夫那里去。你们已经分开一段时间了，现在你该回去了。你是一个妻子，妻子就要住在夫家，不可以住在娘家。"

"要是理查德让那个女人搬了进来呢？"

"他不会做那种事的。"

"那么说，她会继续住在我们的房子里了？"

"那你要她去哪里？她不在你的教区，不会碍你的眼。你眼不见心不烦。"

我把国王写的书扔在桌上。

"我怎么可能眼不见心不烦？你或许能做到，但现在又不是你丈夫有了别的女人？你怎么能为他们两个辩护呢？如果他是个大好人，那为什么你家这么寒酸，搞得你就跟自耕农的老婆没什么两样？"

"我对我的命运很满意，你也应该满足于自己的命运。"她冷冷地回答，"毫无疑问，就是你这个臭脾气，才逼他走出了这一步。他之所以走出这一步，是因为他需要一个继承人，而他的妻子却给不了他。"

我眼睛刺痛不已，喉咙也发紧。

"弗莱伍德，你认为理查德是第一个有情妇和私生子的男人吗？"

我身上刺痒难耐，伸手去抓头皮和脖子。

"接下来你是不是要告诉我，父亲养了二十个情妇？"

"他当然没有。不过我父亲有。"

我盯着她。

"我父亲有三个妻子，他娶她们的时候，她们都有了他的孩子。当他的前两个妻子去世后，他的下一个妻子已经准备好搬进来了。"她立即说，"我有很多兄弟姐妹。我父亲的遗嘱有十页那么长，他给我们这些子女都留了些东西。"

"那么你是在告诉我，如果我死了，那个女人就会取代我的位置，带着她的孩子们搬进来，到时候我就被人遗忘？"我慢慢地说。

"从你嘴里说出来的话就变了味！"母亲叫道，"我不是这个意思。

你只要有孩子，你在家中的地位就无可撼动。把你丈夫的继承人生下来，就没人在乎那个女人了，就像谁也不会在意全国各地数以百计的情妇和她们的私生子一样。"

她把椅子往后推，椅子摩擦地板，发出刺耳的声音，她大步走出了房间。我一直等到她走到外面的石板地上，才一把抓过国王写的书，扔到墙上。

但那天晚些时候，《恶魔学》又出现在爱丽丝的床上。她带着一双脏手从花园回来时，我问她这事。

"你不是不识字吗？"

"我是不识字。"她说着，把水壶里的水倒进梳妆台上的碗里，"我想看看。你能给我读一下吗？我想知道国王都说了什么。"

"为什么？"

她搓洗双手和手腕，棕色的水拍打着盆的边缘。

"求你了。"她说，接着又道，"我对你母亲说了不该说的话。我不应该这么大胆。"

"别放在心上。我都不当回事儿了。"我坐在爱丽丝那张矮床的床尾，拿起《恶魔学》翻看。"真搞不懂为什么要用对话的形式来写。"爱丽丝茫然地看着我。"对话，就像戏剧里的人物说话那样。"

"我从没看过戏。"

我翻到第三章："伊比斯特蒙说：我也求你不要忘记告诉我魔鬼最基本的手段是什么。"

"最基本的手段？"

"我的意思是，要么是愚蠢的妻子们常用的那种符咒，用来求得福分，保护她们不受邪祟的侵害……要么是通过治好蠕虫病、马贼，拆解谜语，或通过说话就能做的数不清的事情，而不会用到任何东西，满足被冒犯的人，就像医生那样。"

"这是什么意思？"

"就是说几句话就能把事情做了。就是诅咒。"我说，"从远处治好或致残一些东西。我无法相信国王在统治苏格兰的时候还有时间写这本书。"

"我不明白他为什么要写一本关于这种事的书。但是，如果我能写书，也许我也会写。"爱丽丝说。

我笑了："你？写书吗？女人是不写书的。再说，你得先学会识字才行。"

"要是会写字，为什么不写本书呢？"

"爱丽丝，事情不是这样的。"我温和地说。一个念头闪过我的脑海，"你知道你自己的名字怎么写吗？"她摇了摇头。"想学吗？"

她点了点头，于是我拿出还用丝带扎着的理查德的信，又从母亲房间角落的书桌上拿了羽毛笔和墨汁。我挨着她坐在矮床上。我在丝带分隔出的四分之一的纸上写下爱丽丝的名字，吹干墨水，把纸交给了她。她微笑着从我手中接过纸，举起来，好像它会在阳光下闪闪发光。

"那是什么意思？"她指着红丝带周围的字母问道。

"那是我的名字。"

"为什么你的名字比我的长，可是念出来所用的时间却一样？Fleetwood.Alice.[①]"

"不能这样说。这些都是字母。A–L–I–C–E。每个字母的发音都不同，但当你把它们放在一起念时，发音就又变了。"在右上角的方格里，我写下了她的名字，每个字母之间都留有很大的空隙。我把笔递

---

① Fleetwood 即为弗莱伍德，Alice 即为爱丽丝。——译者注

给她，"你试一试。"

看到她握笔的样子，我扑哧一笑。

"不，这样才对。"

我向她展示正确的姿势。她哆哆嗦嗦地在一个新方块里写下了字母A，又写了其他字母。她指给我看时，我大笑起来。

"怎么了？"她问。

"你把A写得离其他字母那么远，意思就变成'一只虱子'了。"

"一只虱子？"

"把'A'和其他字母分开，就变成了'A LICE'，意思就是'一只虱子'。"

"什么？"

她的五官都扭到了一起，我忍不住笑了。她也笑了起来，我们就像两个愚蠢的挤奶女工一样笑得直打滚，眼泪都流了下来。

"先把A写对。"我告诉她，"再写其他字母。"

那天晚上，我脱下衣服准备睡觉，看到书桌上的信纸，旁边放着一支羽毛笔。我至今没有拆开看理查德的信。信纸的一个边角上写着许多"A"，就像感染了虱病。有爱丽丝在，就不会有虱子。我不禁微微一笑。

第十三章

我和爱丽丝所住房间的窗户可以俯瞰房前的景色，还能看到通往山上和林地的路，林子里有很多鹧鸪和野鸡。一天早晨，我听到外面有马蹄声，以为理查德终于来了。但是站在窗边，透过玻璃往里看，我看见来的是一个年轻的女人，她穿着一件漂亮的豆绿色长裙，腰肢纤细，我只有做梦才会有这样的腰围。她下了马，另一个相貌平平的女人在自己的马旁等着，这个女人穿着一身猩红色的衣服。我认出她们之后，不由得倒吸了一口气。

"理查德的两个妹妹都来了。"我告诉爱丽丝，惊恐得有些说不出话来。

那天早上我起晚了，觉得又热又懒，穿着睡衣刚吃完早饭。我从窗口跳了回来，开始卷起头发。母亲去了村里，我不知道她什么时候回来，所以我必须以主人的身份去招待客人。

管家安布里克太太走到房门前，利索地敲了几下。

"夫人，你的大姑子和小姑子来看你了。"

管家是一个热情可亲的女人，皮肤柔软，眼睛闪闪发光。我搞不懂她和我母亲为什么能相处融洽。此时，她的语气十分激动，让我有些印象深刻。毕竟，这所房子很少有访客。我谢过她，当她的脚步声渐渐消失时，我转向爱丽丝，压低声音对她说："不要让她们看到你。你最好留在这里。"

"她们不知道我是谁吧？"

"不知道，不过她们两个都是话匣子，就爱传个谣言什么的，在这方面就像猎犬一样敏锐，所以，你最好离她们远点。"

我随手把门关上了。

埃莉诺和安妮坐在我母亲的客厅里，那里总是冷飕飕的。不过，从那儿可以看到屋后赏心悦目的精致老式花园。园子的用途与其说是为了美观，不如说是实用，因为只有最顽强的花朵才能在这片高而多风的丘陵地带存活下来。

理查德的两个妹妹都和他一样，有一头金发和一双清澈的灰色眼睛，但埃莉诺很漂亮，安妮却相貌平平。

"弗莱伍德！"我进去时，她们柔声说。

她们两个人立刻注意到了我的肚子，我的无袖长袍在贴身的银色布料周围散开，形成一个圆球。我们吻了对方，我坐在窗前，微弱的阳光照在我的脸上。

"有人说你在这里，竟然是真的！"

安妮调皮地说："理查德不在吗？"

"是的，理查德不在。"我勉强挤出一丝笑容，"你们是从谁那儿听说的？"

"我们和朋友们住在肯德尔。你知道莱文斯庄园的贝林汉姆家吗？"

我摇了摇头，"他们的一个仆人与这里厨房的一个仆人是堂兄妹。她告诉我们，你夏天都要住在这里，我们都不敢相信呢，但有多少女人叫弗莱伍德·沙特沃斯呢？你竟然真在这里！你自己来的吗？"

"只有我一个人。"

我松了口气，向后一靠，坐得更舒服一些。我还没有刷牙，嘴里还留着早晨的酸苦味。

"你不会一个人待太久的。"埃莉诺指了指我的肚子，"你真是个有趣的小东西，都快生孩子了，却离你丈夫远远的。我想贵族的太太们在这儿都可以为所欲为吧。"

她发出一声清脆的笑声。听她的话，你会以为她一辈子都住在伦敦的豪宅里呢。

我还没来得及问那个仆人还说了些什么，她又继续说了下去："真是太棒了。沙特沃斯家要有新的继承人了。你准备好了吗？找助产士了吗？"我点了点头。"好吧，等你生完孩子，一定要把她介绍给我。我在上次的信中都暗示过理查德了，但那时都还不确定呢。我今年年底之前就要结婚了！"

我做了个高兴的表情："太好了。你的丈夫是哪一位？"

"拉尔夫·艾什顿爵士。"

安妮和埃莉诺都比我大。我和理查德结婚的时候，我很高兴能和她们一起在伦敦住六个月，但独自生活了十三年后，我并不习惯每天都有人跟我说话、爱抚我、嘲笑我。我一直都希望有姐妹，可一旦有了，我就迫不及待地想摆脱她们，不再听她们唠叨，远离她们不安分的小手，更不愿意看到她们总是打听别人的隐私。

"弗莱伍德？"埃莉诺询问道，"我说婚礼很可能在米迦勒节举行。九月底孩子是不是已经出生了？"

"也许吧。"

我说不准她们对理查德的女人朱迪思知道多少，但我还没决定要不要问她们，安布里克太太就送来了一壶葡萄酒和三个威尼斯玻璃杯。她赞许地望着我们这几个女人，为这所房子里终于有了社交而感到高兴。我往每只杯子里都倒了很多酒，为埃莉诺即将举行的婚礼干杯。安妮一直笑眯眯的，但我看得出来，她真的很沮丧，因为她还没有找到丈夫。像爱丽丝一样，我不禁认为她很幸运。我喝了一大口，葡萄酒既甜甜的，也很辛辣。

"弗莱伍德，理查德又不在这儿，你来做什么？"安妮问道，脸上带着一丝淡淡的微笑，穿着连衣裙的她动了动。

她们那白皙的脸转向我，白色皱领在阳光下闪闪发光，她们看上去如同两朵雏菊。我把手伸到自己的皱领后面抓痒。

"我……"

突然，胎儿踢了我一下，我连忙用手捂住肚子。

"动了吗？"

"是的。"

"我们能摸一下吗？"

我惊讶得说不出话来，片刻后，四只雪白的小手便按在我的袍子上。我不安地动了动，真想把她们的手拿开。

"太不可思议了。"她们说，瞪大眼睛瞧着我的肚子。

我希望孩子不再动，他果然安静下来了。

"你母亲好吗？等你离开弗莱特的时候，埃莉诺，她会想你的。"

"是的，她很好，只是现在不常来了。"埃莉诺道，"我想她会想我的。不过安妮当然还会在那儿。"她又沾沾自喜地说。

"约克郡有什么消息吗？"我问。

"没什么有趣的事。又不像在兰开斯特。"

"什么意思？"

"就是潘德尔的女巫呀，你当然是知道那些女巫的。他们说要举行一次审判，还说有十几个女巫要被绞死。莱文斯庄园的仆人们说，这将是英格兰有史以来最大的一次女巫审判。你一定听说过这件事了。"

我吞下了口水："啊，是的。"

我想起了楼上的爱丽丝，她正弯着腰用羽毛笔在碗柜上写字。我们没有羊皮纸，她一直在我母亲的《恶魔学》里练习，现在她已经会写自己的名字了，正在练习写她的姓。

"那么，你怎么看呢？"

"我不知道，毕竟我一直都在这里。"我冷冷地说，"再说了，我从不在意仆人们唠叨的那些闲话。"

埃莉诺顿时脸红了，安妮哆嗦了一下。

"我想知道她们长什么样。真高兴我们约克郡没有女巫，不然我连觉都睡不着了。"

埃莉诺发出一声清脆的大笑。

"我认为你没有危险，安妮。她们似乎只会诅咒彼此和她们那些奇怪的邻居。她们把猫封在自家的墙里，戳破婴儿的皮肤喝他们的血。听起来兰开夏郡到处都是女巫。弗莱伍德，你真的想回去，在那儿抚养你的儿子吗？"埃莉诺取笑道。

"她们还杀小孩子。"安妮高兴地说，"据说她们养的动物都是魔鬼伪装的。"

"像蟾蜍、老鼠和猫！"埃莉诺尖叫起来，两人咯咯地笑得前仰后合。

"你们认识一个叫朱迪思的女人吗？"我打断了她们。

"朱迪思？不认识，她是女巫吗？"

我没有回答，又斟满了酒杯。一罐酒很快就喝光了，我感到自己有点口齿不清。

"我们去花园里走走好吗？外面挺暖和的。"

事实是，我再也不能忍受和她们一起坐在那间狭小的房间里了。我们三个人站了起来，我意识到我有些头晕。我把她们领到外面，天空是淡蓝色的，微风吹着，十分暖和。我们绕着房子走了一圈，埃莉诺摘了一束花捧在胸前。

"我看起来像新娘吗？"她问。

"是我见过最漂亮的新娘！"安妮说。

穿着裙子的她们一圈又一圈地旋转着，但安妮看了我一眼就停了下来，因为我没有笑，也没有跟她们一起玩。

"弗莱伍德，你有点不对劲儿。"安妮说，"我想不出确切的原因。反正你身上多了点什么……"

"安妮，你说得太对了。"埃莉诺像猪一样哼了一声。

"这话怎么说？"我问。

"你其实一直都很忧郁。但现在你似乎……能更自如地处理这种情绪了。"

"忧郁？"

"是的，你向来都有点悲伤。但现在你看起来不同了，好像成熟了……对世事多了几分了解。"

"我只希望我没那么了解。"我喃喃地说，"我宁愿什么都不了解。"

埃莉诺茫然地看着我。

"了解什么？"

周围一片寂静。有那么一会儿，风都停了。我喝了酒，只觉得头重脚轻,明媚的阳光和绿色的小山向我靠拢过来。

"你们哥哥的事呀。"我说,一脸无辜的表情。安妮也停了下来,两人都默默地看着我。

"我知道他在外面的女人。那个女人怀孕了。你们不知道?"

漂亮的花束从埃莉诺手中滑落,散落在小路上。她们的脸上露出了一模一样的震惊神色。

"你说真的?"

"我见到了那个女人。她就住在巴顿,住在我父亲家里。他竟然把她养在那个地方。"

一群鸟从附近的树林里飞了出来,它们的翅膀拍动发出的声音在我们头顶上噼啪作响。我播下了种子,不管我愿不愿意,它们都会茁壮成长。

"你确定吗?"安妮问道,声音微微颤抖着。

"很确定。"我吞了吞口水。

"但你们结婚才……"

"才四年而已。"

我现在十七岁了,但我经历的一切可能是比我的年龄大两到三倍的人才可能经历的。我的丈夫有了情人,但我还没到人老珠黄的地步,我的头发还没花白,我的眼角也尚未布满皱纹。我觉得自己甚至比那个女人还要年轻,但每次我想到她,她只会变得更漂亮。那个我想当礼物送给理查德的婴儿现在变得更加珍贵了:他能稳固我在家里的地位,也能让我在家族中占有一席之地。没有孩子,我也只是一件装饰品,一个有名无实的妻子。

我现在知道了。如果这个孩子像其他孩子一样死在我的身体里,我还是搬来和母亲一起住为好,因为那时的我就是个废物。一想到这种可能，我就极为恐惧。我必须生下理查德的孩子，为自己搏一个未来，如果孩子死了，我也将和他一起死。

我们默默地又绕着花园走了两圈，气氛十分阴郁。安妮和埃莉诺偶尔说几句不中听的话，像什么抱怨天气太恶劣了，威斯特摩兰在时尚方面远远落后于约克郡，还说贝林汉姆家的人在过去五年里连一件新连衣裙都没做过。

她们没待多久就走了，说不等我母亲回来，还要去村里的旅店接她们的管家一起动身回约克郡。可是，我们去马厩时经过屋后的厨房门，门突然开了，爱丽丝站在那里。惊讶之下，她的嘴巴张得老大，她的胳膊上挎着一个篮子，衣服外面围着一条旧围裙。我们对视了很长一段时间，安妮和埃莉诺注意到我们之间的气氛有些奇怪，毕竟通常谁也不会去注意仆人。

"这是谁？"安妮问。

我舔了舔嘴唇："谁也不是。爱丽丝，进去吧。"

我冲她紧张地笑了笑，就要继续往前走。但见到她没动，我才意识到我说了什么。我觉得自己好像错过了一步，脚下的地面倾斜了一下又恢复了平衡。过了一会儿，爱丽丝退了回去，厨房的门关上了。

我越来越害怕，像条鳗鱼似的扭来扭去，不敢看安妮和埃莉诺，不知道她们知道多少，而她们也可能一无所知。我只知道我必须装作什么事也没发生，而爱丽丝只是个并不重要的人。

"我突然感觉非常累。"我虚弱地说，"我们去把你们的马牵来好吗？我想我需要躺一会儿。"

她们匆匆道了别，迎着风顺着山坡下了山，我回到客厅，把那罐葡萄酒喝了个精光。出了严重的问题，而我说不上有多严重。我太蠢了，才会把理查德的事告诉她们。这对我现在的处境没有一点帮助，只会让他大发脾气。而且，我还叫出了爱丽丝的名字……她们肯定不可能知道她就是那个爱丽丝·格雷，她的名字就在隔壁郡的名单上，可能正在被通缉，被抓住后还可能接受审讯。她们知道吗？

当我上楼回到我的房间时，我已经喝醉了，此时还不到中午。我没看到爱丽丝，只好坐在床边，踢掉了拖鞋。理查德的妹妹和母亲——如果她并不知情的话——一定会对他说起朱迪思，那他可能会更生我的气。也许我会成为约克郡和兰开夏郡的话题，我的名字会在大厅和餐厅里被人提及。

比起气我自己，我更气他。这一切都是他的错，也是我母亲的错，她知道朱迪思的存在，却瞒着我，总是强迫我生孩子，仿佛我不想生似的，仿佛我不知道孩子有多重要似的。我曾经认为自己太失败了，我让每个人都失望了，但此时当我躺在床上，温暖的阳光洒进来时，我意识到他们也让我失望了。

不过，倒也不是每一个人。

我一定是睡着了，当我感到有个湿漉漉的东西贴在了我的脸上，我便睁开了眼睛，就见爱丽丝拿着盆和布站在我旁边。

"我还以为你发烧了呢。"她说。

我的舌头发干，之前那种头晕的感觉依然没有消失。我的腋下都是汗。

"我喝得太多了。"我说。

我肚子里的孩子一动不动，也被甜甜的酒催眠了。理查德两个妹妹的话在我耳边回响：兰开斯特发生了很多事情。

"我很担心。"我说着坐了起来。

她微微皱起了眉头，眼睛里充满了烦恼："刚才在花园里的事？"

"是的。我说了你的名字。我很抱歉。我不清楚她们是否知道……

我也说不好她们都知道什么。更让人担心的是，她们可能把这事儿告诉别人。"

"但是没有什么好说的。你只是跟仆人说话而已，她们不会当回事的。"

"除非她们不知道你是谁。为什么我不记得叫你吉尔？真希望能把我的嘴巴缝起来。"

她把布在盆里搅动着。她的表情很是不安。

"爱丽丝。"我说，"我母亲随时都会回来，我现在必须问你一个问题。我要你告诉我，那天你和伊丽莎白·迪瓦斯在树林里干什么。"

她的手停在水面上，手指轻轻地在水面上保持平衡。她身上除了有平常那种薰衣草的香气外，还有一种泥土的味道，还有各种得到泥土滋养、在泥土里生长的东西的气味。

"如果我认为这不重要，我就不会问了。"

她顿了顿，走到陈列柜前，把盆放在上面。她背对着我，叹了口气。

"你还记得我们坐在你的客厅里，你问我在哪儿工作，我说在手梭客栈吗？你还问我在那儿工作多久了，我说不长？"

"记得。"

"我在那儿只工作了大约一个礼拜。"

我等着，几乎难以呼吸。

"你还记得我们第一次见面时你看见我拿着死兔子吗？"

"是的。"

"我真的迷路了。当时我刚开始在旅店里做工，正在找去旅店的路。"

她说话时没有看我，我看着她那修长的脖子和瘦弱的背部，她仍然面对墙壁。

"在那之前，我在科尔恩的一家客店工作。一天早上，我正步行去上工，突然发现一个男人躺在地上。那条路上很安静，周围没有其他人。他是个小贩。他所有的东西都被抛在身后，有别针、缝衣针，还有碎布，好像他摇摇晃晃走路，把东西都弄掉了。我以为他死了，但他还活着，嘴里嘟囔着什么。他的半边脸塌陷了，眼睛也睁不开。我以前和我母亲一起见过这种情形。"

我无法呼吸。房间里的空气是那么混浊，我想咽咽口水，但喉咙里像是卡着一个硬块。

"我把他带到客店，客店老板帮我把他安置在楼上的一个房间里，还叫来了一个医生。那人不停地嘟囔着，说什么他在路上遇到了一只黑狗和一个女孩，但他的声音含混不清，我们不知道他是什么意思。那天晚上晚些时候，来了一个女孩。"

爱丽丝把双手放在柜上，好像要稳住自己。

"她不停地哭，祈求原谅。我不明白她的意思，后来她说自己那天诅咒了一个小贩。她很脏，就像在雨中走了一整天。我叫她进来把衣服擦干，但老板不肯答应，说她是个要饭的，不让她进来。他叫她走开。在她走之前，她告诉我她叫艾丽森，她明天会再来看看那个人怎么样了。"

"艾丽森·迪瓦斯。"我低声说，"她又来了吗？"

爱丽丝点点头，仍然背对着我。

"第二天、第三天，她都来了。但是老板彼得不让她进去。他说她是个麻烦。等到那个男人醒过来之后，我听出他叫约翰。我照顾他，喂他啤酒和食物，食物掉出来，我还给他擦嘴。他的脸像是完全融化了，只有半边脸还正常。我不知道他还能不能好起来。他恢复了说话的能力，就把他儿子的名字告诉了我们，还让我们写信给他，之后，彼得派人去送信。

"有一天，我独自照料他，早上，那姑娘又像往常一样站在院子里，绞着双手哭着，要求见他。她心烦意乱，不停地说都是她的错。我决定告诉他，她来道歉了，问他要不要我叫她进来，他点了点头。

"彼得出去了，就得由我接待客人。所以我下楼告诉她快点。我一直在楼下。她上楼后不久又跑了下来，我就上楼去看约翰。他一边哭一边发抖，还指着门。'她是个女巫。'他一遍又一遍地说。"

爱丽丝走到窗前向外望去，沼地的声音从窗户飘了进来：一阵风呼呼吹打着窗户。

"然后呢？"我问。

"他告诉我她带了一只黑狗，就是她在路上带的那只。可我连狗的影子都没看见。我搞不懂他在说什么，也不知道他是不是在做梦。然后又来了一个人，是那个女孩的外祖母。她一出现，整个地方都变得冷冰冰的。大家都能感觉到她进来了，也都知道她是谁。"

"她是谁？"

"他们叫她德姆戴克。她大部分时间都独来独往，但当地人都认识她。我在附近见过她，听别人说过她的事。"

"他们是怎么说的？"

"人们都说她是个怪人，是个女巫，反正就是很多这样的话。他们还说最好离她远点。但她不是来见约翰·劳的。她是来找我的。"

"为什么？"

"一定是艾丽森告诉过她是我发现了约翰，正在照看他。就在那时，她开始威胁我。她告诉我，如果我不为艾丽森撒谎，她就诅咒我。她想让我说从来没有见过艾丽森，一切都是那老头瞎编的，他脑子混乱不清，说什么都是颠三倒四的。

"可是彼得已经写信给约翰的儿子了，他不久就从哈利法克斯或什么地方来了。约翰告诉他，自己原谅了艾丽森。他是一个虔诚的人，心怀慈悲，而这正是上帝希望他做的。约翰·劳是个好人。但他的儿子亚伯拉罕不同意。他派人去找艾丽森，还质问她。德姆戴克和她一起来了，我想她们让他不寒而栗。德姆戴克什么都不承认，还破口大骂，艾丽森只顾着哭。我只是站在那里，不知道该做什么。约翰的儿子扭头看着我说，'你以前见过这两个女人吗？这个女孩诅咒我父亲了吗？'

"我说不出话来，约翰在角落里像猪一样叫个不停。他的儿子亚伯拉罕满脸通红，看起来像要杀人，我很害怕。所以我说是的，我见过她们。

"他让她们解除诅咒，但艾丽森做不到。德姆戴克说，只有施咒者才能解开诅咒。亚伯拉罕派人去请治安官，我惹了这么多麻烦，彼得就把我打发走了。"她的声音很低沉，"我在那里做工快十年了。他知道我很勤快，就在手梭客栈给我找了一份工作。他的小舅子是手梭客栈的老板。"

我的脑子一片空白，思绪停止了转动。我盯着自己的脚，我的双脚穿着白色丝绸袜子，看起来小巧精致。爱丽丝没有说话，我们沉默了很长时间，然后，一个想法划过了我的脑海。

"可是这和伊丽莎白·迪瓦斯有什么关系呢？那天你和她在一起干什么？"

"一天晚上，她来了手梭客栈。她不知用什么法子打听到我在那里，我不清楚她是怎么发现的。艾丽森和德姆戴克都被抓了起来，她同时失去了女儿和母亲。她来找我的时候，人们都用奇怪的眼光看着她。你该了解人们为什么这样。我担心我也会失去那里的工作，就叫她离开。她让我那个礼拜五去她家，说她请了一些邻居商量怎么帮助那些被逮捕的人。她说我得帮忙，还说我……"她的声音颤抖着，"她说是我害得她的女儿和母亲坐了牢。"

我摇了摇头："可你只是想帮忙呀。"

"她很绝望……也很生气。我看得出她只是想做点什么。而且我想帮忙。我真是个傻瓜，竟然真的去了。我得做点什么来阻止她们去我做工的地方找我，给我惹麻烦。甚至在我去了马尔金塔之后，她还在森林里你家附近等我。我是逃不掉了。"

她的声音里充满了真正的恐惧。我记得她在睡梦中呜咽。

"可是马尔金塔发生了什么事？他们说了些什么？"

爱丽丝耸耸肩："我们吃了饭，他们商量着如何帮助艾丽森和德姆戴克。只是那家的熟人、邻居之类的人见个面而已。只有我和另一个人除外。"

"另一个人是谁？"

听到这里，爱丽丝低下了头。

"我母亲的朋友凯瑟琳。"

"她去干什么？"

"她那时和我在一起，为了——"

这时，门被猛地推开，我们两个都吓了一跳。我母亲走了进来，她一脸不高兴，表情绷得紧紧的。

"你就没想过派人去村里找我吗？"她问。

我坐直了身子，怒视着她，怨恨她打断我和爱丽丝的谈话。

"理查德的两个妹妹没待多久。她们是从肯德尔回弗莱特的路上走过来的。"

"她们怎么知道你在这儿？"

"这里的一个仆人与她们暂住的那家人的仆人是堂亲。"

她的黑眼睛炯炯有神。

"你跟她们说了什么？"

"没说什么。"我撒了谎。

随之而来的沉默表明她并不相信我的话。

"晚饭快好了。"她只说了这么一句就走了，并没有关门。

我轻声走过去把门关上后，蹑手蹑脚地走回爱丽丝身边。我本可以问出很多问题，话到嘴边，就只差说出来了。我只要随便挑一个问就可以了，但我选择了第一个进入我脑海的问题，那是从她说的最后一句话衍生出来的问题。

"爱丽丝，你刚才说凯瑟琳和你在一起，那时候你们在干什么？"

爱丽丝不说话了，窗外的风从荒原上呼啸而下，听起来就像一个孩子在哭。她用手蒙住脸。

"爱丽丝！怎么了？"

"我不能说。"她低声道，"我受不了。"

"不管是什么，都糟糕不到哪里去了。"

但她不肯告诉我，我能感觉到母亲愤怒地拍打着门。我可不想再吵闹一个下午了。下楼吃饭时，我感到很不安，仿佛除了风以外，还有什么东西要从窗户挤进屋来。

第十四章

那天晚上我又做噩梦了，醒来时吓得不敢动弹，我发现身边有一根蜡烛，蜡烛后面是一张熟悉但可怕的脸。我的腿被床单缠住，浑身是汗。我吓得心都要跳出来了，爱丽丝一直陪着我，直到我的呼吸平静下来，房间角落里的阴影也不再那么骇人。希望我刚才没有尖叫，但爱丽丝眼中的惊恐和她紧绷的下巴让我觉得我肯定叫了。

"现在没事了。"爱丽丝低声说，"又梦到野猪了？"

我点了点头，喘了口气，那种恐惧的感觉又来了，于是我摸了摸两腿之间，看有没有血流出来，但双腿都是干的。爱丽丝终于回到床上，她的呼吸也开始变慢了。我们在母亲家已经住了一个月，在这段时间里，噩梦一直没有来骚扰我。

从那次早餐以后，母亲就没再提起要我回高索普，我也没提过，但我知道她很想要我回去。如果我带着审慎的石膏像放在我现在的房间里，我也许会记得应该谨慎行事，但我的老朋友此时仍在几十英里外的高索普我的房间里。

这一天，我正和克纳夫太太坐在厨房里，吃着新鲜出炉的热饼干，这时安布里克太太进来说有人找我。从我醒来的那一刻起我就知道气氛变了，一股不安的感觉在我心中涌动着。我的时间不多了。

"是谁？"

我不问也知道来的是谁。人还没走进厨房，我就见到了她那身黑色的裙子像跃过池塘的鱼一样光滑。她一副准备战斗的样子。

"弗莱伍德，快从厨房里出来。"她说。恐惧在我的胃里翻腾，把我按在椅子上，让我动弹不得。

克纳夫太太低下头，胖乎乎的手笨拙地蹭着围裙。我带着满心的愤恨瞪着母亲，站起身来，从她身边走过，想起她看过理查德的信，却对内容闭口不提。我没有想过问她理查德说了些什么，他写给我的信还放在我房间的书桌上，没有打开。

"你不可能永远躲着他，弗莱伍德。"

我去客厅里等，她的声音在我身后的走廊里响了起来。我决定不再和她说话。

我坐在那里瑟瑟发抖，尽管有个很高的窄窗，房间里还是感觉很闷。微弱的光束中飘浮着尘土，一张棋盘放在我椅子旁边的凳子上。母亲有时和女管家下棋，有时和自己下。她向来都是如此，但我第一次意识到，她一个人在这个房间里，我在楼上，是多么可怜。她想下棋，大可以去叫我。我才不会为一个经常都会选择独处的女人感到遗憾。我拉了拉肚子上的无袖长袍，双手放在腿上，等待着。

第一个进来的是帕克，一看见我，它就伸出舌头舔我，然后坐在我旁边。母亲随后走了进来，她的木套鞋走在石板地面上噼噼啪啪地响着，接着响起了柔软的小牛皮靴子发出的更深沉、更沉重的脚步声，熟悉的钱币叮当声也响了起来。

"弗莱伍德。"

我听到了他的声音，也看到了他的人。他的耳环反射着阳光，他清澈的灰色眼睛闪闪发亮。他先看了看我的脸，又看了看我的肚子。

孩子还在，我知道他心里是这么想的。

我已经忘记了，当你结了婚，当你了解一个人身上的一切时，即便在黑暗的房间也能认出他。但怎样才能做到在沉默中交流，为什么不能看清对方内心的想法呢？母亲的目光在我们两个身上来回转。

"你看上去气色不错。"理查德说。

我什么也没说。

"弗莱伍德？"母亲道。

"你可以走了。"我冷冷地说。

她哀求地看着理查德，但他灰色的眼睛紧盯着我的黑眼睛，仿佛我随时都可能消失似的。

她关上门。我没听见走廊里响起她那双木套鞋的脚步声，过了一会儿，我说了声"母亲"，她这才咔嗒咔嗒地走了。

理查德坐在我对面的座位上，令我们惊讶的是，帕克低吼了一声，紧跟着咆哮起来。

"你把狗教得也不喜欢我了？"理查德轻松地说，但他的眼睛里充满了悲伤。

"它有自己的想法。"

理查德咽了口唾沫，摘下他的黑丝绒帽子，把它递给帕克让它嗅，表示求和。

"还记得我吗，伙计？"帕克走到他身边，用鼻子蹭着他的手，咧大嘴巴，我不禁感觉受到了双重背叛。"好了。"理查德一边轻轻地说，一边使劲地揉拍着它的全身。

"我都忘了来这里要走这么长一段路呢。"他把帽子搁在腿上说。

"要是去打猎,你才不会介意有多远呢。"

"我没说我介意。"

"不过,你这一路上也用不了一个月吧。"

我的大胆使我们两人都吃了一惊。理查德张开嘴又闭上,调整了一下坐姿。

"不。我有事要办。"

"那些事比你妻子还重要?你怎么能这样做,理查德?"

"我很抱歉。回家吧,求你了。"

我揉了揉眼睛,想起了过去四年的生活:我们一起骑马,一起买东西,一起躺着,一起欢笑,感觉会一辈子这样幸福下去。

"没有你,高索普就不一样了。那儿是我们的家。我们应该一起住在那里。"

"你从来不在高索普!"

"我在。我想和你一起住在那里。"

"理查德,你有那么多秘密。你满口谎言。"

我想起了爱丽丝的话:我害怕谎言。现在我明白她的意思了:谎言有摧毁生命的力量,也有创造生命的力量,随着理查德编织的那些谎话,朱迪思的肚子一天天大了起来。

"我在这里很快乐。"

"快乐?和你母亲住在一起,你很快乐?你向来都受不了你的母亲。"他没有放低声音,"除了无所事事的仆人和满是灰尘的房间,你在这儿还有什么?"

"如果这里落满了灰尘,也是因为你给我母亲的钱不够花。"我低声说,"我从来没有在这方面起过疑心,毕竟我给这个家庭带来了太多的东西。"

他把手伸进口袋去拿钱包。

"她还需要多少钱？"

"你给你的情人多少钱？"

他拉开袋子，把一些硬币放在壁炉架上，好像是在付旅馆住宿费。

"你现在要养四个女人了，是不是？"我继续说，"两个母亲，两个妻子？我想，你有另一个家要养，这里的生活标准就下降了，这不是巧合吧？你知道你让她过的日子有多穷吗？"

"当然不知道。如果她需要什么，只需要说一声就行了。我会改正的。也许詹姆斯做了一些调整来平衡账簿，而我并不知情。"

"那我倒要问问詹姆斯，为什么我母亲的仆人自己做肥皂，而他会给巴顿送香皂。"

理查德嘴角上露出一丝微笑，我知道他觉得我保护母亲这事儿很有趣。怒火在我的心里燃烧着，我紧握着椅子的扶手，等待着。就算他再怎么哄我，我也不会忘记他一个月后才来找我。

他穿着漂亮的黑天鹅绒长袍和紧身上衣，一定很暖和，我注意到他脸颊通红，也许是热的，也许是因为羞愧或沮丧。

"我是来接你回家的。"他最后说。

"你和她在一起多久了？"

他呼出一口气，好像我在试探他。

他并不习惯我忤逆他。我也不习惯自己忤逆他。

"不久。"

"多久？"

"几个月？"

"那她还真是好生养啊。终于成功了，可算找到了一个优秀的饲养员了。你可是上等牛犊的父亲，这可是连你妻子也不能给你的东西。"

"别这么荒谬了。人又不是牛。"

"实际上，女人和牛非常相似。"

"你太荒唐了。"

棋盘吸引了我的目光，我将一颗象牙棋子举到阳光下。我一眼就认出那是我父亲的棋子，是从巴顿带过来的。我把它放回原处，看见它在王后棋子的面前。我用卒把王后棋推了下去，那颗棋子掉在地上，在桌子底下破旧的地毯上滚了几滚。我想象着母亲跪在地上找棋子的样子。

"你会像国王那样处死我吗？"我说。

"弗莱伍德，我在乎你。你以为我希望看到你这么难受吗？每次你怀孩子，都几乎送掉半条命，都是我的过错，是我让你这样的。我并不想让这种事情发生，我会找朱迪思，只是为了阻止这种事的发生，是为了保护你。"

"保护我？你把你的情人养在我的家里，是为了保护我？"

"你讨厌那所房子。我知道你永远不会去那里。"

"你说得对。你比任何人都了解我，理查德。只是你忘了一件事，我识字。你以为我永远不会去詹姆斯的书房，找出所有用墨水记录下来的背叛。那些字一直都在那里等着我去看呢。"

"你怎么知道要查账的？"

我的心跳开始加快。

"我要检查一些东西。"

"查什么？"

"订购的床具。这并不重要。"

我试图装出一副不屑一顾的样子，但他是个猎人，而且他已经有所察觉了。他的眼睛眯缝起来。

"你跟谁一起来这里的？"

"没谁。"

我盯着他，他不喜欢自己看到的一切，他说："你变了，弗莱伍德。"我等着他继续说，但他没有再说什么，只是不耐烦地问，"没有点心吗？"

我没有说话，把脸转向灰色的窗户。理查德不安地在座位上动了动。

"不久前，罗杰带着一个包裹来找你。"我用眼角的余光看着他，"是你那条红宝石项链。"

"丢的那条？"

"是他的女仆在詹妮特·迪瓦斯的床底下发现的。她显然是一个机会主义者。"

"她是个贼。但她没有机会，我一刻也没有离开她。"然后我想起自己曾去厨房给罗杰拿冷馅饼，我的心沉了下去，"她离开过走廊吗？"

"我想一定是这样。"

"你向仆人们道歉了吗？"

他的脸上闪过一丝羞愧。我们默默地坐着，愤怒弥漫在我们之间，那天发生的其他事情又涌上我的心头，那天还真是多事之秋。

"还有那个叫萨拉的女仆。她怎么样了？"

"没有康复，但好多了。医生及时赶到了。她母亲仍在照顾她。"

"你睡在我们的房间里吗？"

他再次动了动："是的。我把马车带来了，让你坐着回高索普。我和我在边境的代理人有些生意上的事要处理，所以我要先去一趟卡莱尔才能回家。你可以明天动身。"

我想起了爱丽丝，她正躺在楼上的床上休息。我想到我们回去后等着她的可能是什么。

"我不能回去。"

理查德心中似乎有什么东西在涌动着，他把手指摊开，戒指闪闪发光，然后他握紧了拳头。

"虽然我对你发现的事感到抱歉，但我的耐心正在慢慢消失。没有哪个男人想要一个不守规矩的妻子。宽容和被愚弄之间只有一线之隔。"

泪水涌上我的眼睛，滚烫而愤怒。

"我想你没有把我当傻瓜吧？我和你的猎鹰没什么不同。你用皮带拴住了我，你只要一甩手腕，我就回到你的胳膊上了。"

他终于露出了愤愤不平的样子。就在我说话的时候，我知道我的行为已经超出了妇道和妻子的界限。我没有漂亮的脸孔，也没有文雅的举止。我痛苦地想到，他不再上我们的床，也背弃了我们的婚姻，其实一点也不奇怪。

"现在是你适应新角色的时候了。"他说。

"做一个受冷落的妻子？"

"是做一个母亲。"

"我想在这儿多待一阵子。"

就在这时，好像母亲一直在等着一样，一阵急促的敲门声突然响起，母亲走了进来。

"你把她的东西都准备好了吗？"理查德问。

她点点头，看了我一眼。

"我不走。"我说。

母亲的话有如一把轻薄的刀子划过黄油，刺穿了我的心。

"你丈夫需要你，你不能待在这儿。你该走了。"

我从椅子上站起来，挺直我那并不高挑的身体，冷冰冰地说："如果这是你想要的，那就随你吧。"

理查德要骑马继续往北走，我回了自己的房间。我走到楼梯顶端时，脑子里已经有了一个计划，我立刻把它告诉了爱丽丝。

"你可以和我一起回高索普，做我的助产士和陪同，这就是我原谅理查德的条件。"

但是爱丽丝看起来很不确定，她扭了扭手里的帽子，一头金色卷发像狮子的鬃毛一样打着卷。

"他请求你的原谅了吗？"她说。

"是他背叛了我，爱丽丝，跟我回去吧，我会处理这件事的。我保证恢复你的名誉，这就是我的要求。理查德会满足我的。我们回高索普去，给你添一张床。过一两天理查德就回来了，我要提出我的条件：要我留下来，你也得留下来。没有你，我无法生下这个孩子。"

她的脸上写满了怀疑，但尽管如此，我还是了解我丈夫的。

我们把东西都打包好，或者说是我打包了我的东西，因为爱丽丝孑然一身。她没有行李箱，没有结婚戒指，没有丈夫要她回家，也没有上门拜访的小姑子。她肚子里没有孩子，也不需要生下继承人。她可以在任何时候去任何地方，如果她愿意去，我也会让她去，即使我知道我需要她。但她还是上了马车，坐在我身边，就像她来的时候一样。我决定到了家，再送一匹马给她，至于以前那匹马的事，我是不会在意的，我知道现在我信任她。等理查德同意我的条件之后，她就可以骑马去看望她的父亲，告诉他她找到了一份可以做一辈子的工作。但是，家里有什么在等待我们呢？自从爱丽丝告诉我她的故事以来，我第一次想到了潘德尔的女巫和她们的命运。也许罗杰无法把马尔金塔的所有人都告上法庭。也许他对迪瓦斯家的人和他们的邻居感到满意，就把尼克·班尼斯特的名单扔进了火里。

我捂着肚子，车轮在崎岖不平的道路上摇晃着，我的孩子也跟着翻滚着，我不知道怎么会有人认为坐马车比骑马安全。帕克在我脚边呜咽着，也受够了不停地晃动。我告诉它很快就到家了，我要给它喝牛奶和吃面包，它舔了舔我的手，安慰着我。

几小时后，我对周围的环境失去了兴趣。天空变得更加灰暗，淅淅沥沥下起了小雨，一切都变得沉闷起来。爱丽丝闭着眼睛，头靠在椅背上。我怀疑她是不是真的睡着了，或者像我一样在担心我们回去后会发生什么，就连那经常弄得我睡不安稳的孩子也一动不动。

旅程的最后一段变成了与逐渐笼罩的黑夜赛跑，夜幕刚刚降临，我觉得马车慢了下来，驶进了通往高索普的道路。这里的黑暗更加浓郁，两边都是茂密的树林。马蹄在鹅卵石上啪嗒啪嗒地响。我们已经到了谷仓和户外棚屋。马车放慢速度，停了下来。我听见车夫对院子里的一个人说他奉命把我直接送到门口。这时，我困倦到了极点，忘了爱丽丝也在。我们在一起的时间太长了，我都不知道独自一人是什么滋味了。马车里很黑，我看不出她是否醒了，我只想回自己的床上呼呼大睡。我会把爱丽丝安排在理查德睡过的隔壁房间，这样她就能离我很近。也许他和爱丽丝会成为朋友，毕竟项链的事已经解决了。

我们停了下来。马儿喘着气，抖了抖身子。车夫在我们头顶上走来走去，然后我听到他的脚着地的声音。我准备先下车，但车门突然在我面前弹开，我差点儿跌了出去。

理查德站在外面，他的脸藏在阴影里，我还没来得及说话，甚至还没来得及惊叫，他就抓住了我的手腕，把我带了下去。我的脚踩在坚实的地面上，我听见帕克在我身后跳出来，接着两件事同时发生了：爱丽丝从我身后的马车里走出来，我看见罗杰·诺埃尔站在台阶顶端。

他和理查德都没有说话，黑暗中我看不清他们的表情。火把照亮了门道的两边，火焰晃动着。我觉得好像有人往我的背上泼了盆冷水。

"理查德，你在这儿干什么？"我说。

他仍然抓着我的胳膊。

罗杰的声音从台阶上传来。

"爱丽丝·格雷，你使用巫术谋杀了科尔恩村约翰·福尔兹的女儿安·福尔兹，现在要逮捕你，你将成为陛下的囚徒，等待最终审判的那一天。"

不一会儿，他就像影子一样迅速地向她扑来。

"罗杰！"我喊道，"你要干什么？"

但理查德开始把我拉上台阶，让我进屋。我疯狂地扭动身体，想甩掉他。

"爱丽丝！罗杰、理查德，马上告诉我这是怎么回事。放开我！"

我用尽全身力气推他，想办法松开他的手，但我还没来得及跑下台阶，他又一次抓住了我，把我的胳膊别在我的身后。

"弗莱伍德！"爱丽丝喊道，在火把的亮光中，只能看见她的帽子和脸。

罗杰那漆黑的庞大身躯正强迫她回马车里。她抽噎不已，吓坏了，就这么在我眼前消失了，但我仍然能听见她在低声说："不，不，不。"

一匹马惊恐地嘶叫着，使劲地扯着挽具。我被拉进了屋，理查德关上门。我在屋里，她却在外边。

第三部分

无论男女，若交鬼的，

或是行邪术的，总要把他们治死，

人必用石头把他们打死，罪要归到他们身上。

——选自《利未记》二十章二十七节

第十五章

理查德像丢掉滚烫的煤块一样松开了我，消失在走廊尽头的大客厅里。我扑在门上，伸手去摸门把手，猛地把门拉开后，只见黑乎乎的马车从火把的光晕中越走越远。我跑下台阶，差点儿被放在台阶底部的旅行箱绊倒。我跑着去追马车，对着窗户喊着爱丽丝的名字，但窗帘还是关着。

"停下！"我大叫，"停下！"

车夫仍然面朝前方，弓着背握住缰绳。马车加快了速度，我渐渐落在后面，看着黑夜将马车囫囵吞了进去，车轮声和马蹄声越来越弱，树木在空地周围不停地发抖。

我在黑暗中站了很长时间，直到寒意浸透了我的整个身体。我仿佛沉在水底，却被锚定在地面上，我的长袍感觉异常沉重。我听见两个男仆从屋里出来，把我的箱子搬了进去。

是我把她带到蜘蛛网的正中央，而蜘蛛正等在那里。

我在大厅里找到了理查德。他正在空空的壁炉前等着我。我所能做的就是盯着他，他也以同样的表情回望着我。

"你骗我。你撒谎！"

"你也欺骗了我，你也对我撒了谎。"

"我没有。"

"你告诉我那姑娘没跟你在一起。"

"你设了一个圈套，你让我们一步步走进圈套里。你怎么能——？"

"爱丽丝·格雷犯了罪，是个通缉犯。她是在这儿被捕的，还是在你母亲家里被捕的，都无关紧要。"

"这很重要。谁告诉你她在那儿的？你的两个妹妹吗？"

"不是她们，是你的母亲。她当然是无意中透露的。我可不敢说她是有意背叛自己的女儿的。她写信给我，谈到你带了一位名叫吉尔的年轻助产士。她想知道吉尔是不是斯塔基太太推荐的。下次你干什么事，最好掩盖住自己的气味。我还以为你是个熟练的女猎手呢。"

我深吸一口气，又呼出来，试图控制内心的愤怒。

"爱丽丝为什么被抓？"

"我并不清楚所有的细节。"

"罗杰说她杀了一个孩子？简直是无稽之谈。"

"你知道内情的吧？"

"我当然知道。她连一只苍蝇都不会伤害。"

"那她就没有什么好怕的了。"

"罗杰想要升官，想要权力。"我说，"他这样做只是为了取悦国王，为了在宫廷里像画里的孔雀一样炫耀自己。他才不关心结果如何，他才不管有人要死了。自从我离开以后，他又发现了多少女巫？"

"我不知道。"

"有多少个？"

"大约十个吧。这对他来说并不难，被抓的人会咬出别人，以为这样他们就能恢复自由。做出指控的是他们，而不是他。"

"我们必须做点什么。"

"我们什么也不能做！"理查德大声吼道，"你已经做得够多了！"

他勃然大怒。他一直在壁炉前踱来踱去，现在他满腔怒火，死死盯住我。我回想起四月份的那个雨天，罗杰和我站在长廊上。一心想做坏事的人太可耻了。

我伸手拿过一把椅子，抓着椅背，不愿意坐下，那样显得太窝囊了。

"你抢走了我的助产士。"我终于说。

"助产士有的是，弗莱伍德。我搞不明白你为什么非要选一个当地的邋遢女人，她很可能杀了一个孩子。你要让这样一个人来接生我们的继承人吗？"

"是的。"

"我们再找个助产士来。"

"我不要别人。"

"那你可能会死的。这就是你想要的吗？"

"也许吧。这正是你想要的。"

"别说胡话了。"

我更用力地抓住椅子。

"爱丽丝是不可替代的。告诉我，理查德，为什么你想要一个女人就可以要，我却不行？"

我的耳边嗡嗡作响，我使劲地捏着椅背，希望橡木椅背在我的指间化为碎片。他没有继续说下去，脸绷得紧紧的，怒气冲冲，我接着往下说。

"爱丽丝·格雷救了我的命，不止一次，而是很多次。那时候我浑身瘙痒，是她给我拿来一些植物擦在我的皮肤上。我呕吐不止，是她给我做了药剂。在我心情不好的时候，是她陪伴着我。她在一个园子里种满了草药，就为了让我能健健康康。"

"在我听来，她真像个女巫。"理查德怨恨地说，"不然她怎么会知道这些事？"

"她是个助产士，是继承了她母亲的衣钵。你现在是不是也像国王一样，认为所有助产士和穷家的女人都在行邪祟之事？哎呀，那他一定是兰开夏郡最大的雇主了。"

我突然感到很累，不得不坐下。我的礼服一路上落满了灰尘，我的一部分思绪仍然与爱丽丝、罗杰一起坐在马车里，在黑暗中行进。我的头疼得厉害。

"他要把她带到哪儿去？"

"也许是里德庄园，也可能直接去兰开斯特。"

"可是巡回法庭要到八月才开庭。"

我听见他的靴子踩在石板地上，接着，他跪在我身边，他的金耳环在烛光下闪闪发光。

"忘掉爱丽丝吧。"他说，"你为她做得已经够多了。"

"忘记她？我什么也没为她做过！你是什么意思？我所做的唯一一件事就是把她直接带到了绞刑架上！"

"我只担心你的安全。我一听说爱丽丝是谁，就马上采取了行动，我当然要这样做。你看看你现在的样子，弗莱伍德。自从她出现以后，你就变了一个人。"

他听起来满心的怨恨。我用袖子擦了擦鼻子。我真想躺一会儿。

"我想去里德庄园。"我说。

"你不能这样做。太晚了。"

我又一次受挫，被无形的锁链束缚着。奇怪的是，我和我的丈夫、我的狗坐在我的房子里，却从未感到如此悲惨。在很长一段时间里，对我而言，有他们就足够了，但现在我觉得自己就像一个我自己生活里的访客。我环顾四周，看到漆黑的窗户、闪闪发亮的嵌板，以及演奏乐手和吟游乐师在欢乐时光表演过的廊台。壁炉上方有盾形纹章，我的纹章也在那里。门是双开的，两个地位相同的人可以同时进入。这真的是我的家吗？

理查德扶我站起来，我一只手放在帕克的头上，走上楼梯。楼梯很黑，我迷迷糊糊的。

自从我最后一次待在我的房间里以来，发生了那么多事情。此时，这里感觉就像一个新的房间。我盯着我的床，那张床是我这个充满幻想的年轻新娘亲自设计出来的，床头板上装饰着骑士的头盔、王冠和蛇。在床头板中心，两个饰章被雕刻成了一体：三架梭子和鲱鱼是沙特沃斯家族的标志，六只圣马丁鸟代表弗莱伍德，因为我拒绝在这里使用巴顿家族的饰章。

那天晚上理查德睡在我旁边，不管他是出于同情还是内疚，对我来说都无所谓。帕克睡在床脚的地上，鼾声如雷，理查德这一次也没有抱怨。我盯着床幔的顶部看了很长时间，脑子里思绪万千。

爱丽丝被指控杀害了一个叫约翰的人的女儿。那孩子是在分娩时死亡了，而她恰巧是助产士，还是爱丽丝被诬陷了，都是伊丽莎白·迪瓦斯为了报复而编造出来的？也许约翰·福尔兹是罗杰的朋友，他的女儿很早以前就埋在了教堂的墓地，而他为了钱，说了谎话。

我等着睡意来临。现在没有人蜷缩在我的床脚了，所以，我要睡着，并不容易。

第二天早上，我花了很长时间洗漱，路上走了这么久，我要好好洗个澡。我用肥皂洗了头发，梳理好，散着头发晾干，才穿上衣服。审慎和公正在一旁茫然地看着我穿衣服。我现在不穿紧身胸衣，就用不着女仆帮我穿衣服了。我从衣柜里取出一个干净的衣领和一个珍珠头饰，把它们穿戴好。我在膝盖上下绑好丝袜，其实我的腿都肿了，丝袜根本不会滑下去。然后，我穿上拖鞋。我在耳朵后面和手腕上抹了一点玫瑰油，用亚麻布擦了擦牙齿，又往用过的洗澡水里吐了口唾沫，洗澡水把我身上的汗水、油脂和灰尘冲洗得干干净净。我打开门，带着帕克一起去吃早餐。从母亲家一路颠簸，昨晚又发生了那样的事，我依然感觉又累又恶心，我满脑子想的只有爱丽丝。

和往常一样，芭芭拉烹制的食物很清淡，我小口吃着，想起了我们在母亲家吃的樱桃、姜饼和黄油馅饼。这里的一切都乏味很多。理查德在桌子的另一边吃着饭，他的土耳其猎鹰落在他的肩膀上，他那样子就像某个神秘王国的骑士。如果这是在我把自己比作他的猎鹰之后，他想激怒我，那他确实得到了预期的效果。我看着他，没有碰我的盘子。他似乎很高兴，很忙，无视我的存在。也许他已经习惯了我不在，就像我习惯了他不在一样。

我用勺子搅拌燕麦粥，假装在喝啤酒。

"我希望你不要把那只鸟带进屋来。"我终于说。

虽然我试图让自己听起来有点担心，但听起来满是恶意。那只鸟用蛇一般的眼睛望着我。

"我正在让它习惯和我在一起。它当然想看看它主人住在什么样的地方，对不对？"

"如果它挣脱了皮带，飞到椽子上呢？"

"'你要在血中永远平安。因为他必不长久顺从你的命令，只叫你顺从他。'"我盯着他看，他咧嘴一笑，"这是训练猎鹰的第一条规则。

只要给它来点肉吃，就能训好它们。"

"如果那块肉是仆人的手指呢？"

理查德眨了眨眼，他丝毫不在意。他摆出这副态度，再加上所发生的一切，都使我讨厌他，永远不会有人指责他触犯法律。他绝不会被一个醉心于权力的治安官塞进马车。我带着清晰而坚定的仇恨注视着他。

"今天上午我要去里德庄园。"几分钟后，我宣布。

"去看望凯瑟琳？"

我舔了舔干巴巴的嘴唇。

"是的。"

"我不跟你一起去了。我要跟詹姆斯安排一下租约的事。"

"什么租约？"

"我要买一个农民留下的土地。你知道吗，他儿子说他盖房子的时候把一只猫封在了墙里。"

"他为什么要那样做？"

他耸了耸肩："为了辟邪吧？这些当地的人都古怪得很。其实用玻璃窗也行的。"

我意识到他是在开玩笑，于是我强挤出一丝笑容。他给了我一个提示。

我骑马缓缓地前往里德庄园，清新的风吹拂着，我很高兴有了思考和计划的空间。在同样的路上会经过同样的旧房子和农舍，我看到一张又一张脸，从他们满脸的皱纹就能看出他们的生活都很艰难。人们用围巾裹着头，弓着肩，艰难地前行，对抗着疼痛、疾病和悲伤。他们的房子是泥做的，他们的背因劳累而弯了下来。我希望他们的生活中也有美好的时刻。我希望他们吃着樱桃，感受宝石带来的惊奇。如果他们在这里建一个剧场，就不需要猎杀女巫了。也许我会建一个。

天空中点缀着朵朵白云，大地一片翠绿，一旦厌倦了观赏路边的风景，那前往里德庄园的一路上也就没什么可看的。我来到里德庄园，除了一个男仆把干草搬到马厩外，四周一个人也没有。我把我的马交给他，自己走到门口敲门，良久无人回应，我又敲了一次。门打开的时候，我还以为会看到凯瑟琳，但并没有人，随即我才意识到开门的人只到我的胸部，我低下头，看到了一双水汪汪的大眼睛。

"詹妮特。"我说，试图掩饰我的惊讶，"我找这家的主人。"

小女孩瞪大了眼睛。

"他不在家，出去了。"她低声说。

她的皮肤苍白得几乎成了银色。

我心中一凛："去哪儿了？"

"詹妮特？"屋里传来一个声音。

凯瑟琳出现在她身后。比起我上次见到她时，她的脸瘦了一圈，表情也更紧绷了。

我吞了吞口水："你好，凯瑟琳。"

"弗莱伍德。"她绞着双手，在离门几英尺的地方停了下来，"詹妮特，离开那里。我告诉过你不要开门。现在上楼去。"

虽然她在骂人，但她的声音听起来很焦虑。那孩子蹦跳着离开了，消失在屋里。

"凯瑟琳，罗杰在家吗？"

"不在，他到兰开斯特去了。"

"带着爱丽丝一起去的？"

"爱丽丝？"

"是我的助产士，爱丽丝。"

191

凯瑟琳眨了眨眼，她苍白的双手紧紧地攥在一起。

"我不知道。你要进来吗？我去拿点酒来……"

"不了，谢谢你。我想知道罗杰是不是把爱丽丝带到兰开斯特监狱去了。"

"他昨晚出去的，一直都没回来。他只告诉我要去一趟兰开斯特。"

所以他没有像旅店老板那样把所有的犯人都带到家里。他想从谁嘴里套话，才会把谁带回家。我往后退了一步，叹了口气，想着该怎么办。

"你认识一个叫约翰·福尔兹的人吗？"

她的脸因困惑而皱了起来。

"恐怕不认识。我应该认识吗？"我摇了摇头。"罗杰说你去柯克比朗斯代尔和你母亲住了一段时间。"凯瑟琳欢快地继续说，"那里……有意思吗？"

"非常不错。我得走了。对不起，凯瑟琳。"

她在门阶上犹豫不定，就像站在悬崖边上，好像她随时会跳起来跟我走。

"弗莱伍德。"她叫道，我转过身。她显得很痛苦，好像她要说的话让她受到了很大的折磨，"他说要带一个囚犯去城堡监狱。我看到那个犯人在马车里，才知道她是个女人。她是你的助产士？"

"爱丽丝是我的助产士。谢谢你，凯瑟琳。你帮了我大忙。"

"你不留下来吃晚饭吗？至少喝点酒吧。"

我摇了摇头，说了声"再见"，就径直走向马厩，我的马还在槽里饮水。我等它喝完，才回到我来时的路。我绞尽脑汁，想弄明白这可怕的情况意味着什么，所以回高索普就慢了一些。

到了高索普，我下马后站在院子里，皱着眉头，手仍然握着缰绳。我需要回家拿一些东西，才能再次上路。

理查德和詹姆斯在大厅里，周围都是文件。

"你回来得很早呀。"他说，"凯瑟琳好吗？"

"很好。"我心不在焉地说，"你看见帕克了吗？"

理查德告诉我，他最后一次见到帕克是在客厅里。

"我要去骑马。"我宣布。

"你能骑马？"

"爱丽丝说可以，到目前为止，她在我身上还没有出过错。"我与他对视，"我几小时后回来。"

理查德既觉得好笑，又有些恼怒。

"你知道吗，詹姆斯，"他对管家说，"我真想知道，国王想要加强对兰开夏郡妇女的控制是否有道理。她们都太无法无天了，不是吗？"

我的丈夫死死地盯着我，带着一丝恶毒。在母亲的房子里，当他决定告诉我该怎么做的那一刻，我也看到了同样的光芒，而那是我们婚后他第一次这样。现在他像个大人物一样行使他的权威，测试着我和他的极限。

"我不知道，主人。"詹姆斯严肃地回答。

"她们很野，是不是？"他问我。

"她们也是无害的。"我小心地回答。

"谁来评判呢？"

理查德没有把目光移开，所以我笨拙地笑了笑，要走出房间，但在我出去之前，他叫住了我。

"我今天有事去一趟里彭，晚上就走。"

我推门的手停住了："你什么时候回来？"

"明天晚些时候，或者后天早上。不过别担心。詹姆斯会在这儿照顾你的。"

　　我去找帕克。从楼梯底部走过的时候，我突然想起塔楼顶部母亲的肖像画，仿佛她站在廊台上俯视着我。我打了个寒战，又回到了屋外寒冷的早晨中。

第十六章

这天是帕迪厄姆赶集的日子，村子里的人声和牲口声此起彼伏，随处都能听到商贩在叫卖，牛群在哞哞叫。我骑马进入手梭客栈马厩的院子，几乎没注意到别人落在我和帕克身上的好奇目光。我牵着帕克走进屋里，问一个手里拿着抹布的小伙计老板在哪里。他走到不久前我走过的走廊里，在那里，爱丽丝曾叫我睁开眼，要精明一些。现在我真希望能把眼睛闭上。

从前那个满脸通红的男人又出现了，他满口烂牙，脸上仍带着好奇的表情。

"我上次来这儿时没有自我介绍。"我平静地说，"我叫弗莱伍德·沙特沃斯。我住在高索普庄园。"

"我知道您是谁。"他回答，谈不上招人讨厌，"我是威廉·塔夫内尔，这里的店主。"

就在此时，他注意到我身边的帕克，几乎吓得魂不附体。

"这里不许带狗进来，夫人。我很抱歉。即使是您的狗也不行。"

我点了点头，环顾四周，注意到爱丽丝可能打扫过的壁炉和擦过的桌子。

"我有件事要问你，不会占用你太多时间的。"我道，"你听说过约翰·福尔兹或他的女儿安吗？"

他茫然地回望着我："在帕迪厄姆没人叫这个名字。只要这个人有力气举起酒杯，就来过这里。"

"在科尔恩也有一家客栈，叫女王纹章客栈，是吗？"

"是的。"他警惕地说。

"我相信你的雇员爱丽丝·格雷以前是在那儿做工的吧？"

"是我姐夫把她介绍给我的。不过她现在不在这儿了。"

"你姐夫叫什么名字？他是那儿的店主吗？"

"他叫彼得·沃德，夫人。他是店主。他就在那儿，你去了就能找到他。"

女王纹章客栈就在河上游几英里外的村子边上，我想象着爱丽丝沿着这条崎岖的小路帮助已经吓呆且十分虚弱的约翰·劳。这是一家小客栈，比酒馆还小，我一跨进门槛，一股同样潮湿的啤酒味就扑鼻而来。屋里空空荡荡，桌子和长凳虽然旧了，但擦得干干净净，地板上铺着新锯屑。

我把帕克留在外面，把它的皮带拴在了一根柱子上。一个拿着扫帚的女人站在吧台后面的门口，大声讲着故事。我等着她把故事讲完，双手紧握在身前。那个女人意识到有人在看她，当她转过身来看到是我，就粗鲁地张大了嘴。

"有事吗？"她上下打量我，用她那双通红的手紧紧握着扫帚柄。

"我叫弗莱伍德·沙特沃斯。我找店主沃德先生。"

她本来叫一声就能把店主叫出来，但还是走进了门口，我听到她在低声说着什么。不一会儿，一个人高马大的白发男人走了出来。他的块头太大了，我都能感觉到他的靴子踩在土地上造成的震颤。

　　"你找我？"

　　"你是雇用爱丽丝·格雷的沃德先生吗？"

　　"要是每来一个找爱丽丝·格雷的人，我就往我的帽子上插一根羽毛，那现在我看起来就得和鸡差不多了。她又干什么好事了？"

　　他的措辞使我吃惊。

　　"她什么也没做。我想知道从哪儿能找到她父亲。"

　　"约瑟夫·格雷？你找他干什么？"

　　"我想和他谈谈。"

　　"他能说什么，狗嘴里吐不出象牙。"我等着他往下说，"你沿羊肠小径走半英里后右转，走到树林的尽头就到了。你找他干什么？"

　　"那是我的事。还有谁一直在找爱丽丝？"

　　"哦……"他的一只大手挥了挥，"好像是治安官，几个礼拜前来的。我还问他，'你确定你找的就是爱丽丝吗？'在这个治安官之前来的是个女人，是个丑八怪，你肯定都不想知道这个人，她一只眼睛盯着天，另一只眼睛盯着地狱。这个丑八怪的母亲也来了，居然像屠宰场里的猪一样尖叫。上帝知道他们找她干什么。"

　　"你指的是德姆戴克？还是伊丽莎白·迪瓦斯？"

　　"德姆戴克，没错。这个名字的意思是妖魔，你知道吗？你信不信，这附近有两户人家因为施巫术被关起来了，这两家人就是迪瓦斯家，还有老查托斯和她的女儿。有些人告诉我，他们是邻居，不过有很大的仇，都是魔鬼的追随者。被抓的还有那个小姑娘，她几个月前来这里探望那个被她诅咒过的可怜虫。谢天谢地，他们都被抓了。我可不想让他们这种人待在这儿，如果别人知道女巫来过我的店，就不会来光顾了。所以我才把爱丽丝打发走了，谁叫那些女巫总是来找她。多少年了，她一直在我这里做工，可她把顾客都吓坏了，那个丑丫头。"

"所以你让她走了。"我冷冷地说。

"不管对错吧，反正她是陷进去了。"

"她只是把那个可怜的人带到这里而已。"

"我倒是希望她没有那么做。他带给我的只有悲伤。他哭呀号呀，说他房间里有狗，哭他的针，还满口诅咒的。应该把他也关起来才对，她却求我让他留下。"

我环顾四周空荡荡的桌椅，酒桶里满满的酒正等着被男人们喝进肚子里。他有生意要做，他说的话也许有几分道理，但是他不该把爱丽丝赶走，因为他这样做就表明爱丽丝与女巫有牵连。

"你认识约翰·福尔兹吗？"我最后问道。

"你也想找他吗？爱丽丝和男人没缘分，跟她老爹是这样，跟约翰·福尔兹也是这样。"

我脖子后面的汗毛都竖起来了。

"你说什么？"

"他不时也会到这儿来。反正以前是的，后来……反正他有一段时间没来了。我也不知道他在哪儿。"

"后来怎么了？"

彼得伸手抓了抓他的大肚子："他的女儿不久前死掉了。有多长时间了，玛吉？估摸差不多六个月了。"

"那他和爱丽丝……"

"他们好过。他以前结过一次婚，不过他老婆没了。爱丽丝有什么事都喜欢藏在心里，很少说出来。但他们一直没结婚。你在这儿是找不到爱丽丝的，抱歉让你失望了。就算你去问她老爹，他可能也不太清楚。你可以去帕迪厄姆的手梭客栈打听一下，她现在在那儿做工。"

"他长什么样？"我的嘴巴干巴巴的。

"你说约翰？深色头发，个子很高，是个英俊的小伙子，只可惜一喝醉就变了个人，是吧，玛格丽特？我知道你见过他的。"

玛格丽特翻了翻白眼，拍了一下他的胳膊。

在过道上让她心烦的那个人原来是约翰·福尔兹。爱丽丝谋杀他女儿这种说法根本不可能成立。她是他的情人吗？他长得十分英俊，但他的身上却散发着懒惰和挥霍，自然得就像太阳释放出光芒一样。

我淡淡地感谢了彼得和他的妻子，在我去牵马之前，我抬头看了看旅馆二楼的小窗户，不知道小贩约翰·劳从病床上望着的窗户是哪一扇。

路上有两条岔路，一条蜿蜒通向科尔恩，另一条通向开阔的田野和树林。鸟儿在我周围歌唱，我慢慢地骑着马离开村庄，它们欢快的歌声在我耳边回荡着，四周只有它们的叫声。脚下的路泥泞不堪，马儿走起来摇摇晃晃的。帕克在我身边重重地走着，晴空万里，周围静悄悄的，我想象着爱丽丝也走过这条路，她这么熟悉这里，就像我熟悉高索普的树林一样。

我对爱丽丝所知甚少，她却对我非常了解。她有一次告诉我，她差点就结婚了，她指的一定是约翰。她非常想念她的母亲，并且与母亲的老朋友凯瑟琳志趣相投。她不常提起她的父亲，即使提起，也不带一点温情。关于她，我只了解这些小事，它们就像一幅画边角上的几笔，我无法看到整幅画。

这条路穿过一片树木繁茂的地区，相形之下，高索普的树就显得矮小。想到约翰·劳是在这些沙沙作响的树叶下遇见艾丽森的，我就不禁打了个寒战。我一直盯着前方，渐渐地，树干和树枝消失，广阔的田野再次出现在我的面前。我一直在试图摆脱被人监视的感觉。正如彼得所说，右边的地势越来越高，山坡上有一栋低矮、黝黑的房子。一条泥泞的小路通向那里，我掉转马头上山，绕过最难行的泥沼。一缕轻烟刚从烟囱飘到空中，就被风吹散了。这所房子不比我高多少，甚至比我家里的食品室还小，四壁是抹灰篱笆墙，屋顶是茅草的。窗户上没有玻璃，但有百叶窗，这会儿百叶窗拉了起来，好让阳光照进屋内。一堵矮墙围绕着小屋，花坛里的花儿有的已经枯死，有的即将枯死。一些五颜六色的花骨朵儿像灯笼一样从杂草下探出头来。我记得爱丽丝说过她母亲的草药园，我想那个园子一定就在屋后。房子暴露在山坡上，在这里，保护植物不受风雨的侵袭肯定很难。

我敲敲门，片刻后门开了。约瑟夫·格雷比我想象的要老，甚至比罗杰还老。也有可能是因为他穷，所以才显老。他弓着背，让人觉得即使他不动也好像在不停地移动。他的身体颤抖着，嘴巴在牙齿周围嚅动。和爱丽丝一样，他也有一头米黄色的头发，发丝盘到肩上。他的眼睛是清澈的蓝色，他很瘦，衣服松垮地垂在身上，看起来好像需要在碱液中浸泡一个礼拜才能洗干净。

"是格雷先生吗？"我说，"我是弗莱……"

"我知道你是谁。"他喃喃地说，"她为你工作，对吧？进来吧。我想你是有话要对我说。"

屋子里很暖和，屋子中央的火烧得很旺，好像现在是十二月而不是七月。升起的炊烟从小屋屋顶中央的一个洞里冒了出去，我想，这屋子竟然有个开口，一定很冷，而且通风很好。火的两边各有一张矮床，其中一张床上的被子还没叠，土墙上挂着的布摸起来肯定又湿又冷。一张桌子、两把凳子和一个碗柜是仅有的家具。火边的地上铺着灯芯草，地上放着一些锡制的锅碗瓢盆，看上去是用过的，但还没有清洗。爱丽丝和她的父亲就在这个屋顶有洞的房子里做饭、睡觉和居住，时时刻刻都要忍受着冷风。

约瑟夫说："我想你是来找那匹马的吧？"

"马？"我问。

"就是你给我们家爱丽丝的那匹马。你现在已经拿回去了，我不想惹麻烦。"

我茫然地看着他："失踪的那匹马？"

"是的。"即使他不说话，他的嘴也一直在动，我怀疑他是不是在嚼烟草，"我把钱还给那家伙了。她感激吗？他妈的。"

他缓步走到床边，坐在床上。我留在原地，在难以忍受的热浪中挣扎着呼吸。约瑟夫舔了舔嘴唇，从地板上捡起一个大酒杯，仔细地看了看里面的酒，一仰而尽。

原来这就是那匹拉车灰马的遭遇：爱丽丝的父亲把它卖掉了。不知怎么的，她把马找了回来。我的胸脯突然沉重起来，有那么一瞬间，我激动得说不出话来，但我整了整裙子，站得更直了。

"格雷先生，我来这儿不是为了那匹马。那匹马已经回来了，所以没关系了。我到这儿来，是因为执法官罗杰·诺埃尔把爱丽丝抓走了，他似乎以为爱丽丝杀了一个孩子。"

他呆滞而茫然的目光落在炉火上，几秒钟后他把目光转移到我身上。

"什么？"他说。

"格雷先生，你女儿有大麻烦了。我会尽我所能帮助她，但我想你必须知道她被指控的罪名，她可能会没命的。她已经被带到兰开斯特监狱，就等着下个月接受审判了，但我不能让情况变得不可挽回。我不会允许的。格雷先生，你在听我说话吗？"

"我敢打赌你根本不需要那匹马，是不是？多一匹马对你有什么用呢？我敢说，你的马厩里有的是马，它们就像士兵一样排着队，就等着你给它们喊立正呢。"

他含含糊糊地敬了个礼，又拿着脏兮兮的大酒杯往嘴里倒酒，尽管那酒杯看上去是空的。

"格雷先生！你在听我说话吗？你的女儿被指控是女巫，现在都被关在牢里了。你知道这件事吗？"

他打了个酒嗝："我就知道她会走她妈妈的老路。"

他用一根手指在脖子上划过。

我张大了嘴巴。

"她会被绞死的，你不在乎吗？你没兴趣帮她吗？"

"我感兴趣的是……"他说不出话，又变得茫然起来，"我找谁去要麦芽酒呢？不是她给的！也不是那个小气鬼彼得·沃德给的。他就在这条路上，但现在我必须多走点路，他不招待我了。我老了，夫人，你叫什么名字来着？"

屋内太热了，炉火刺眼，约瑟夫·格雷太令人生气了，我觉得自己在他的小屋里连一秒钟也待不下去了。但我来是有原因的，我欠爱丽丝太多了。我慢慢地站起来，走到房间最潮湿的角落里那张没有整理的床上。就连高索普的大谷仓也比这里暖和干燥，难怪她会毫不犹豫地答应与我一起到我母亲家去。

她的床上有个东西，是一堆破布，不过有可能是一只猫拖进来的。我拿起那个潮湿且毫无生气的东西，它不是什么动物，而是用旧羊毛缝制成的，手工很粗糙。好像是用手帕做的，看上去像个人形，里面塞着头发，有头、两条胳膊和腿。它上面有一团奇怪的东西，虽然浓烟滚滚，热浪逼人，但当我意识到那是一个女人，身上还用头发绑着一个孩子，我的皮肤顿时变得冰凉。黑色的头发，我记得我落在枕头上的头发后来不见了。一股淡淡的薰衣草香味从人形物上飘来，随即就消失了。我的眼睛里莫名充满了泪水，我把娃娃放回了床上。

"格雷先生。"我说，回到他坐着的地方，他一面抽噎着，一面嘟囔着什么，"爱丽丝跟我说起过她的母亲吉尔。"我等待着他的回答，他空洞的蓝眼睛里有什么东西在动，"她非常想她，我相信你也一样。你已经有一个亲人被带走了。你会不会尽你所能去阻止同样的悲剧再发生在爱丽丝身上？她是你唯一的亲人啊。"

他的头猝然一动，好像他是在梦中。他疯狂地盯着我看不见的东西。我好不容易才蹲下身来，裙子铺展在我周围。

"你女儿对我很忠诚，几个月来，她帮了我很大的忙。我很抱歉把她从你身边带走。"我撒了个谎，"我要帮她的。以前是她帮我，现在我一定会报答她。"

此刻，浓烟刺痛了我的眼睛。也许约瑟夫会认为我是感动得哭了。

"格雷先生。"我又说了一遍。

他的目光变得清晰，有了焦点。他张着嘴，我以为他会说话，但他却露出了棕色的牙齿，过了一会儿我才意识到他是在笑。

"他们会把女巫烧死，是不是？"他指着炉火，气喘吁吁地说。

"什么？"

我站在那里，更加惊恐了。

他指着我的裙子。

"他们会烧死女巫！"

火焰烧着了我的裙裾。帕克叫了起来，我吓得眼前一片空白。我跑到门口，拼命地在蓝天下拍着裙子。火似乎小了一点，但没有熄灭。我绝望地环顾四周，想找个饮水槽什么的，发现墙边有一个旧水桶，里面装满了雨水。帕克在我周围不停地叫，我把一桶水都倒在裙子上，棕色的水积聚在我的脚边，我看到明亮的火焰熄灭了。

约瑟夫·格雷还在屋内哈哈大笑。我站在那里喘着气，帕克背对着我转着圈，好像在抵挡一支看不见的军队。风从四面八方向我吹来，吹散了从我那件被烧坏的裙子上冒出的缕缕黑烟。我的红宝石色裙子都发黑了，烧出了一个可怕的大洞。我不知道我这样待了多久，但约瑟夫·格雷没有出来，过了很久，我才停止发抖，爬上我的马。我纵马奔驰起来，帕克在我身后飞奔。即使我是在躲避魔鬼，也不可能跑得更快了。

那天晚上，我一个人睡在房间里，总感觉有什么东西来找我。我惊醒过来，感到温暖的皮毛拂过我的手。房内漆黑一片，我只能听到自己的呼吸声。我感到床上离我的脚不远的地方有个东西在动。它又动了，好像是要找个舒服的姿势，这时，我的呼吸停止了。我想象着约瑟夫·格雷站在我黑暗的房间里，肮脏的拳头里攥着一只死兔子。

我闭上眼睛，强迫自己的心停止狂跳。这只是一个梦。但我知道并不是。

透过心跳之间的空隙，我感到我脚边的那个东西消失了，然后只听轻轻一声，一个东西落在了地上。那声音太轻，不可能是帕克。我的手一直放在床单上不动。我太害怕了，不敢动。我的孩子踢了我一下，好像在说他也能感觉到。

我等待着：要么什么事也不会发生，要么我会被吓死。虽然四周一片漆黑，但我看到有什么东西朝门口移动，一转眼就不见了。

早些时候，我蹑手蹑脚地回到家里，像个走私犯一样裹着斗篷，匆匆上楼。我把斗篷塞进衣帽间后回到自己的房间，大声地假装蜡烛倒了，烧着了衣裙。

"啊！"我喊着，听见我自己的声音，几乎相信了自己的话，

"啊，啊！"

我把蜡烛吹熄，这样蜡烛仍然会发烫，然后把它放在我脚边的地上。

"我的裙子！"我叫道，这时一个女仆走了进来。

她吓坏了。她可能以为我的孩子要没了。她领我坐下，我喘着气，假装害怕，这并不难：我所要做的只是想起约瑟夫·格雷那双呆滞的大眼睛，以及我的裙角上燃烧的火焰。

我躺在床上，根本睡不着，脸上的泪水干了，心跳也慢了下来，肚子里的孩子又睡着了。我想起了爱丽丝。我的噩梦只有在我闭上眼睛的时候才会出现，但爱丽丝却活在她的梦里。黑暗中她父亲的话在我的耳畔响起：他们会把女巫烧死，是不是？

我试着想象爱丽丝小时候的生活，她和她古怪的父亲、善良的母亲一起在那间漏风的房子里，在那里渐渐长大。虽然现在我遇到了两个与她生活有交集的人，我对她依然没有更深的了解。那个女孩不知道自己的生日，不会拼写自己的名字，却有着男儿的智慧，了解大地上生长着的一切植物的用处，用手拍拍就能安抚一匹受惊的马。

我闭上眼睛，祈祷她平安无事。

第十七章

第二天，我一大早就起了床，太阳还没出来，天色朦胧，我迅速穿好衣服，希望出门时不要碰到仆人。我打开前门，溜了出去，轻轻地把门关上，把钥匙放进口袋。夏日的清晨呈现在我的面前，换作其他时候我一定会觉得这景色无比壮丽。我打了个呵欠，听着树木沙沙作响，苏醒过来，然后，我来到马厩。牛在大谷仓里哞哞叫着，渴望得到饲料，而河在房子后面哗哗流淌，似是在叹息。我现在走得慢多了，便注意到了这一切。一个马童已经穿好了衣服，两只手里各拿着一只桶，我让他给我的马套上马鞍。他回来时，我告诉他我有个口信要他转告。

"请过一会儿去找詹姆斯，告诉他我要出去一天，等主人回来了，也不能说这件事。告诉他，如果被主人发现了，我就把他那些宝贝账本扔进火里，让他只能根据记忆重写。记住了吗？"

那个马童名叫西蒙，比我小三四岁。他高兴地点点头，想到要对自己的头头儿传达威胁的言论，不免有些紧张。

我把从厨房拿来并用餐巾包好的一包食物绑在马身上，包括涂了蜂蜜的面包、奶酪、葡萄，以及一些饼干，留着路上吃。天光还没大亮，我就上路，向北出发了。如果理查德今晚回来，我也得在那个时候返回。

几小时后，我来到了一个热闹的城镇。这是一个晴朗而温暖的夏日，街道上挤满了车和马，因此往山上到城堡监狱的路走得非常缓慢。快到门楼的时候，我回头看了看，兰开斯特就在山下远处，一条陡峭蜿蜒的街道在那里延伸开来。到处都是建筑物，四周是连绵起伏的小山。从城堡监狱这里，可以看到一切。我骑马来到两个戴头盔的守卫跟前，剑垂在他们的大腿边上，就像盔甲一样。

"我来探望一个囚犯。"我说。

他们懒洋洋地看着我。

"叫什么名字？"其中一人说。

"我的名字，还是那个囚犯的名字？"

"你的名字。"他不耐烦地说。

"弗莱伍德·沙特沃斯，家住帕迪厄姆附近的高索普庄园。"

他上下打量着我，注意到了我隆起的肚子。然后他转过身，消失在那扇犹如张开大嘴的大门下面。骑马骑了这么久，我的背很疼，腿也感觉火辣辣的，但如果我下马，我想我可能再也回不了马背上了。

正当我开始怀疑那个守卫还会不会回来时，他大步走了出来，身边跟着一个胖子，这人稍微年轻一些，留着一头黑发。他穿着精致的黑色软靴、马裤和一件黑色紧身上衣，银扣子扣在他肥大的肚子上，他的手腕处是宽大的泡泡袖。

"沙特沃斯夫人？"他礼貌地问道，"你有预约吗？我叫托马斯·科维尔。我是验尸官，也是这座城堡监狱的看守官。"

我决定留在马背上，这样在高度上才有优势。

"如果可以，我想见见爱丽丝·格雷，科维尔先生。"当他的脸上露出不悦的表情，我说，"她是最近被罗杰·诺埃尔逮捕的。我与爱丽丝是好朋友。我正好来到这附近，就想……来看看她好不好。"

显然，城堡的门楼并不是每天都会接待来探访犯人的人，科维尔先生既好奇又免不了心生怀疑，他把指尖对在一起。

"这个……恐怕我们不允许有人探访监狱里的犯人。"他的目光滑到我的肚子上，"尤其是在某些情况下，囚犯们变得非常激动，这对他们的心态没有任何好处。"

"科维尔先生，"我说，"我走了很久才来到这里，足足有四十多英里呢。"他无动于衷，两个守卫也一样，都在出神。"我的丈夫理查德·沙特沃斯如果听说我被拒之门外，一定会非常失望，尤其是考虑到他已故的叔叔理查德爵士在十五年前对王室的慷慨贡献，他又是切斯特的首席法官，在宫廷里被封为爵士。因此，我不确定我这位已故的亲戚知晓自己的侄媳妇被拒绝进入，是不是会不高兴。我其实很不愿意把这件事闹大。"

科维尔先生张开嘴又闭上。

"你要找的犯人叫什么名字？"他问。

"爱丽丝·格雷。她是两天前被送来这里的。"

托马斯·科维尔又冷冷地打量了我一眼，从我的帽子一直看到我的脚。他肥胖的下巴颤抖着，他叹了口气。

"你有两分钟时间。我叫一个狱卒送你去。"

就这样，我从门楼下面走过，而在两天前，爱丽丝也是从这里过去的，在我之后，还会有成千上万人从这里走过，进城堡监狱只有一条路，出去也只有一条路。

我把马拴在守门人后面。一个瘦削、气喘吁吁、长着一张像老鼠一样尖脸的男人带我穿过城堡的院子，但不是前往我以为的方向，而是朝着城堡主体走去。我们沿着内墙向右转，走向一栋栋棚屋和石砌户外小屋。他迈着双腿，步子很大，走起路来很吃力，但看起来像是绝不允许别人看出来他很吃力的样子。

"你找那些女巫干什么？"他说。

我没有理会他，抬头望着这栋高大的石头建筑，尽管在温暖的夏日，我仍然感到了这个地方的寒意。我没想到他会突然停下，也没想到会停在外面：我们站在一座塔楼脚下的低矮拱门旁边，面前是一座铁门。但是这扇门并没有通向城堡墙的另一边，里面漆黑一片，所以只有一个可能，那就是门后直通地下。

我皱起了眉头。"为什么停下？"我问。

"这是井塔。"我的同伴微笑着说，他一笑，牙龈都露在了外面。

"我不明白。爱丽丝·格雷应该被关在牢房里等待审判才对呀。你能带我去见她吗？"

"她就在这里。"

他指着拱门。里面太黑了，我能明白为什么会有"井塔"这个名字了，一眼看过去，就像是在往井里看一样。我只能看到一两步以内，其余的地方好像被一块黑色的幕帘遮住了。狱卒从他的臀部掏出一大串钥匙，花了很长时间查看每一把钥匙，我眼前的一切都恐怖至极。我的朋友就在这扇门后面，在这个洞里。我从未进过监狱，也不知道牢房是什么样子，但这里不是牢房，而是一个地牢。在这里，感觉太阳已经消失，所有的光和热都离开了我，我站在那里瑟瑟发抖，盯着地狱的入口。一个奇怪的声音从大门后面传来，我意识到那是一只鸟在叫。一只知更鸟被困在了大门后面，在最高的台阶上跳来跳去。它很小，完全可以穿过栅栏，但它仍在要求我们把它放出去。

"该死的家伙。"狱卒咕哝着，打开锁，把门拉开，"滚出去。"

他朝那只鸟走去，最后它飞了起来，从我们身边飞过去，奔向自由。我伸手去摸冰冷的石墙以稳住自己。

"没被吓破胆吧。你还要去吗？"

不。我不想下去，就算爱丽丝在下面，我也不想下去。但我必须去，因为我不像她，我可以再出来。

狱卒关上了楼梯口的门，当我听到门哐当一声，钥匙在锁孔里转动时，我全身的每根神经都绷紧了，吓得脑袋发昏。这就像走下台阶进入黑色的水域，四周伸手不见五指。一层层台阶向地下延伸，尽头有一扇门，是木门，也可能是铁门，太黑了，根本无从分辨。

"往后站。"他喘息着说，用另一把钥匙插进底部的那扇门，"不然这里的气味会把你熏晕的。"

我往后退了几步，我的脚步声在石头台阶上回响着。我等着，只听见门那边狱卒叫喊了几句。然后，在昏暗的灯光下，台阶底下出现了一张苍白的脸，一个纤弱的身影从狭窄的门里走了出来。

"爱丽丝。"我羞愧得无话可说，只是号啕大哭起来，我穿着漂亮的衣服，肚子里是奶酪和面包，我的马在墙外等着我。

她没有哭。我才两天没见她，但觉得像是过了好几年，她看上去如同变了一个人。她的长脸比月亮还白，眼睛下面出现了以前没有过的乌青。她猛地眨着眼睛，仿佛楼梯上的黑暗令人目眩。她的衣服很脏，看上去很潮湿，她的帽子上有一道道灰尘，衣服的前襟上有黑色的血迹，毫无疑问，她的背部肯定也有血。

她什么也没说，只是虚弱地靠在墙上，好像没有力气似的。狱卒出现在她身边，关上了门，就在唯一的一盏灯熄灭后，我听到他身后传来了尖叫声和抗议的喊声。他是对的：这里的气味太难闻了。以前，爱丽丝身上有薰衣草的香气，在瓷盆里洗手，现在她却被困在地下的垃圾坑里。

"里面还有谁？"我喘息着问。

"所有等待审判的女巫都在下面。"狱卒喘着气说。

"有多少？"我问爱丽丝。

"不知道。"她低声说，"太黑了，什么也看不见。"

她的嘴唇干裂了，说话时舌头耷拉着。她的瞳孔像大理石一样大。

我一路上用了几小时才来到这里，现在却想不出该说什么。在那一刻，我想我愿意用我的孩子去换她的自由。

狱卒失望地望望我们。

"好吧，你们见面真不赖呀。都没话可说吗？"

"你吃东西了吗？"我问。

"吃了一点。"她说。

在狱卒转过头去整理钥匙的时候，她摇了摇头。

"我会帮你的。"

我的声音在墙壁之间回响，我的话听起来像小孩子的话一样无力。

"他们还抓了凯瑟琳。"她用沙哑的声音说。

"谁？"

"凯瑟琳·休伊特。我母亲的朋友。"

这时，她哭了起来。

凯瑟琳是和她母亲一起做助产士的那个女人。我记得在我母亲家温暖的阁楼房间里，她给我讲过凯瑟琳的事，感觉阁楼里的日子好像是很久以前的事了，简直恍如隔世。

"是我的错。"她说。

"什么意思？什么是你的错？"

"时间差不多了。"狱卒不安地说。

我转向他。

"我们能单独谈一会儿吗？"我问。

"你要我走？不可能。"

我摸了摸裙子，掏出了钱包。

"给你。"我拿出一便士，他就像饿狗一样扑了上来，"你可以把我们锁在里面，等我叫你的时候再来。不要走远。"

他跟跟跄跄地走上台阶，喘着粗气，关门上了锁。他的身影暂时挡住了光线，只有当他走开时，我才能再次看见爱丽丝。

"上来吧。"我说着走上楼梯，"你需要呼吸一下新鲜空气，见见阳光。"

她跟着我，我们背靠着大门，坐在最高的台阶上。我竭力不让自己呼吸到她身上散发出来的恶臭：陈腐的汗水、呕吐物和干涸血液的混合气味，她身上还有一股味，我一明白那是什么，马上就害怕起来。我以前从来没有在活人身上闻过这种味道，但我还是马上就知道了。她现在不哭了，但泪水在她肮脏的脸上留下了一条条清晰的痕迹。

"给我讲讲凯瑟琳吧。"我拉着她的手，温和地说。

"她也被指控犯了同样的罪。都是我的错，她什么也没做过。"

"爱丽丝，你得把一切都告诉我。你为什么会被指控谋杀了约翰·福尔兹的女儿？他就是那个我在手梭客栈里看见和你在一起的那个人，是不是？"

她点了点头，舔了舔嘴唇，虽然她的舌头也很干。

"我爱他。"她用很微弱的声音说，"我也爱安。他们两个我都喜欢。我和约翰……在一起过。几年前，他常来女王纹章旅店，我就是这样认识他的。他妻子死了，他有一个女儿。他很有趣，也很善良。一开始我以为我们会结婚。我们相遇时，安还不到两岁。他去做工时，常常都是我来照顾她。她就像一个小天使，脸颊肉嘟嘟的，无论怎么梳，都没法梳顺她那头黄色的头发。"

她的脸上浮现出淡淡的微笑，她的五官沉浸在了回忆中。然后，愁云爬上了她的脸。她抽了抽鼻子。

"约翰说他失去了妻子，绝对不会再婚。他说失去妻子太痛苦了。我还是留了下来，就像我们已经结婚了一样。我和他住在一起，于是我父亲和我断绝了关系。他叫我婊子，说我永远也不会有名分，他说我对约翰一点用也没有，只是供他喝酒以后发泄的工具。但和约翰、安在一起，我很幸福。我们是一个小家庭。"她吞了吞口水，"后来，他在外面逗留的时间越来越久，越来越晚。很多时候，都只有我和安两个人。大多数时候都是这样的。约翰不是在做工，就是去酒馆里喝酒，而我在家里假装是他的小妻子。我是在骗自己。"

她挪动了一下脚，双臂抱住膝盖。我又看了看她衣服前面的血迹，看了看她没洗的头发从帽子下面垂下。我希望我能给她洗个澡，让她穿上干净的睡衣，让她像个孩子一样为她盖好被子。

"即使有人告诉我，他有其他女人，我也不愿相信。生活继续着，他变得越来越小气，越来越刻薄，我和安靠我的工钱生活，他把自己赚来的钱都花光了。安她开始……我不知道该怎么说。她会变得浑身僵硬，眼珠打转，舌头变得很大，嘴里都放不下。我以为她这么做是因为她父亲老是不在家。我告诉约翰时，他还不相信。他以为我在编故事诓他回家。我试了所有我能想到的植物和草药。我去找凯瑟琳帮忙，但她也无能为力。安大部分时间都很好，只是在那种时候她……就像有妖怪在掐她。"

"有一天我不得不去上班，只好把安一个人留在家里。我到处都找不到约翰，他本应该回来却没有回来。我那时候很可能会丢了工作。"

眼泪又开始从她的眼睛里流出来。她的脸上刻满了悲伤。

"我那时仍然爱他。我一直爱他，即使他不回家。不过如果没有安，情况可能会有所不同。我可能已经离开了。不管怎样，我去做工了，让凯瑟琳照看她。可她跑进来说：'爱丽丝，爱丽丝，快去，现在就去。'我们跑到约翰家，安已经……"爱丽丝把脸埋在膝盖里，"我不应该丢下她的。"

我搂着她，摸着她单薄的肩膀。我继续搂着她，她却把身体一缩。我的心好像要碎了。这和我发现朱迪思的时候是不一样的痛苦。那时我满腔愤怒，这一次却只有悲伤。

"你什么也做不了的。"我低声说，把我的脸贴在她的脸上。

我们的泪水混合在一起，流到嘴唇上。我尝到我们的眼泪是咸的。我们就这样待着，她在我的胳膊下颤抖着，过了一会儿，她安静下来。

"我想这就是我为什么那么想帮你。"她轻声说，"我想，如果我能让你的孩子活下来，也许在某种程度上……"她停了下来，努力解释着，"我没能救下一个孩子，所以我想，如果我能保住另一个孩子的生命……"

"如果我生的是女儿，我就叫她爱丽丝·安。"

她没有笑，但眼睛里闪过一丝慰藉。

"我以为你想要两个男孩。"

"我当然想。"我低头看着我们的裙子，脏兮兮的棕色羊毛衬着亮闪闪的玉米色塔夫绸，我再次握住她的手，"这一点没有改变。"

"里面太可怕了，"她低声说，"这儿就像地狱。什么也看不见，感觉好像房间在转动。有个女人要死了。是德姆戴克。她撑不到审判了。没有食物。"

我闭上眼睛，想着那天早上我吃的东西。我甚至没有想过……

"我会把你救出去的。"我说，"我保证。我一定会把你救出去的。"

更多的泪水从她的脸颊滑落。

"我知道你付出了多少代价。"她低声说，"我不能再让你牺牲了。"

"管他什么牺牲。"

就在我说话的时候，我感觉到孩子在动，并立即意识到，虽然此时此刻，我、爱丽丝和孩子我们三个在这里，都还活着。但不久后，我们三个可能都会死，不可能知道我们谁能幸存。我们被可怕的命运绑在一起，现在比以往任何时候都清楚，为了生存，我们同样急需彼此。

"我会救你的。"我又说，把她的手指握在我的手里。

她捏了捏我的手便松开了，伤心地看着我，她那双活泼的金色眼睛此时空洞无比。

"我不是你能从熊池里救出来的狗。"

"我会救你的命，就像你答应过要救我一样。我一定要让你活着。"

"还要救凯瑟琳。"她低声说。

"还要救凯瑟琳。"

就在这时，从楼梯底部锁着的门后面传来一声强烈的哀号，吓了我们一跳。接着，有拳头开始砰砰砸门，哭声变成了尖叫。我和爱丽丝马上站起来，这时狱卒匆匆走过，笨手笨脚地开锁。

"你去处理一下她们两个。"他说。

"怎么了？"另一个声音在楼下方响起。

又来了很多人。门哐啷一声开了，一只铁爪抓住了我的胳膊。我和爱丽丝被拉开，突然我就出了大门，她则被押回黑暗中。

"爱丽丝！"我喊道，"我会回来的！我会回来！"

一个彪形大汉护送我回到看守室，这时，地牢的门哐当一声开了，尖叫声更响了。

"她死了！她死了！她死了！"

这些话像乌鸦一样从森林里飞出来，在墙壁之间回响，却无处降落。

在开始回家的漫长旅途之前，我去了镇上的一家旅店。我在那儿订了三只烤鸡、二十个肉馅饼和两加仑麦芽酒和牛奶，要店家送到地牢里去。我让四个伙计搬着食物，滚着酒桶，送去山上的城堡里，盯着那个气喘吁吁的狱卒把它们搬下陡峭的楼梯，并且空着手回来。我又给了他一便士，硬币在他手心里闪闪发亮。我还给了那两个可怜的卫兵每人一便士。我告诉他们我会回来的，他们对我笑了笑，好像知道我不可能再来。

第十八章

第二天早晨，我下楼吃早饭，只见一群仆人站在前门台阶上。

可以看到理查德在人群的前面，我挤了过去。这时，我意识到每个人都在看着地面。我惊恐地往后退。

理查德的猎鹰被砍成了碎片。那只鸟躺在自己的血泊中，如同祭品一样被丢在台阶顶端，双翼叠着，眼睛呆滞无光。仆人们探身去看，犹如一群苍蝇在腐肉上盘旋，我连忙把他们打发走。理查德的脸上写满了悲伤和愤怒，我知道很快愤怒就会淹没悲伤，于是我催促他们快点回屋，并关上了门。

"知道是谁干的吗？"我问。

"不知道，但如果被我发现了，我一定要了他们的小命。"他平静地说。

我让他冷静一下，突然想起几个礼拜前，我在树林里看到的那一大片被宰杀的兔子皮毛和闪亮的鲜血。

"是不是我们的佃户做的？你最近跟谁吵架了吗？"

他摇了摇头，盯着那只可怜的鸟儿。

他跪在那里，我看到他那窄小的肩膀悲伤地下垂着，他的头发在潮湿的风中飘动，我感到一股强烈的爱在心中涌动。但还有其他感情一起出现，有沮丧，有一种我以前从未体会过的耻辱，他居然对一只畜生有这么强烈的感情，对我却没有，对爱丽丝更没有。我真想留他在门阶上，自己到餐厅里去吃早餐，但我忽然想到一个主意。我让仆人拿来一条浴巾，跪下去包裹尸体。这情景并没有使我感到恶心，毕竟死亡的场景，我也不是第一次见了。但见到猎鹰的伤口里有几根细细的橙色毛发，我确实犹豫了起来。我折好浴巾，小心翼翼地裹在那只鸟身上。

天一亮，我们就穿过了草坪，倾盆大雨哗哗落下，我站在我的丈夫身边，看着他把猎鹰埋在大谷仓的后面，那儿挨着河，非常隐蔽。我感到雨水顺着我的脖子流下来，浸透了我的上衣，孩子在我的肚子里踢来踢去。我们回到屋里，理查德脱下湿透的外套，我用手捧着他的脸。他的头发贴在头上，睫毛湿了。他灰色的眼睛闪闪发光。

"理查德。"我说，"我需要你的帮助。"

我花了很长时间才穿好衣服，最后戴上了我的黑天鹅绒项链，上面挂着一枚像成熟桃子一样圆润的珍珠，那是罗杰在一个圣诞节给我买的。我的脸颊比我上次见到他时胖了一些。我掐了掐脸，在耳后、手腕和喉咙处抹了一点玫瑰油。一听到他到了楼下，我又照了一会儿镜子，调整衣领，轻拍头发，试图让自己的呼吸变得正常起来。我很高兴看到我的手没有颤抖，默默地祈祷一切顺利。

还没看到罗杰的人，我就听到他在给理查德讲故事。他们在餐厅里，我在门口停了一下，深吸了一口气才悄悄地走进去。他看上去还是老样子：靴子擦得十分光亮，宽大的袖子，戒指闪闪发光。我们是朋友，这一天本可能与我们平常见面的每一天没有任何区别，但我最后一次见他的记忆又回来了。我知道我必须谨慎。

"沙特沃斯太太。"他优雅地颔首，和蔼地说。

我走过去吻了他，竭力做出我几个月前可能会做的样子。自从上次在里德庄园吃晚饭以后，发生了太多的事，但从他那轻松的笑容和容光焕发的双颊上，绝对看不出来。

"你看上去很好。"他平静地说。

"谢谢你。喝点葡萄酒吗？"

"有酒喝，我总是不会拒绝的。"

我走到餐桌前去倒酒，却发现自己在看壁炉上方的嵌板。那里空荡荡的，理查德名字的首字母周围的空间只有闪闪发光的木头。

"那里现在空着呢。"罗杰说，"我告诉他，我估摸以后很难找到租客了。"

"我可以问问法警。"理查德建议道。

"你们在说什么地方？"我边问边继续斟酒。

"马尔金塔呀。"罗杰回答。

我试图表现得有点好奇。

"那是什么？"

"在科尔恩附近，就是迪瓦斯一家人住的房子。那地方看起来怪怪的。听到'塔'这个字，还以为那里有多大，但那房子就像一个从地下冒出来的尖锥，又高又圆，是用石头造的，底部有一个房间，他们爬上腐烂的梯子，挨着墙睡觉。但是那里不会再有人住了，已经空了一个多月了。哈格里夫斯警官在屋内的地下发现了那些牙齿和陶土娃娃之后，如果有人还想进去，我会感到吃惊的。"

食物端上来后，众人不再说话。有一块烤牛肉，还有小鹿肉馅饼和奶酪。罗杰如饥似渴地看着牛肉。

"弗莱伍德。"他一边说，一边蘸酱料，"那天我的一个朋友在兰开斯特见到你了。你去那儿干什么？"

我盯着食物，把牛肉切成条。

"我去逛衣庄了。"我说。

"去兰开斯特那么远？一定是什么好料子吧。"

我笑了笑，舔了舔大拇指。罗杰总是比别人领先两步，毫无疑问他已经问过了城堡监狱的守卫或托马斯·科维尔了，他们也肯定证实了我去过那儿。

"我还去城堡监狱了。"我含混不清地说，"我想我应该去看看我的助产士。"

我瞥了一眼理查德。我和他说过这件事，以免他先从罗杰那里听说，现在我很高兴自己这么做了，只是他得知我一天就骑了八十英里，有些恼火。我和他说过爱丽丝的建议：如果我总是骑马，那么骑马就和走路一样，这么说至少是个安慰。

罗杰用刀叉着肉，头也不抬。这么看来，他已经知道此事了。

"你究竟为什么要那样做？"他的声音低沉而危险。

我推开盘子，把手伸进口袋，掏出手帕擦了擦眼睛。

"我一直都觉得很不舒服。"我低声说，"我很担心自己和孩子的健康，所以想听听她的建议。"

"方圆四十英里以内都没有别的助产士能帮到你？"

"爱丽丝是个很好的助产士，是我遇到的最好的一个。"

我不再擦眼，温顺地看着他："我怀孕这么多次，这一次是最顺利的，我相信这是爱丽丝的功劳。罗杰，我很快就要生了。"我继续说，"为了我，也为了我的孩子，你能不能考虑让爱丽丝到高索普来，将她禁足在这里？我恐怕不能没有她。理查德，你说呢？"

我瞥了丈夫一眼，祈祷他能扮演好自己的角色。

理查德没说话，过了一会儿，他舔了舔嘴唇。

"弗莱伍德孕吐得很严重。"他平静地说，"你也看见了。她几乎吃不下一点东西，头发大把大把地掉。她现在好了很多。爱丽丝下个月还得面对审判，但我们可以把她关在这里。她逃不掉的。"

"你怎么能保证？"

"就像你担保看管詹妮特·迪瓦斯一样，我相信她还住在里德吧。"

"詹妮特·迪瓦斯并不需要接受谋杀审判。"罗杰平静地说。他又拿起了餐刀，"爱丽丝却是一个杀害儿童的凶手，是一个女巫，你会邀请这样一个人到你家来吗？"

"她没有……"我低声说，但理查看了我一眼，我只好闭上嘴。

"不行。"罗杰宣布完继续吃。

在那一刻，我比任何时候都恨他。他就像一只猫，用一只强有力的爪子按住了一只老鼠的尾巴后又放开，然后抓住它。罗杰喜欢让人们用甜言蜜语诱惑他、说服他、乞求他，让他们以为自己有机会，其实他早已做出了决定。

"我认为你们两位还不明白对潘德尔女巫的指控是多么严重的一件事。"他继续说，"使用巫术的人可以被判处死刑，但她们的罪行要严重得多。她们不但行邪术，还导致许多人死亡、发疯。她们是社会的危害，还没审判就请求赦免她们，国王会作何感想？不，不行。"

他轻轻擦了擦花白胡子上沾着的酱汁。

"这就引出了我的下一个问题，"他说，这次是直接对我说的，"不要再去监狱了，那么做并没有用，他们不会让你进去。探视者会刺激到囚犯，而你……你的情况……"他含糊地向我做了个手势，"你让她们陷入了疯狂。就在你进入井塔、打开那扇门后不久，一个女人死了。"

"你不是在暗示……"

"我没有暗示什么。我是在告诉你别再去城堡了。"罗杰插嘴说。他的目光现在变得凶狠起来，他身体的每一根线条都绷得紧紧的，充满了恶意，"如果你去，那就再也出不来了。"

我的刀咔嗒咔嗒碰着桌子。我转向理查德，他正可怜巴巴地把一片片肥肉从他的盘子里拨开。他不愿挑战罗杰，对此我十分清楚。然而我需要他站在我这边，为了掩饰我在发抖的事实，我向后靠在椅背上，双手垂到膝盖上。

"你的意思是说我也会被关进去？"

"这正是我的意思。直说吧，你的出身是唯一对你有利的优势。如果不是这所房子和你的丈夫，你认为你能到处乱跑，到处打听吗？你对正义的进程没有威胁，尽管你打算这么做。但如果你以为你不会受到镣铐的束缚，那就大错特错了。"

理查德打断了他的话："罗杰，注意你的措辞。"

我的血顿时变得冰冷，但罗杰还没说完。

"其中一名被告是迈尔斯·纳特的母亲。她也是一个有钱的女人，是一个有地位的贵妇人，拥有不少土地，儿子们都受过教育。问题是她诅咒她的邻居，结果他们全死了。"

要是杀死你有那么容易，我也会那么做的，我心想，但我的嘴巴依然闭着。

罗杰身子微微前倾，准备给出致命一击。

"事实上，詹妮特告诉我，你让她想起了纳特太太。说服詹妮特多想想耶稣受难日那天谁在马尔金塔，其实并不难。"

他那灰白的眼睛毫不犹豫地注视着我，我想那是我第一次意识到自己在对抗的人是谁。这个人不是我视为父亲的罗杰，不是那个和我们一起吃饭、打猎、打牌的人。他是治安官。

"够了。"理查德叫道，随着令人恐惧的一声噼啪声，他把餐刀插进了桌子里。

我们都吓了一跳，罗杰往后一靠。我从未见过理查德这么生气。

"我不想再听下去了。"

他把刀从木桌里拔出来，又吃了起来。

"今天下午我要去约克郡，詹妮特·普雷斯顿要接受审判了。"罗杰轻声说，"负责审理此案的几位法官将于八月在兰开斯特再次开庭，他们是詹姆斯·阿萨姆爵士和爱德华·布罗姆利爵士，个个儿经验丰富、行事谨慎。理查德，你认识布罗姆利吗？"理查德没搭理他，他的下巴仍然因为愤怒而绷得紧紧的。罗杰似乎没有注意到。"他是监督处决苏格兰女王的前大法官的侄子，也是他在大斋节审判中宣判詹妮特·普雷斯顿无罪。"

他从杯子里咕嘟咕嘟地喝了一口酒。

我记得吃饭时，一提到詹妮特·普雷斯顿，托马斯·利斯特就在我旁边气得浑身发抖。他在短短几个月里就成功地使她接受了两次审判。几个月前，一位法官判她无罪，他现在还可以再让她接受一次审判。

"离兰开斯特的审判还有几个礼拜？"我问罗杰。

"三到四个礼拜吧。我想你们两个都想要旁听席的座位吧？我想它会比演出之夜上的玫瑰还抢手。"

饭后，他们两个出去看理查德的新枪，我在窗前站了很长时间思考着。德姆戴克死了。詹妮特·普雷斯顿明天将因使用巫术谋杀而受审。只要爱丽丝还活着，只要离审判还有一段时间，我还是可以救她的。

第二天早上，我出发去找马尔金塔。我披着旅行斗篷骑着马，出了一身的汗，虽然今天的天气对七月天来说还是很冷的。母亲的声音在我耳边回响："弗莱伍德，你在让你自己沦为笑柄。弗莱伍德，你在让你的家人也沦为笑柄。"

我回想起在母亲家里的那些充满阳光的温馨日子，我真没想到自己会在那里感到舒适。我之所以觉得很舒服，是因为爱丽丝也在。如果我夜复一夜地坐着刺绣，或者在愁眉苦脸的母亲的陪伴下读《圣经》，我可能会发疯的。不，我怎么会这么想？让人发疯的是一个又一个晚上待在潮湿漆黑的牢房里，周围的人满身大汗，不停地哭泣、呕吐，没有水，没有食物，也没有地方解手。

爱丽丝被关进监狱，究其原因还在于伊丽莎白·迪瓦斯，她一心想救自己的孩子，不会放过周围的每个人。也许她认为人多安全。她可能从未想清楚过是她的另一个女儿让她们全都陷入了绝境。我想看看这个样貌奇丑的女人，还有她的魔宠和私生子，都住在一个什么样的地方。她已经失去了母亲，现在除了詹妮特，她的家人都处于危险之中。这个孩子经历了什么样的生活，才会向罗杰·诺埃尔出卖自己的亲人？罗杰曾说过马尔金塔是个悲惨的地方，但那是她所知道的唯一的家，她仅有的亲人都住在里面。里德庄园的羽毛床和肉馅饼的诱惑肯定不足以让她背叛家人。

但你恨你的家人，一个声音坚持说。你也恨你的母亲。

尽管这是真的，我也告诉自己我依然不会背叛自己的母亲。然而，我还是不明白一个孩子到底经受了什么，才会这么做。是忽视，抑或是虐待？

我不知道去哪里找马尔金塔，也不知道该向谁打听，只好骑马前往科尔恩。我把帕克留在了家里，不过我知道，当荒原上的风呼啸而过，约瑟夫·格雷那被风刮得破旧不堪的小屋又回来纠缠我时，我可能会后悔没带它出来。

他们会烧死女巫！

斗篷遮着我的头和肚子，我看起来并不显眼，在安静的路上没有人注意我。三四辆运货马车从我身边驶过，车上堆满了蔬菜和一卷卷布匹，但想起在兰开斯特人们是怎么看我的，我依然低着头。

我在森林里有眼线，你知道的，罗杰这么说过。

我很清楚，如果我继续走这条路，最终会到达哈利法克斯。约翰·劳和他的儿子亚伯拉罕就住在那里。想想看，这一切都是从向一个小贩讨要几根针开始的。再想想看，如果他给了那几根针，会发生什么。但是，即使他把针给了艾丽森·迪瓦斯，爱丽丝仍会凄凄惨惨地生活，继续在女王纹章旅店里做工，在破了洞的屋顶下，把他们能买得起的一点点食物做给她那可怜的父亲吃。那我呢？我可能已经死了，也可能没有。我可能永远都不会知道朱迪思的事。但无论我在哪里，我都不会自愿在路上寻找一座像钉子一样的石塔。

在眼睛所能看到的范围内都是灰色和绿色，不时经过几座奇怪的房子，有的是用碎石建成的，有的是用泥巴胡乱堆砌而成。又长又矮的农舍像猫一样遍及山腹，但是没有塔楼。我决定问问我看到的下一个人：那是个男人，骑着一头看起来很疲惫的骡子迎面朝我过来。

"打扰一下，请问去马尔金塔怎么走？"我问。

他惊慌地往后一缩，活像我是在告诉他我是个女巫。他二话没说，就骑着他那灰头土脸的牲口走了，还回头望了我一眼。

我叹了口气，停了下来。正当我琢磨该怎么办时，路上又出现了两个人：一个穿着朴素的女人，拉着她的女儿往前走。

"打扰一下。"我又试了一次，"请问怎么去马尔金塔？"

那妇人站住了，她的女儿在沉闷的夏日昏昏欲睡，几乎撞到了她的身上。

"你找马尔金塔干什么？"她问。

她的黑眼睛闪着怀疑的光芒。

"我听说了迪瓦斯一家的事，还和我姐姐打了个赌，她非说根本就没有迪瓦斯这家人，他们的房子也不存在。我就打赌说我能找到他们的房子。"

"真有那房子，也有他们这家人。告诉你姐姐，她应该相信她所听到的，这里的人不可能说谎。这么多年了，他们一直是一个奇怪的家庭，现在我们总算知道为什么了。我母亲过去常从德姆戴克那里买药，但我一点也没吃。我离开上帝做他的好事，我不与魔鬼掷骰子。"

她舔了舔嘴唇。她的女儿默默地盯着我和我的斗篷。

"你是从哪儿来的？"

"伯恩利。"

"不过是打了个赌，你竟然跑了这么远。"她朝身后的方向点了点头，"离开大路再走半英里，看到小路后一直走到沼泽地的最高处，就到了。我很不喜欢那所房子，老觉得怪怪的。就像我说的，我们生病的时候我妈妈常去那里。她还带我去过几次。即使上帝让我去，我自己也不会去那儿。"

我谢过她，照她说的离开大路，来到两堵无浆石墙之间的一条窄路上。远处有只狗在叫，我想起了我在树林里看到的那只和伊丽莎白、爱丽丝在一起的狗，又想起詹妮特说她的魔宠还没有出现在她眼前。真的有魔宠吗？罗杰真的相信有魔宠吗？我坐在马上向后靠着，地势逐渐升高，两边都是广阔的田野。山顶离我越来越近了，却不见任何塔楼。我来到了最高处，朝另一边望去，这时，我看到了马尔金塔。那是一幢高耸的灰白色建筑物，如同一条短短的桌腿。它是老式的塔楼，就像几百年前在高索普建造的那座一样。但迪瓦斯家既不是贵族，也不是自耕农，他们都是穷光蛋，他们是怎么住到这里来的，还是个谜。

当我走近时，我看到有大块的石头从这栋建筑脱落下来，散落在地上。我走到的似乎是入口的地方，那是建筑底部一扇又大又厚的门。墙上的箭孔肯定是唯一的光源，屋顶上也可能有个洞，用来释放出烟雾。

我下了马，绕着塔的底部走了一圈。这里有一个古怪的小花园，由一堵堵无浆石墙隔开，曾经有人在里面栽种植物，但如今已经荒废了。我不想进去，但我需要看看詹妮特·迪瓦斯是从哪儿来的。我走到门口，试着拉门环。门没有锁，一拉就开了，屋里一片漆黑，我又想起了这家人现在被关的牢房。我让门开着，让更多的光线进来，然后走了进去。

屋内弥漫着一股强烈的气味，但我不确定是什么味。肯定有潮湿的气味，还有腐烂的气味，但也有动物的味，比如挂起来晾干的湿毛皮。很快，我就把所有的东西都看了一遍。一个比约瑟夫·格雷家那口锅还要大的锅放在了脏兮兮的地面中央。附近放着一张草垫，但没有帷幔把冷风挡在石壁之外。我看着一只木虱懒洋洋地爬过铺在草垫上油腻的亚麻布。盘子和杯子都被丢在地上。一架木梯通向一个看上去已经腐烂的平台，那里一定还有更多的稻草床。在我的右边，靠墙摆着一张桌子，而墙壁是圆形的。桌上有些东西，我过去一看，立刻往后退开。那是伊丽莎白的黏土娃娃的残骸，现在只是一堆不成形的土，里面插着一些针。在泥土块和碎末中，可以清楚地看到牙齿。我拿起一颗牙放在面前，一种毛骨悚然的感觉立即涌上我的头皮，顺着我的脖子蔓延。

忽然，一声巨大的撞击声响起，吓得我魂飞魄散。原来是门在我身后关上了。我扔掉牙齿，跑向大门，在黑暗中摸索着找门把手，找到后猛地一拉，就拔了出来，恐惧攫取了我，我只觉得脑海里一片空白。风在门的另一边吹着，吵着要进来，但我使劲儿推门，终于又来到了沼泽地上，此时的我吓得要命，不停地喘粗气。

我到底在想什么，居然去碰这家人施巫术的工具？我再次感觉毛骨悚然，像是有人在监视我。

我的马嘶鸣着向后退，抬起腿表示抗议。我环顾四周，想看看是什么东西把它吓住了。就在二三十码开外的山顶上，出现了一条毛发粗糙的瘦狗。它一动不动，像一座雕像，注视着我。我踩着一块石头上了马，等我拿起缰绳时，狗已经不见了。

我独自一人待在山坡上，但我觉得离它很远，当我顺着马的足迹回到路上时，我发现自己无法回头看马尔金塔。

现在我看到了詹妮特·迪瓦斯丢在身后的东西，我意识到她一定会觉得罗杰和凯瑟琳的房子非常大，厚厚的窗帘、土耳其地毯、墨水笔和仆人，那儿的一切都是新鲜的。她一定是说了罗杰想听的话，希望这样一来，他就能允许她留下来，她必定在被子下苦苦思索了很久，琢磨着可以编长而精彩的故事，像蜘蛛网一样闪闪发光。我并不责怪这孩子，尤其是如果她认为她可以一辈子住在诺埃尔家，就像是那家人豢养的一只杜鹃。一旦审判结束，毫无疑问，罗杰会把她送到一个需要劳力的农场，或者一所和我们的房子差不多的地方，当酿酒或洗衣的女工。她将如何度过余生？她会庆幸改变了自己的命运，还是会因内疚而倍受折磨，直到生命的尽头？

当我走到小路和大路的交汇处时，已经是上午十点左右，太阳高高地悬在空中，但阳光有些暗淡，空气也很潮湿。我向左看了看科尔恩，又看了看右边的高索普。过了一会儿，我拿定了主意，我打了个呼哨，用脚后跟夹紧马肚子，继续往前走。

第十九章

"又是你！"彼得说。

我再次来到女王纹章旅店，站在柜台前，脚下是稻草。

"我们这里从来没有女客，现在可好，一个礼拜都来了两次女客。"

几个人散坐在桌边喝酒，有的是下了工过来的搬运工，还有的是休息一天的送货郎，但他们没有太注意我，继续喝着酒。

"我要找一个地址。"我说，"你在今年三四月给一个叫亚伯拉罕·劳的人写过一封信，他是哈利法克斯的一个染布工人。"

彼得警惕地打量着我，他的圆肚子抵在柜台上的部位有些凹陷。

"可能吧。这和你有什么关系？"

我挺直了身子，虽然我的身高有些不够："我有事找他。"

"什么事？"

"我从曼彻斯特订购了许多布料，现在我要找人染色，想要他报个价。爱丽丝提到过劳先生，我就想着找他试试。"

彼得呼出了一口气："天知道你们这些上等人怎么会有我们这种普

通人所不能理解的需要。"他说，"等一下，我去找找。"

我紧握双手，等待着。不一会儿，他带着一张信笺回来了，我几乎是从他手里夺过信笺去看上面的地址的。

"非常感谢，沃德先生。"我说，"我会给他写信的。"

我给了彼得·沃德几枚银币，五分钟后，我出发前往哈利法克斯，脑海中不断重复着"哈雷山"这几个字和乌鸦招牌。我想到最近常打赏别人的硬币，不知道该如何向詹姆斯解释我这几次出门的事。然后我记起，他可能再也不会问我任何问题了，即使是看到我也会让他耳尖通红。但一旦这一切结束，如果我还活着的话，我一定要多管管家里的事。很快就该再订购亚麻布、毛巾、牛奶、帽子和小衣服了，不是一套而是两套。我很感兴趣地意识到，想到这些，我并没有陷入盲目的愤怒之中。

我不得不加快速度，当我到达下一个郡的时候，我觉得自己好像被装进了枕套里摇晃，我现在只剩下了半条命，而孩子在我的肚子里不停地蠕动和踢打。我怀疑接连出门是不是对孩子不好。但孩子在动，可知他很活跃，所以我把这个想法从脑子里赶了出去。我下了马，付钱给离我最近的男孩让他照看我的马，给它拿点水喝。

带有"乌鸦"招牌的木屋两侧还有很多木屋，最高楼层耸在街道之上，向后仰头才能看清楚。在这里，孩子们光着脚在泥地里跑来跑去，人们在商店和房子里进进出出，看起来都很忙碌。

我敲了敲门，我的指关节发出的节奏听起来比我自己更自信。门开了，露出一条黑暗的走廊，一个年轻的女孩出现在门口。她惊讶地看着我：我穿着旅行斗篷，从帽子到裙摆都被斗篷盖住了。

"我找亚伯拉罕·劳。"我说，"他在家吗？"

"他上工去了，小姐。"她说，"我是他的女儿。我妈妈在家，你有事可以找她。"

"啊。我……是啊，那我还是见见她吧。"

她往后退了一步，让我进去，我跟着她走进了一条兔子窝似的低矮走廊，走廊的左侧有很多房间。

"在这儿等一会儿，我去叫妈妈来。"她对我说。

我站在那里，倾听着忙碌的家庭发出的各种声音。墙那边有人咳嗽了一声，我吓了一跳。片刻后，一个苗条的女人从走廊的尽头走来，她穿着一件玉米色的长袍，系着一条需要缝补的围裙。她面相温和，帽子下散落着几缕金发。她用一块抹布擦着手。

"有什么事吗？"她问。

在那一刻，看到她心不在焉又彬彬有礼，我突然惊讶于自己这次来的目的竟然如此沉重。这个女人根本不知道我是谁，也不知道我为什么来这里，而解释似乎突然显得那么让人筋疲力尽。但她一定看出了我的挣扎，便让我进屋喝点啤酒，我没说话，跟着她进了一个宽敞的房间，尽管天朗气清，房间里却很暗。每一个可用的空间都堆满了东西，几个孩子和一条狗占据了地面的空间，不停地移动着，我不得不小心翼翼地走着。有一个男人坐在椅子上，望着窗外，我能看见他光秃秃的头顶。

我解开斗篷，不知道把它放在哪儿，只能拿在手里。小屋里的空气令人窒息。那个女人给我端来一杯啤酒，我感激地喝了下去。

"我叫莉斯。"她说，"你找我丈夫？"

"是的。"我说。啤酒清淡可口。"我叫弗莱伍德·沙特沃斯。原谅我这样冒昧……我不知道从哪儿说起。"

"请坐吧。"

她指着空炉边的一把椅子，我费力地从孩子们之间走过去坐下。她坐在另一个座位上。

"我想和亚伯拉罕谈谈几个月前在科尔恩发生的一件事。"

莉斯·劳的脸色马上就变了，一种疲惫甚至痛苦的表情浮现了出来。

"就是你公公的事。发生在他身上的事引发了一系列的事件……不知道你身在约克郡，是否清楚在兰开夏郡发生了什么？"

她摇了摇头，一个孩子哭着要她哄。她和蔼而坚定地对他说了几句话，就转过身来对着我。她当然什么也不知道，她的所有精力都在料理家务上了。

"事情是这样的……我的助产士叫爱丽丝·格雷。"我咽了口唾沫，看见她几乎不动声色地扫了一眼我的肚子，随即移开目光，"她和许多人都被指控使用巫术。据最后一次统计，大约有十二个人。"

一个小孩抓着莉斯的裙子站起来后，又用胖乎乎的拳头敲打她的膝盖。难道就没有保姆或女仆替她照顾一会儿孩子吗？

"爱丽丝·格雷在女王纹章旅店里做工，你的公公在遇到……艾丽森·迪瓦斯之后，就是在那里养伤的。爱丽丝在羊肠小路上发现了他，就把他送去了旅店，还一直照顾他，但迪瓦斯家的人威胁她，要她改变说法。现在她被那家人害得受到了如此可怕的指控，再过几个礼拜，就要在兰开斯特接受审判了。"

莉斯一直在听，但我能感觉到她的心不在焉。她把孩子从裙边拉开，想把他的手放在两边。孩子大哭起来。

"对不起，我知道你很忙。首先我想知道你公公怎么样了，其次我能不能问他一些关于那天在科尔恩发生的事情。"

她坐直了身子，把孩子抱在膝上。

"你可以亲自问他，但可能问不出什么。爸爸？"

她走到我之前注意到的那个男人身边，他坐在从窗户照射进来的微弱光线下。我跟着她走过去，不由得大吃一惊。

约翰·劳像个放久了的苹果一样萎缩，蜷曲在椅子里。他的一只眼睛闭着，那边的脸看起来像融化了一样，他疯狂地要把另一边脸向我和莉斯转过来，好像他吓坏了。在我的印象中，他是一个大块头，身体要壮得多，但他在短时间内就瘦了很多，皮肤下垂，衣服松松垮垮地挂在他身上。

"你好，劳先生。"我说，掩饰不住我的震惊。他动了动，但离我最近的那边脸仍然是塌陷皱缩。

"什啊？"他大声说。

我看着莉斯。

"只有我们能听懂他的话，其他人不行。"她说。

"爸爸，这位女士要见您。您认识她吗？"

"不……"他喊道。

"不，他不认识我。"我的声音有些颤抖，我清了清嗓子，"劳先生，我叫弗莱伍德·沙特沃斯。我是格雷小姐的朋友，就是她在你……在你被袭击之后把你送到女王纹章旅店的。"

他发出一声凄惨的喊叫，我不知道他是否明白我的话。

"爱丽丝·格雷？"我试了试，但他扭动了一下，目光再次转向窗外。

"从那以后他就一直这样。"莉斯说。怀里的婴儿拉扯着她帽子下面的头发。

"我还以为……"我咽了口唾沫，"我还以为他可以说话呢。"

莉斯摇了摇头："一开始他是可以说话的，但时间久了，他的情况越来越糟。有时他还算清醒，但是……今天不是时候。我可以让你们两个单独待会儿，你试着和他谈谈，他也许会说些什么也说不定。我有事要做。你能帮我抱一会儿孩子吗？我去把布收起来。"

她把那个穿着黏糊糊衣服的小男孩递给我，自己捡起一堆堆的布，拿着它们走出了房间。这是我第一次抱孩子。他像一袋面粉一样在我僵硬的怀抱之中晃来晃去，惊讶地盯着我，我也盯着他。不一会儿，莉斯·劳就把他抱走了，又离开了房间。我环顾四周。大部分布料被移走之后，可以看到桌面非常干净，上面并没有面包屑，我也意识到孩子们的脸不像我在街上看到的其他孩子那么脏。

　　这家人是个体面的人家，但现在要养活亚伯拉罕的父亲，他们就有些入不敷出了。他们本可以让他整天躺在床上，但他被安置在一扇阳光充足的窗户前，窗外是一个院子，女人们在那里洗衣服，孩子们和狗在那里跑来跑去。我把椅子拉到老人身边，坐在他旁边。

　　"有很多可看的，不是吗？"我说。他发出一个声音表示认同。"劳先生，我并不想让你心烦意乱，也不想给你带来更多的痛苦，请原谅我来麻烦你。但我想弄清楚那天你在科尔恩村的羊肠小径上遇到艾丽森·迪瓦斯之后，到底发生了什么。"

　　"呜呀……我……不……名……"

　　我看着他用一边嘴角说话，试着理解他都说了什么，但毫无希望。他用那双蓝眼睛盯着我，希望我能听懂。见我没听明白，他悲伤地垂下了眼睛，似乎佝偻得更厉害了。我握住他无力的手。他看着我手指上的戒指，有金的、红宝石的，还有翡翠的。

　　"劳先生，你认识爱丽丝·格雷吗？如果认识，你就点头。"

　　他的下巴垂到脖子上又抬了起来。

　　"你认为她是女巫吗？"

　　他的脸转向相反的方向，又转回我这边，然后又做了一遍同样的动作。

　　"你愿意在法庭上这样说吗？你会去听审判吗？"

他的头一动也不动。他的眼睛来回看着。

"有没有人让你在审判的时候发言？"

他点点头，或者说我觉得他是在点头。要是他能说话就好了，他就可以自如地证明别人的清白了。

"你认为艾丽森·迪瓦斯是女巫吗？"

他点了点头，然后摇了摇头。他看起来非常痛苦，泪水充满了他那对探寻的蓝眼睛，滚到他的脸上。他的右手动了动，好像要擦眼泪，但他的手只能抬到胸口。我从口袋里掏出一块手帕，为他做了这件事。可怜的约翰·劳就像个活木偶。他会被送去证明所发生的事，然后被送走，他却不能使用自己的声音。如果艾丽森·迪瓦斯不是日复一日地出现在女王纹章旅店，承认自己的罪行，那她本可以远离，这一切也不会发生。难怪她的家人想要爱丽丝改口，这一切都是艾丽森·迪瓦斯自己说的，而不是这个人说的。

我和约翰又坐了一会儿，我们看着外面的女人弯着腰在染缸边忙活着，擦着额头上的汗水。太阳很高，她们干起活儿来很热。她们不怕晒黑自己的皮肤，毕竟别无选择。在像今天这样的日子里，我只会骑马在树荫下沿河而行，甚至像个装饰品一样坐在窗边，与约翰·劳一样毫无用处。此时，从另一个房间里传来一声巨响，莉斯责骂起来。

"珍妮！"我听见她大叫。

院子里的一个女人手搭凉棚，朝房子看了看，来开门的是那个年轻姑娘，但实际上她并不比我小多少。我看着她走回房子，身上有股碱液的气味。我想起了她在这里的生活，有婴儿陪着她玩，还有一个母亲，晚上她可以把头靠在母亲的腿上休息，而她的父亲则给他们朗读《圣经》。

有人砰砰砸着街门，不一会儿，珍妮进来告诉我，我花钱雇来照看马的那个男孩必须回家了。我僵硬地站了起来，感谢了约翰·劳，又去感谢了莉斯，她正蹲在走廊里用汤匙喂一个孩子吃东西。

"对不起，打扰你了。"我说，不得不绕过她。

"没关系。但愿你不会太失望。约翰希望自己能说话，我知道他很希望。我们都是这么希望的。"

"几个礼拜后他或你丈夫会去参加审判吗？"

她心烦意乱地抬起头："什么审判？"

"兰开斯特的巡回法庭，女巫们在那里受审。"

"是的，亚伯拉罕确实提到过那件事。我会把你来的事告诉他的。"

"再见，劳太太。"

我走出黑暗肮脏的房子，来到明亮的街道上，那里至少还有一丝微风。我的腋窝和嘴唇上方都是汗水。我没有取得任何进展，我觉得自己好像是在一个越来越大的圈子里绕着中心转，什么也没有得到。小詹妮特正坐在里德庄园的高塔上编故事，她一个接一个地为家里人绑好了绞索。但她只是个孩子。

我看不出爱丽丝有什么出路。约翰·劳并不认为她是个女巫，但无法清楚地表达出来。她的父亲对她的命运漠不关心。她的老板只关心自己的生意。那么，还有谁替她说话呢？回家的路上，我一直在努力思考，但我觉得自己好像是在盯着一堵墙。

等我回到高索普的马厩院时，我已经筋疲力尽了，就像扛着一袋砖头一样。但有一个想法就像小小的余烬在我的脑海里燃烧着。我只需要制造足够的空间，让它烧旺。

第二十章

我回到家时，理查德又出门了，这次去的是普雷斯顿。我想他肯定是去巴顿了，毕竟那里是距离巴顿最近的城镇。他没有留字条，我不知道他是不是生我的气了。然后我想起来，我完全有权利继续生他的气，但不知怎么的，我很难生气。至少在他不在的时候，我不必小心翼翼地过他口中那种"放荡不羁的生活"。在这一切发生之前，他一直纵容甚至欣赏我独自游荡，喜欢我离开家时干干净净，回来时满身湿泥。难道他看不出，我喜欢出门，曾是少女的天性，而现在则别有目的了吗？我走到书房，拿了墨水、羽毛笔和纸到我的房间。

第二天早上，天空一片湛蓝，没有一丝云彩。我从书桌上拿起两封信，塞进上衣里。一夜之间，我的手指肿了起来，我的胸口有一种奇怪的感觉，里面像床单一样被拉得很紧。我一直不去理会一个一直存在的想法，这可能是表示我在尘世的生活即将走到尽头，来世离我越来越近了的预兆。也许死神就在我身后，跟我一起走，如影随形，随时会把我裹在它的斗篷里。我鼓起勇气，望了望审慎和公正两尊雕像，走下楼去。

凯瑟琳·诺埃尔开了门，眼睛睁得大大的，关切地望着我："弗莱伍德？这么快就回来了？快进来。"

我用一只手撑住门框，另一只手捂着肚子："凯瑟琳，求你了……我需要帮助。我的孩子……我很疼。我需要我的助产士。"

"你是一个人来的吗？理查德在哪里？弗莱伍德，你的肚子真大，你现在不该再骑马了。"

她的声音里充满了恐惧，她扶我进了屋子。我又呻吟了一声。

"哪儿疼？"

"从昨天开始的。我本来不想理会的，但……现在还没到生的日子呢，凯瑟琳，太早了。"

"痛得有多厉害？是突然开始的吗？"

"不是，一直都在疼。"

我由着她领我到大厅，她刚才一直在那儿绣垫子。折叠桌上放着针、顶针和线，我想起了马尔金塔，想起艾丽森·迪瓦斯只是想要几根针而已。凯瑟琳扶我坐到椅子上。

"要不要我派人找医生来？"

"不。我要我的助产士，凯瑟琳。自从爱丽丝被关进监狱，我的情况是一天不如一天。在她被捕之前，我一直感觉很好来着。罗杰说他会设法把她弄出来，但我现在就需要她在高索普守着我。我问他，能不能在审判前让爱丽丝和我们在一起，我不会让她乱走的，我向你和理查德保证。求你去问问罗杰吧。"

我一边喘着粗气一边说了这些话，凯瑟琳将一个谨慎的仆人端来的麦芽酒递给我。与约翰·劳那家人的混乱生活相比，这里和高索普一样安静、克制。罗杰的父亲皱着眉头，从他的肖像上严厉地看着我。

"罗杰不在家。我忘了他去哪儿。噢，弗莱伍德，我真担心。告诉我，我能做什么。"

"我需要爱丽丝。"我虚弱地说，"我得把她从牢里救出来。只有她能治好我。她很懂草药，还知道怎么配配剂。"

"也许在这段时间里可以去找药剂师帮忙？我叫仆人骑马去接他。"

"不。我需要爱丽丝。只有她能帮我。只有爱丽丝。没有时间给罗杰写信了，也没有时间给城堡监狱写信了，我必须自己去一趟，这样她才能帮助我。"

"不，你应该回家去，但你得在这儿先歇一会儿。我找人给你收拾出一个房间，等罗杰回来我就告诉他，为了你的健康，也应该把爱丽丝放出来。"

我想象自己被关在罗杰家的房间里。这比兰开斯特的监狱强不了多少：他可能把我锁在里面，把钥匙扔了。

"凯瑟琳，你认为你能说服他把爱丽丝放出来吗？"我无力地问。

她的眼睛因怜悯而睁得大大的，布满皱纹的脸显得很严肃，她无助地琢磨着该如何安慰我。

"我认识一个助产士，是利物浦人，非常棒，但我们已经很多年没有联系了，我不知道怎么联系她……"

"不，只能是爱丽丝。"

她绞着双手："弗莱伍德，我……她是陛下的囚徒，我不知道怎么才能……"

"就在审判之前放她出来而已。"我马上说，"我担心我要没命了。"

我的声音里第一次充满了恐惧，这一次我说的是实话。

"但是这个女人要受审了，她使用巫术，很可能会被判处死刑。在审判前，她不能自由行动。她会逃跑的！"

我突然意识到有人在看我们，而监视我们的并不是大厅里的那些画中人。我朝门口望去，看见一双浅色的大眼睛正盯着我。詹妮特·迪瓦斯没有移开目光，她的目光里充满了超越她年龄的审视。我知道被一个孩子吓着很可笑，但她身上有一种很奇怪的东西。她是怎么做到偷了我的项链却不被人发现的呢？我绝对不乐意她待在我的房子里，悄无声息地走来走去，像幽灵一样出现在门口。

　　"凯瑟琳，你能派个仆人去看看我的马吗？我急急忙忙去找你，就把它丢在了门阶上。但愿它没有自己跑走。"

　　凯瑟琳为了帮我便赶紧起来，急忙离开房间。她走后，詹妮特溜进屋里，走到壁炉前，跪在一张硬背橡木椅子前。她似乎拿着一些碎布，把它们放在椅面上。我无法掩饰我的好奇心，站起来朝她走去。

　　"是什么，詹妮特？"

　　我注意到碎布打了结后看起来很像人类的身体，顶上的一个大结代表头，中间有长度不一的结代表手臂和腿。我以前在教堂里见过这些小娃娃，有人会把这些娃娃塞进婴儿的拳头里，让他们不再哭泣。我看过了詹妮特住的地方，所以很确定她不是一个玩玩具长大的孩子。

　　"谁给你的？"我问，"是罗杰吗？"

　　"是我做的。"她用沙哑的声音说。

　　"里面的东西也是你填充的吗？真聪明。填的是什么？"

　　"羊毛。"

　　我确信她带娃娃进来只是为了给我看，就像猫带老鼠给它的主人看一样。我看着她那件不成样子的单薄衣裳。她身上的一切都代表着不幸和疏于照顾。就因为这个孩子，我的朋友正在一个阳光永远也照不到的地方腐烂，将面临被绞死的结局。就因为这个孩子，还有很多人都和我的朋友被关在一起。我真想抓住她瘦骨嶙峋的肩膀，使劲地摇她，摇得她牙齿咯咯作响，眼睛骨碌碌转。我真想对她大喊大叫，要她收回她用尖利的小舌头说的每一个字、每一个谎言。我几乎无法看她。我回到椅子上。

詹妮特嘟囔着什么，那声音让我脖子后面的汗毛都竖起来了。

"你在说什么？"我问，她惊讶地转过身来，用那双轻蔑的大眼睛看着我。

"一段讨酒的祈祷文。"她回答，一副天真无邪的样子。

"你这话是什么意思？"

"永恒的十字架。①阿门。"

我盯着她，琢磨着那串单词的意思。我不喜欢学习，拉丁语很差。她说的是十字架和永生？我不知道她是从哪儿学来的这句话，因为这是地地道道的罗马天主教语言。她曾当着罗杰的面说过这句话吗？如果是这样的话，迪瓦斯一家会被关进监狱，是不是仅仅因为他们是罗马天主教徒？但这毫无意义，潘德尔半数的家庭都是如此。罗杰很清楚这一点，只要他们每个礼拜都去教堂，眼睛盯着地面，他就不会找他们的麻烦。

詹妮特向我走来，拿起了我旁边的那只空锡杯。她把它举到她想象中人偶的嘴唇边，让它们喝。

"你从哪儿学来的，詹妮特？"

"从我外祖母那儿。"她口齿不清地说。

"你这么说，她就给你拿啤酒来？"

"不是的。"她断然地说，"拿啤酒的另有其人。"

"怎么拿？"

"用一种挺奇怪的方式拿。"

---

① 原文为拉丁语 Crucifixus hoc signum vitam Eternam。——译者注

她说的每句话都很奇怪。我小时候有这么早熟吗？肯定没有。但她纠正我的方式引起了我一段遥远的记忆，紧跟着，我忽然想起来了。死兔子。爱丽丝蹲在死兔子边上。

不是我杀的它们。杀害它们的另有其人。

这其中的细微区别是什么？也许我应该换一种办法应付詹妮特。正如理查德评论猎鹰时所说的：忠诚是争取来的，不是你要求就能得到的。我也记得罗杰的威胁：也许可以鼓励詹妮特"记起"其他去她家里的人。这个想法太可怕，我不能去深思。

"詹妮特？"我瞥了一眼门口，"我有个朋友，叫爱丽丝·格雷，你认识她吗？"

她一直弓着背看着她的人偶。她那一头长而柔软的浅色头发从帽子下面披散下来，她没有回答，只是把布偶理得整整齐齐，掸去想象中的灰尘。

"你认识她吗，詹妮特？"

她耸了耸肩，表示默许。

"你认识她吗？"我向前倾着身子，"你说那天她在马尔金塔，在你家里，你有没有可能弄错了呢？"

"詹姆斯偷了一只羊给我们吃。"她指着自己的一个玩偶说。它们东倒西歪地靠在一起。

她指着另一个："是妈妈让他这么做的。"

我舔了舔嘴唇。

"你记得爱丽丝在你家吗？她是你母亲的朋友吗？你以前见过她吗？"

就在这时，我听到石板地上响起了脚步声，凯瑟琳端着一个托盘出现了。

"我又拿了些啤酒。你好点了吗，弗莱伍德？"

我失望地往后一靠，看着我前面的孩子。詹妮特笑了，当我意识到这是怎么回事时，一股寒意浸透了我的全身，爬上我的肌肤。

"拿啤酒的另有其人。"她高兴地说，又开始玩她的玩具。

"詹妮特，你能别来打扰我们吗？"凯瑟琳紧张地问。

那孩子看了她一眼，抱起她的玩具，把那只空锡杯碰到了地上。她没有把它捡起来，无声无息地走出了房间。凯瑟琳深深地叹了口气，我注意到她嘴角周围的皱纹，黯淡眼神里的疲惫。

"她还要和你们在一起住多久？"我温和地问。

凯瑟琳摇了摇头："罗杰也说不好。"

"这肯定是他的决定吧？"

"她在这儿……对他有好处。所以我想，等她没用了，也就不必住在这里了。"

她的直率使我大吃一惊。凯瑟琳往后一靠，叹了口气，伸手拿起她的杯子，如饥似渴地喝了起来。

她喝完酒擦了擦嘴，说道："等到巡回法庭闭庭，一切都结束的时候，我该多高兴啊！"

"可你怎么能希望在牺牲无辜者生命的情况下仓促结束这一切呢？"

"无辜？"凯瑟琳被弄糊涂了，"弗莱伍德，在这件事上，你和我都做不了判断。"

"我们难道不是与我们的丈夫和那些负责定罪的人一样，也有眼睛和耳朵吗？"

"你说得好像你已经知道结果了。"

"但是我确实知道，每个人都知道！历史上，女巫们什么时候被宽大处理过？凯瑟琳，我们必须做点什么。"

凯瑟琳发出愉快的轻笑，听得我真想扇她一巴掌。

"弗莱伍德,你满脑子都是幻想。你说得好像我们在演戏,每个人都有一个角色要演。你和我都不能参与国王的审判。我们必须支持自己的丈夫。"

"我们不能袖手旁观,让这种事情发生!"我喊道,"我们必须做点什么!"

"弗莱伍德,求你了。"凯瑟琳哄着说,"你是在耗费自己的精力,这样对你自己和孩子都没好处。我可以说实话吗?"我没料到她会这么说,只能点了点头,"理查德非常爱你。他很喜欢你。你们两个结为夫妇,真的非常幸运,我们大多数人可都没这个福气。"

有那么一刻,我想知道她是否知道朱迪思的事,罗杰会不会也瞒着她。

"你必须把全部心思都用在家庭上,做一个贤妻良母。人们是会说三道四的,弗莱伍德。我知道我们作为上流人士,在这里是不受欢迎的。我们远离大城市,在这个角落里我们有一定的隐私,但这并不意味着我们可以不守规矩。"

我在座位上动了动,大厅的寂静在我耳边嗡嗡作响。我等凯瑟琳喝口酒润润唇接着说。

"你很年轻,很认真,也很可爱。你是这附近最好的房子的女主人。这个孩子会让你的生活变得充实、丰富和幸福。你必须注意了,你得让自己循规蹈矩,照顾好家人,料理好家务,不要为那些你没有能力去做的事情而烦恼。"

我觉得她就像车轮一样从我身上碾轧过去。我想说的话卡在喉咙里说不出来,消失在我沉落的心里。

"我想帮助我的朋友。"这是我唯一可以直接说出来的话,"否则她会死的。而我也会和她一起死。"

这一认识再一次抽打着我的神经，爱丽丝不在了，我还不如也吊死算了。她答应救我，我也承诺过要救她，而现在我们兑现诺言的可能性是那么小，几乎不可能实现。

我意识到我这些日子一直在不停地思考。当我试着想象我的孩子长什么样子，我把他抱在怀里是什么感觉，我根本想象不出来。我也无法想象自己在五年、十年、二十年后的生活。夏季巡回审判的日子越来越近了，我知道我的生命也仅仅限于这短短的几个礼拜了。

"我无能为力，弗莱伍德。"凯瑟琳的声音很温柔，"罗杰不会放她走的。她因使用巫术杀人而受审，这种罪很可能会被判死刑的。"

"罗杰弄错了。爱丽丝这辈子认识的人几乎都欺骗过她。我不能像其他人一样让她失望。你必须跟我到城堡监狱去，请求释放她。你是罗杰的妻子，你的话肯定管用。"

我听着自己说的话，知道这是毫无希望的，我的肩膀痛苦地垂了下去。

"你现在太忧虑了。你需要休息。我带你到房间里去吧。"

"不，谢谢你。我必须走了。"

"你不能骑马回家，你不舒服。"

"我会慢点骑的。"

凯瑟琳笑了："你就跟个男人一样，哪里像个女人。我一定要派人陪你一起骑马回去。"

我把手伸进裙子里，找出我在烛光下写的信。

"请你帮我个忙，凯瑟琳。"

"弗莱伍德……我刚才的话都白说了吗？"

"求你了。我只求你这一件事。"

我把信塞到她手里。封蜡就像血迹。

“罗杰下次去兰开斯特是什么时候？”

“过一两天吧。是给他的吗？”

“不是，你不能让他看到这些信。下次他去的时候，我想要让你和他一起去。你就说你想换换环境，想去逛商店，就是之类的说法。不过你一定得去，到了那儿，你得想个办法一个人去城堡监狱。他们都认识我，罗杰一定会警告他们的，所以我不能去。你必须把信交给监狱的验尸官托马斯·科维尔的助手。千万不要把信交给别人，一定要交到他手里，告诉他要立即转交给收信人。如果那个助手问东问西，你就搬出理查德的名字，就说信是他写的。”

凯瑟琳焦虑地皱起了眉头：“我不明白你为什么要这么做。”

“求你了，凯瑟琳。如果不是生死攸关的大事，我是不会开口求你的。”

“这里面没有什么骗人的吧？有没有诽谤我丈夫名誉的内容？为什么不能让他知道呢？”

“就是不能让他知道。你要是不愿意在我死在产床上的时候，我的血沾在你手上，你就为我把这件事做了吧。”

我们盯着彼此，有那么一会儿，凯瑟琳的眼中闪出一丝蔑视的光芒，但不是对我。我能看到她在思考这种情绪，琢磨自己为什么会有这种感觉。

“我会帮你办的。”她点点头说。

我本来可以吻她的，而且差一点就吻了，但最后还是紧紧地握着她的手。她把信塞进裙子里。

“万分感谢。”我说。

“我想罗杰明天会从约克郡回来，除非执行死刑延期了。”

“执行死刑？”

“你没有听说吗？他们判定詹妮特·普雷斯顿杀害了托马斯·利斯

特的父亲。她今天就会被绞死了。"

接下来的几天里，我继续扮演着高索普的幽灵，在各个窗口等着理查德回来。当我终于看到他从马厩走过来的时候，我端详了他一会儿。他很放松，昂首阔步地走着，这次从普雷斯顿回来，他一副轻松自如的样子。他是多么高高在上，过着惬意的人生。我开门让他进来。他看到是我来开门，似乎很惊讶。他好像从我脸上看出了什么，便停了下来。

"怎么了？"

"先进来吧。"

他的脸色顿时变得苍白："你是不是……该不会是……"

"不，不是那样的，孩子好好的。"

他如释重负，走上台阶，脱下手套，我帮他摘掉斗篷。我关上门，领着他穿过屋子来到客厅。帕克正懒洋洋地在窗下打盹，只能强打精神起来迎接理查德，用大舌头舔着他的手。

"你还记得那天罗杰来吃晚饭，告诉我们阿萨姆和布罗姆利是巡回法庭的法官吗？"

"是的。"他疲惫地回答。

"我邀请他们来高索普用餐了。"

有那么一会儿，没人说话，帕克回去继续晒太阳。孩子在我肚子里调整了一下姿势，我把手放在肚子上。

"你邀请他们来这儿，来这所房子里吃饭。"我点了点头。理查德盯着我，"为什么这么做？"

"为了解决潘德尔因为女巫事件而陷入的困境。"

理查德没有眨眼，他的声音很平静："你是在给自己找麻烦，弗莱伍德。我们两个这下都别想好过了。"

"这不关我的事，也与我们两个无关。事情关乎爱丽丝，她没有杀那孩子。"

"那是由陪审团来决定的，不是你，也不是罗杰。"

"罗杰已经为所有人做了决定！"我大叫道，"他已经做了决定！"

"小点声！"

理查德开始踱步，他生气了，他的怒火在房间里就像清晰而响亮的音符。我满脸通红，我感到脑袋里怒火直冒。我摸到椅子，慢慢地坐了下来。帕克在我旁边呜呜咽咽地叫着，想去够我的手。我把一只颤抖的手放在它的头上，用另一只手捂着脸。

"他们什么时候来？"

"下礼拜他们途径兰开斯特的时候。"

"罗杰知道这件事吗？"

"不知道。"

他抓住椅背，摇了摇头："你是在让沙特沃斯这个姓氏沦为笑柄。这么久了，我一直由着你像个孩子一样不受拘束，终于造成了今天这样的后果。"

"我让我们的家沦为笑柄？你可是有两个家呢！"

"去你的，弗莱伍德，我以为这件事已经过去了。很多男人都有情妇，这种事很普通。"

"那么，我们是普通人了，是吗？这种事怎么可能过去！我是在帮助一个无辜的女人，这有什么错？"

理查德开始在一束阳光照射下的尘埃中踱来踱去，一会儿走进光束，一会儿又出来。光影在他身上交错着。

"你为什么一定要不断地打击自己的丈夫？你知道你让别人怎么看我吗？就为了一个出身卑微的当地姑娘，你和她又不太熟。她值得你这么关心吗？你认识她才几个月。她只不过是给了你一些草药，你到底为什么要让自己、要让我们如此难堪？"

"如果你现在还不明白这一点，那你就永远也不会明白了，爱丽丝是无辜的。除了我没人相信！没有人愿意帮忙！我需要你，理查德。你会选择谁，是你的妻子，还是你的朋友？"

"罗杰也是你的朋友！"

"他连这种事都干得出来，我不可能和他做朋友，你也不应该。"

"你怎么能这么说？罗杰是最像父亲的人。他一直在照顾我们，他帮了我们很多。他认为我有资格当上治安官，希望有一天能在议会里看到我。他相信我，弗莱伍德，从来没有人相信过我。"

"你应该看看他把她们关在什么样的监牢里，这样你就不会那么看重他了。那里就如同地狱的一角，黑暗潮湿，她们被锁在那里，没有光，在呕吐物和废物中睡觉，还有老鼠，只有天知道还有什么。其中一人死在了里面！你的心在哪里？你的胸口上只有一个洞吗？我嫁的那个人在哪儿？"

理查德接下来说的话使我不寒而栗。

"你现在就要生了，就老老实实待在你的房间里吧，直到生下我们的儿子。你是失心疯了，你愚蠢至极，竟然到处乱跑，让自己惹人讨厌，把自己置于危险之中。你一点也不考虑我们的孩子，你只想着自己。"

"所以你会因为我试图救我朋友的命而惩罚我？你的鸟死了，你那么伤心，现在一个无辜女人就要惨遭杀害，你却无动于衷。你也盼着我死吧？没有我在这里，你的生活会更容易，你和罗杰的友谊也会完好无损。你可以娶朱迪思，忘掉我的存在。"

帕克呜咽着，我心不在焉地抚摸着它。理查德的脸上充满了隐秘的痛苦。在他尚未回答的时候，我就离开房间关上了门，免得他听见我哭。

第二十一章

　　法官来用餐的日子到了，屋子里充满了使命感，但我没有。我听从了理查德的意愿，一直躺在床上，尽管我躺下时心还在狂跳。那层薄薄的疼痛仍然缠绕着我的胸部，虽然很薄，但很紧，我脖子上的脉搏跳动着。

　　我做了一个不一样的噩梦。在梦里，我在女巫的地牢里，即使我睁大眼睛，周围也是漆黑无比。有滴水的声音，有人在角落里抽泣。我没有动，因为地板是湿的，上面盖着一层像稻草一样的东西，踩在上面嘎吱嘎吱地轻轻响着。正当我以为我要被吓死的时候，离我非常近的地方传来了吃东西的声音。不是人发出来的，那东西体形更大，比如狗或其他动物。我听着这头野兽牙齿很容易就咬穿了肉，细细品尝着每一口。那声音使我的胃翻腾起来，我的鸡皮疙瘩都起来了，我醒来时浑身是汗，吓得魂不附体，心怦怦跳个不停。

　　我没有收到布罗姆利和阿萨姆两位勋爵的回信，不过我也没有想过要回信。在禁足期间，我没法问凯瑟琳是否按照我说的做了。到了第二天早晨，我的神经就像一串钥匙一样叮当作响。我坐在自己的房间里，想象着下面两三层楼里正在发生的事情：厨房里的仆人们正在择菜、切菜、削皮、做炖菜。詹姆斯从酒窖里挑选葡萄酒。玻璃杯和餐具会被擦亮，餐刀也要磨尖。如果他们不来，我和理查德将独享一顿丰盛的晚餐。

我一直没见到理查德，他也不跟我说话。我从床上爬起来，走到镜子前，决定理一理一个礼拜都没梳过的头发。我的胳膊很疼，我觉得好像几天没睡过觉了，但实际上我这几天都在睡觉。我清洁牙齿后进了更衣室，在那里我不再有任何享受的感觉。我的写生本在角落里积满了灰尘。我穿好淡金色塔夫绸衣裙，可一想到在房间里待了那么久后要下楼去，我就觉得很奇怪，毕竟我已经习惯了卧室里的空间。快到中午的时候，有人来敲我的门。理查德把头探进来，脸绷得紧紧的。

"下楼吗？"他说。

我站起来："他们在楼下？"

"没有，但是邀请他们的女主人应该在楼下。"

大厅里已经布置好了，银器、玻璃器皿和崭新的亚麻餐巾闪闪发光。草莓、李子、苹果、梨和桃子装在碗中。壁炉里的小丛火焰噼噼啪啪地燃着，驱散了这间大屋子里仅有的一点寒意。我和理查德站在那里，默默地看着这一切，心里没有半点高兴。詹姆斯出现在最右边的门口。

"主人，您的第一位客人来了。"

罗杰走进大厅。理查德走上前去迎接他。

"你好，弗莱伍德。"他和理查德握手后说。他的表情很温和，"你好点了吗？"

我瞥了一眼我的丈夫，他又一次背叛了我，选择了他的朋友而不是我，但他一直盯着罗杰。

"好多了，谢谢你。"我终于开口说。

"这得感谢凯瑟琳。"

他温和地笑了。理查德去给他拿了一杯酒。

"陛下的法官还没有到吗？"罗杰问。

"还没有。你告诉他们什么时候开饭，弗莱伍德？"

"应该是中午吧。"

"真不幸，今天要吃鱼。"罗杰对理查德说，"你礼拜四那天猎杀的小鹿，味道真是好极了。"

"那次真是口渴得厉害。我想我要等天气转好才能再出去玩那么久。天太热了，马都发呆了。"

"你的技术胜过那些愚蠢的马。你就算骑骡子，也能打到好猎物。"

理查德大笑起来，与罗杰碰了碰杯。他没有递给我酒，我只好朝仆人雅克布走去。雅克布很年轻，脸颊红扑扑的，眼睛炯炯有神。他注意到了理查德的怠慢，尴尬地红了脸。我拿了一杯。

我们三个之间形成了一个奇怪的三角形，两个男人站得很近，而我远离他们，深呼吸让自己平静下来。詹姆斯又出现在了低矮的门口。

"爱德华·布罗姆利爵士、詹姆斯·阿萨姆爵士到。"

他微微鞠了一躬，往后退了几步，跟着，就像是从舞台两边上台一样，通往大厅的两个门口都有人出现。

爱德华·布罗姆利稳稳地站在左边，一只拇指钩着腰间的天鹅绒腰带。他的上衣带有精致的刺绣图案，袖子上有斜纹，扇形衣领用一条绿丝带系在下巴下面。一顶宽大的黑帽子使这一身衣服显得更加完美，他的眼睛在帽子下面快活地眨着。他过了中年，至少有四十岁，但相貌十分英俊。

站在离他十英尺远的另一个门口的是詹姆斯·阿萨姆。他大概比布罗姆利大十岁，个子更高，也更瘦，宽大的无袖长袍垂在肩膀上，使他显得更高更瘦了。他穿着一件漂亮的奶油色贴身丝绸上衣，袖口很宽。他的马裤是黑色天鹅绒材质，上面的金色缝线与他的上衣十分相配，他细长的膝盖上都装饰有玫瑰花结。他没戴帽子，头发灰白，脸上布满皱纹，一双黑眼睛透着严肃。

仿佛听到了什么无声的暗示，他们两人都向前走去。理查德先走向爱德华爵士，于是我在同一时间快步走向老詹姆斯爵士，这是招待同等地位客人的适当方式。

"阁下，感谢您大驾光临。"我说，"路上都顺利吧。"

"沙特沃斯太太，谢谢你邀请我们。我们这次来北方，非常感谢你的慷慨招待。"

他亲吻我的手，同时用那双黑眼睛注视着我。

管家的声音突然响起，吓了我一跳。

"托马斯·波茨先生到。"他宣布。

我也顾不上自己的手仍被詹姆斯爵士握在手里，朝门口望去，只见一个身材修长的年轻人站在门口。

"沙特沃斯太太，我冒昧地邀请我们的老朋友来做客，希望你不会介意。波茨先生是巡回法院的书记员。"

那个年轻人朝我优雅地鞠了一躬。

"当然欢迎，波茨先生。"

书记员走进来，环视了一下房间，打量着墙上的纹章和天花板上吟游乐师表演的画廊。他可能比理查德年轻，二十一二岁的样子。

"先生们。"轮到罗杰向我们的客人打招呼了，他稳步走过去和他们握手，"我们有很久没见了。上次见面是什么时候来着……上礼拜二吗？"

他们都纵情大笑起来，三位客人都拿到了葡萄酒。

"波茨先生，巡回法院去哪里，你就去哪里吗？"我问那青年。

"是的。"他温和地回答。他有点像苏格兰人。"我们刚离开约克郡，后天就要在威斯特摩兰开庭了。"

"啊，我母亲就住在威斯特摩兰，在柯克比朗斯代尔郊外。"

他礼貌地点了点头。

"对了。"我放低了声音，其他人一边朝桌子走去，一边大声地说着话，"你在约克，那一定参加了詹妮特·普雷斯顿的审判吧。"

"确实如此。"他愉快地说，好像我们在谈论一个我们都认识的船运商人。"你认识韦斯特比的托马斯·利斯特吗？"

"是的。"

我拖长音说着，以为还能想到别的话来说，只可惜我什么也没想起来。

他的黑眼睛扫视着大厅："这幢房子非常现代化。"

"谢谢。"我回答，知道这不是恭维。

"你觉得住在北方怎么样？"

"我从来没有真正住过别的地方。"我们走向桌子，那里已经精心摆放了第六套餐具。"这是你第一次旅行吗？"

"是的，旅行也很有趣。我得说，我觉得北方人非常……不同。一切都很不一样：食物、幽默、城镇。我已经渴望去伦敦了。"

他笑了，牙齿像小针一样锋利。我笑了笑，坐到座位上，我的肚子太大，因此坐得比其他人都靠后。罗杰被介绍给那位年轻的书记员。

"很高兴认识你。"波茨先生说，握手后重新摆好了他的酒杯。

罗杰瞟了我一眼，然后移开了目光。

第一道菜上来了：啤酒三文鱼搭配腌鲱鱼。我自己的那杯酒帮助我克服了罗杰的到来所带来的震惊，我转向两位法官。

"到目前为止，你们这一路上还顺利吗？"

"很好，太太。"和蔼的爱德华爵士说。他的小胡子衬托出他红润的脸色，他的脸颊像苹果一样丰满。"我们的行程已经完成超过一半了，下一站是肯德尔，那之后是兰开斯特，你知道的。"我的脸微微红了起来，我只希望他不要在罗杰面前提及我在信中提出的要求，但他就此打住了。"到目前为止，我们在达勒姆、纽卡斯尔和约克的事都处理完了，兰开斯特后面是卡莱尔。那一站后，我们就要开始返回南方的漫漫长路了。"

"对了。"我说，"你们当法官的，一定看到过各种各样的传讯吧。你们当北方巡回法庭的法官多久了？"

"两年了。"爱德华爵士答。

"我做了差不多十年了。"詹姆斯爵士道。

"这是我第一次跟随巡回法庭出来。"他们的书记员自命不凡地宣布。

他们的视线都落在了食物上，我们开始用餐。

我从桌子对面就能感觉到罗杰的存在所带来的压迫感，不由得精神紧张着。

"我最近听说了一件事……"我努力使自己的声音保持平静，"你们判定约克郡的一个女人使用巫术？"

"是的。"老法官说，"这个案件十分有趣，这个女人也在大斋节巡回法庭被指控犯有同样的罪行，也就是四个月之前的事吧。"

"告她的人也是托马斯·利斯特吧？"我说。

餐桌边顿时变得鸦雀无声。一块鲱鱼在詹姆斯爵士的唇边颤抖，没有被送到嘴里。

"完全正确。"他说，"你肯定对王国的律法很感兴趣呀。"

"但这次她被判有罪。"

"那个女人被判使用巫术谋杀了老托马斯·利斯特，没错。"

詹姆斯·阿萨姆的声音很平静，几乎可以算得上温柔。毫无疑问，他把自己的全部影响力都留给了法庭。

我点点头，从我的口腔后部漱出一根三文鱼刺，尽量不呕吐。

"然而，爱德华爵士显然在大斋节的时候宽恕了她，她的生命被仁慈地延长了几个月。"他对他的同事说，"不知道你当时是否清楚她的支持者是怎么出言不逊，就因为这样，你现在才能做出这样的裁决。"

爱德华爵士的眼睛闪闪发亮。

"我对这类事情一无所知。普雷斯顿家的人都很吵，"他向在座的其他人解释道，"从约克到吉斯本，可怜的阿萨姆在每一个城镇都遭到了诽谤。这种事情太多了。"

我试着想象人们聚集在帕迪厄姆和科尔恩的街道上，抗议逮捕潘德尔女巫，却想象不出有人会举起拳头。

"今年以前，你有没有审判过施巫术的人？"我问。

他们二人面面相觑，考虑了一会儿。

"从来没有。"爱德华爵士惊讶地说，"事实上，在这个郡，这次因巫术而受审的人数是最多的。"

"从没有吗？"

他点了点头。我忍不住瞥了一眼罗杰，他正等着轮到他说话。

"到目前为止，他们已经成功地在全郡躲了起来。"他宣布，"这就像抓老鼠，找到一只，就会牵出一窝。国王长期以来一直怀疑兰开夏郡是罪犯和巫师的藏身之地，所以我很乐意在罪恶蔓延并感染王国其他地方之前，帮助将她们铲除，将罪犯交到两位英明的法官手里。"

"这是不是意味着你认为邪恶就像瘟疫一样？"爱德华爵士问道。

"在某些街区的确如此。看看迪瓦斯和雷夫纳斯这两家人吧，他们住的地方相距不到一百码。无论是他们中哪一家先使用巫术，另一家也用巫术保护自己，还是别的什么，都不是巧合。但是老德姆戴克练习巫术有几十年了。"

我意识到自己正怒视着他，便垂下了眼睛。托马斯·波茨说话了："如果是这样的话，你认为为什么这个老妇人直到现在才被发现？在此之前没有人指控过她吗？"

"据我所知没有。"

仆人收走了我们的盘子，端上了第二道菜牡蛎馅饼。还有三道菜的时间，让我说服两位法官……只是，我要说服他们干什么呢？

"你们今晚住在哪儿？"理查德问。

"离这儿不远的一家小旅馆。"

"但我希望你们能住在这里。"

"那就太打扰了。我们明天一大早就得出发。"

"不过，睡了那么久的稻草垫子，羽毛床垫可就太受欢迎了。"托马斯说，狡黠地探着身。

几个男人哄笑起来。我清了清嗓子。

"你们越过边界，躲开了詹妮特·普雷斯顿的支持者，想必是松了一口气吧。"我说。

我能感觉到理查德在看着我，但我没看他。

"是的，大大地松了一口气。"

"你们在这里还没有遇到过这种所谓支持潘德尔女巫的抗议吗？"

"我们才刚到兰开夏郡。"爱德华爵士说着，用叉子叉开了他的馅饼，"我们对这些案子还不是很熟悉，威斯特摩兰是第一站。有多少妇女被指控？”

“差不多十二个吧。但不幸的是有一个人已经死了。”罗杰说，并没有一丝遗憾，“不过，我正在调查帕迪厄姆另一个女人的案子。”

“另一个？”我无法控制自己的声音。

“一个叫玛格丽特·皮尔森的女人。我的同事班尼斯特先生明天将从她的仆人那里取证，她的仆人发誓说她看到了皮尔森夫人养的魔宠。”

“是什么？”

“一只癞蛤蟆。”

一时间没人说话，我敢肯定托马斯·波茨发出了一种强忍着的笑声。罗杰没有理会。

“那个仆人叫布斯太太，她说，她在雇主皮尔森家纺织羊毛时，主人向她要牛奶。他们往火堆里添了些木柴来加热牛奶锅，当布斯太太把锅子搬开时，一只癞蛤蟆，或者说一个装扮成癞蛤蟆的魔宠，从火里蹦了出来。玛格丽特·皮尔森用一把钳子把癞蛤蟆夹了出来，拿到了外面。”

“罗杰，我很想知道，你有没有见过魔宠？”我温和地说。

一阵尴尬的沉默压下来，罗杰若有所思地嚼着口中的食物。

“魔鬼只出现在那些渴望与他为伴的人面前。”最后他说。

“你不是说过，魔宠是女巫最明显的标志吗？”我又说道，根本来不及阻止自己，“这是不是表示如果一个女巫没有魔宠，那她很可能是无辜的？”

罗杰睁大了眼睛注视着。他喝了一小口酒：“也有可能是她们把魔宠藏起来了。”

“先生们。”我对着桌边众人说，“我有一只很大的狗，我到哪儿它都跟着我。难道我不该被指控使用巫术吗？”

众人都默不作声，我的目光落在罗杰身上，他冷冷地看着我。

"太太，听起来你像是很希望受到指控。如果我是你，我会非常小心。你得考虑你丈夫的名声。爱德华爵士和詹姆斯爵士告诉过我，他在白厅有了不错的口碑，不要毁了他的声誉。"

两位法官交换了一个不安的眼神。

"帕迪厄姆也在潘德尔树林里吗？"爱德华爵士彬彬有礼地问道。

"边界就是那边的那条河。"理查德用刀指着。他的语气听起来大方得体，但他的心情却难以捉摸，"所以你在这所房子里很安全。"

"这你可保证不了。"罗杰说。他直视着我，"因为她们中有一个人曾在这里做客。"

几双充满力量和智慧的眼睛同时转向我，我的声音在喉咙里停止了。局面都掌控在罗杰的手里，那些人把目光从我身上移开，不敢相信地看着他。

"其中一个被告叫爱丽丝·格雷，她以前是弗莱伍德的助产士。"

看他说这话时脸上露出的怀疑，仿佛她曾声称自己是一条美人鱼。

詹姆斯爵士一脸迷惑。

"太不可思议了。"

"确实如此。"

罗杰目不转睛地看着我的脸。那一刻，我不仅鄙视他，还鄙视理查德明明知道我想干什么，还邀请罗杰来家里。如果他们两人没有从中作梗，情况就完全不同了。我本可以为爱丽丝的案子辩护，也许还可以改变现状。但现在我们在一起，就像一个不幸的家庭。这时，主菜端上来了：一条巨大的梭子鱼优雅地蜷曲在一个车轮大小的盘子里。理查德的目光与我的目光相遇，他的眼神里写着威胁，但也有内疚。也许他现在已经意识到他所做事情的后果了。

"先生们，在我们享用下一道菜之前，我可以征得我丈夫的同意，说几句话吗？"

我又瞥了一眼理查德，他严肃地点了点头。罗杰清了清嗓子，但我继续说下去了。

"来这儿做客的那个女人是我的助产士和朋友，她叫爱丽丝·格雷。她将在兰开斯特的巡回法庭里受审，指控她的罪名是使用巫术杀人。"

罗杰企图提出抗议，但我依然往下说。我的声音很高，十分紧绷，我祈祷自己的声音不要颤抖。

"爱丽丝为我工作了几个月，她是一名出色的助产士。她技艺高超，一身本领都是从她已故母亲那里学来的。"

我咽了口唾沫，直视着他们每一个人。他们都回望着我，全神贯注。我知道自己正站在悬崖边上，一只脚悬空着。

"爱丽丝很慷慨，很听话，也很善良。很久以前……她……"

我犹豫了一下，然后一种奇怪至极的感觉向我扑来：一股鼓励的浪潮从附近的某个地方散发出来，就像火散发热量一样。我吸了一口气，继续往下说。

"很久以前，她发现自己处在一个可怕的境地，任何女人都不应该这么倒霉经历这种事情。她几乎没有家人和朋友。她唯一的朋友和她一起被关在兰开斯特的地牢里。我希望……"我眨着眼睛，泪水夺眶而出。激动之下，我有些哽咽，"我希望你们不要因为她所遭受的不幸而惩罚她，因为她已经遭受了无法估量的痛苦。"

罗杰打断了我的话，从他的椅子上猛地站起来。

"我想我们已经听够了。这不是法庭，在适当的时候和在适当的地方，可以听到那个女人自己的陈述。"

他的脸憋成了紫褐色，眼睛犹如透着恶毒的小珠子。

我点点头，又转向其他人："我邀请了两位先生到我家里来，我希望他们不要认为我激动地谈论我的助产士是不礼貌的，他们很快就会在不同的情况下遇到我的助产士。先生们，你们生气了吗？"

他们摇了摇头，困惑而又礼貌，寂静就像一块防尘布，笼罩着在场的人。

"先生们，如果你们乐意，等用完餐，我带你们在房子里到处参观一下。"理查德说。

大家都很高兴气氛变了，理查德分了鱼，又给大家讲了他叔叔们的事迹，大家的情绪都好了起来。只有我和罗杰坐在那里，满脸阴霾，不知道谁会先爆发。

第二十二章

几天后的一个下午，雨下个不停，气氛极为沉闷，我静静地躺在房间里，理查德来敲门。他说蒙塔古勋爵的演员就在附近，晚上会来家里表演。通常，我们两个肯定高兴极了，但现在的情况不同了。

"詹姆斯为什么会同意他们在这样的时候来？"我坐直了身子问道。

理查德叹了口气："我几个月前让他邀请的。他们今天早上才说会来。"

他走了，我疲倦地强迫自己起床去换衣服。

几小时后，当我看到罗杰坐在大厅里，双手紧紧地握在一起放在他的大肚子上时，我本应该感到惊讶的。但是，当我牵着帕克走进去，吸引我目光的不仅是他左边面色苍白憔悴的凯瑟琳，还有坐在他右边的黑发女人。她注视着自己的膝盖，但她的白色衣领使她无法低下头，看到她的五官，我脑海中某个遥远角落里的一段记忆被抽了出来。在桌子后面，她试图把自己隆起的腹部藏在锦缎和塔夫绸衣料的褶皱下面。我的脑袋嗡嗡直响。

"夫人。"罗杰愉快地说，"请允许我介绍朱迪思，她是我的好朋友布拉德福德的耶利米·索普的女儿。别把他跟斯吉普顿的索普家搞混了，不过他们很可能是远亲。"

我震惊不已，一时间无话可说，过了一会儿，走廊里响起的脚步声打破了沉默。理查德出现在另一个门口，不到一秒钟，他就看清了眼前的情景，脸上的血色顿时消失了。

我仅有的那点勇气，嵌入我心中支撑我走到现在的那一线希望，就像一个极小的物体被拖进一条大河里一样消失了。它一消失，我就知道了，同时我也知道，它消失了，就再也不会出现。

"罗杰。"理查德强挤出这两个字。

他并没有生气，只是惊讶得喘不过气来，好像他的朋友刺了他一刀。

接着，几件事同时发生了：帕克开始狂吠，房间里的可怕感觉使它非常不安。詹姆斯来到门口，报告演员来了，可以听见演员们都聚集在大厅里。理查德的脸色涨成了难看的甜菜根紫色。朱迪思抬起了头。当我注视着她的时候，房间里和我脑袋里的所有声音都安静了下来。她的脸是心形，肤若凝脂，丰满的脸颊带着精致温暖的橘红色。她那双水灵灵的黑眼睛恐惧地望着理查德，但那里也有内疚和尊敬，我无法否认的是，她的眼中还有爱。

房间里又恢复了一片混乱，我把手放在帕克的头上，它立刻安静下来，呜咽了一声后就站着不动了。詹姆斯在门口举棋不定，惊讶之下张大了嘴巴。

理查德大步走到罗杰所坐的桌旁，罗杰就像是两朵颤抖的玫瑰中间的一丛荆棘。

"罗杰，你这是什么意思？"他怒吼，"你究竟为什么要这么做？"

凯瑟琳眼泪汪汪的。自从我上次见到她以来，她瘦了不少。我心中涌起一丝淡淡的负疚感，有那么一会儿，我很想知道她为了我而反抗罗杰付出了什么代价。朱迪思看上去吓坏了，她那美丽的五官流露出痛苦的表情。

"趁我还没有把剑拿下来刺穿你的胸膛，快回答我！"

罗杰不安地看着壁炉上方那把闪闪发光的巨大武器。

"理查德，你知道，朱迪思是我们家的朋友，我邀请她到里德庄园住一段时间。后来蒙塔古勋爵的人说他们来了潘德尔，并询问我是否愿意在里德庄园看一场私人演出，但我发现他们也要在高索普表演，我当然要抓住这个机会，让我们的家人聚在一起……来凑凑热闹。"

他摊开双手一指，把房间里的每个人都包含在内。

"主人？"詹姆斯胆怯地试图化解他面前的僵持局面。只有一个人感觉自在，那就是罗杰，他那只戴着戒指的手指敲打着。他身后，片刻前演员们的低沉声音还在嗡嗡作响，现在他们都安静了下来，静候指示。

理查德缓慢而僵硬地转过身来看着我。他脸上带着悲伤的表情，可能我的表情也是如此。

"弗莱伍德，你愿意和我们一起看吗？"他问道，声音里充满了感情。

我泪眼汪汪地看着朱迪思，她先是抢走了我的丈夫，现在又闯进了我的家。她的目光又回到交叠在膝盖的双手上。我抽了抽鼻子，点点头，坐到理查德旁边。

仆人送上酒来，与此同时，有六七个人走进廊台，鞠了一躬。

"晚上好，女士们，先生们。"一个年轻英俊的人站在中间说。他的嘴巴很大，嗓音清晰温柔，"沙特沃斯先生和夫人，感谢两位邀请我们到你们豪华的家里来。今晚的演出是当今最伟大的剧作家之一的作品，在全国都很受欢迎，当然也是我们最喜爱的演出之一。一个野心的悲剧，一座道德的迷宫，再加上一点魔法，把你的想象力投射到黑暗苏格兰的最深处，这应该相对容易。"他停顿了一下，期待有人窃笑几声以示欣赏，却没能得偿所愿。"女士们先生们，请欣赏威廉·莎士比亚的《麦克白》！"

他一抖斗篷，聚在一起的几个演员都离开廊台，只有三个人把斗篷披在头上，弓着背环坐在一起。我模模糊糊地意识到这一切，但我的思想却是麻木的。我以前看过这出戏。

我们三个什么时候再见面？
打雷、闪电还是下雨？
当喧嚣结束，
当这场战斗输了又赢了。
那将在日落之前。

演员们高声说着，我从眼角的余光看着朱迪思，她笔直地坐在那里，她的脸面向演员，也许她也在环顾房间：看着橱柜里的瓷花瓶，墙壁上的光亮烛台，以及肖像画，这些都是很普通的物件，但毫无疑问，她却极为感兴趣。她要看着理查德家里的每一个细节，以后再加以琢磨。当然，除非她以前来过这里。

雨点敲打着窗户，演员们知道自己的声音受到干扰，只能提高嗓门，听起来有点歇斯底里。

我来了，狸猫精！不！美就是丑恶，丑恶就是美，在污秽的空气和雾中盘旋。

雨一直下个不停，朱迪思那个人也像铃声一样响个不停。我能感觉到她向我投来的目光，但我的眼睛一直盯着廊台。我们看起来多么没有生气，多么无聊。时钟嘀嗒嘀嗒地响着。我想到了通往地牢的楼梯，以及那扇在黑暗中关闭的门。嘀嗒，嘀嗒，嘀嗒。

当这场战斗输了又赢了。

一个仆人病了。一张床上有一个布娃娃，那上面用黑色的头发绑着一个代表孩子的小布娃娃。一碗血消失了。一只猎鹰死了，被撕成了碎片。一件淡色的睡衣在黑暗中飘浮着，越来越近。

"停！"我喊道，"请停下。"

理查德惊恐地跳了起来，拍了拍手。

"先生们，很抱歉，我妻子不舒服。"

我模模糊糊地意识到四周的混乱，很多事情都累加起来。我坐在那里，盯着我那双冰冷、毫无生气的手。我可能很快就要死了，爱丽丝也将没命，但这个房间和这些人会留下来，一六一二年发生的事将成为遥远的记忆。人们会为理查德和他的新婚妻子倒酒，罗杰和凯瑟琳会逗着他们两个生下粉红色脸蛋的孩子。我也能感觉到房间里另一个孩子的存在，离我只有几英尺远，等着出生，等着占据他的位置，而朱迪思也在等着占据我的位置。

我活着的时候也不过是个小小的幽灵，如今死亡与我不过咫尺之遥。我捂着肚子，想象着自己消失在这个世界上。毫无疑问，那一天将很快到来，但不会像光离开天空那般温和。那将充满痛苦，可怕而孤独，没有冷静的手抚摸我的头，没有琥珀色的眼睛让我平静。

会有一场审判，爱丽丝会死，然后我也会死，我们两个都会死于一场突如其来的不幸。我闭上眼睛，想着我的孩子，想着我多么希望我们两个都能活下去。我的尘世生活就要结束了，末日就要来临了。

第二十三章

那是巡回法庭开庭的前一天，全郡的人和周边地区的人都来看潘德尔女巫将会迎来什么样的命运。兰开斯特的街道上挤满了马、马车、人、狗、牛、鸡和孩子，还有各种各样的障碍物，我们的车夫驾驶着马车穿行其间，在理查德和我身后不停地大声咒骂着，我们的行李和旅行疲惫的帕克都在车上。我们两个骑着马，沿着鹅卵石路面与人群一起向山上走，我一直都低着头，在其他人投来的目光下，我只觉得浑身刺痛。我不想引人注目，但我的肚子那么大，就像是我长了胡子一样惹人注目。狭窄的街道上到处是棕色的衣服、白色的帽子、黑色的草帽和肮脏的皮肤。我看见一个一两岁的小男孩跟跟跄跄地走在我前面的路上，他的母亲一把把他拽开，以免我那匹马有盘子那么大的蹄子踩到他。她看了我一眼，我想她对我的冷漠和缺乏母爱感到惊讶。

一路上，我和理查德一直在一种麻木的沉默中前行，帕克时而跟在我们身边走着，时而坐在我们身后的车上，偶尔呜咽叫上两声。终于到了兰开斯特，那里的喧闹让我们总算松了口气。

下午三点左右，我们进了红狮旅馆的院子。这是一家朴素的小旅店，四周种着树，隐藏在一条通往河边的窄路上。我在恍惚中被带到了三楼的一个房间，里面很干净，家具也很齐全，橱柜上有毯子，还有一张漂亮的四柱床。搬运工砰的一声放下我的行李箱，我吓了一跳，惹得他好奇地看着我。孩子在我肚子里翻滚着，在漫长而颠簸的旅途中精神抖擞。我的肚子现在太大了，裙子离我的腿有几英寸远。

伙计拿了面包和牛奶给帕克，它感激地吃完后就趴在壁炉前的土耳其地毯上。我想休息可没这么容易：我冷得发抖，侧身躺在床上，把膝盖抬起来贴着肚子。

理查德站在窗前，双手在背后紧握。自从一个礼拜前那次可怕的晚餐后，我几乎没说过话，几乎没吃过东西，也没睡过觉。我要么在长廊里走来走去，两腿重重地落在光滑的木地板上，以平衡我巨大的肚子，要么坐在不同的窗户前，面朝外，孩子不停地动着。我看得出来理查德仍然很担心我会失去孩子，我想告诉他，没有必要为我们无法控制的事情如此担心，毕竟我们本来可以做很多事，但我没有说。我们应该发出呼吁，我们应该提供帮助。我不敢想如今已经太迟了，但我内心深处知道已经迟了，无论是我，是她，还是一切，都已经太迟了。

"你觉得会怎么样？"理查德说。

我盯着墙。

"不能判她们有罪。"我回答，"唯一的证人是自己。她们就像孩子，只是在讲故事而已。"

"人们被绞死，其实并不需要太站得住脚的理由。你真的认为她们认识魔鬼吗？"

我想到了从沼地里拔地而起的马尔金塔，就像从坟墓里伸出来的一根手指。那里的风呼啸着，会让人发疯。我想起了爱丽丝的家，屋顶有一个洞，湿气顺着墙壁流下。她认识的那个孩子被掩埋在又厚又湿的土壤里。她们的生命中有什么？在夜晚炉火的阴影中，她们也许确实看到了她们想看到的东西。

"如果魔鬼是贫穷、饥饿和悲伤，那么是的，我认为她们认识魔鬼。"

理查德去了城堡监狱打听女巫审判从什么时候开始。那天剩下的时间里，我穿着整齐地躺在床上，望着窗外的树木，帕克躺在我旁边，能上床它很高兴，用尾巴拍打着被子。即使有玻璃把我和街道隔开，我还是感觉到外面弥漫着一种奇怪的气氛。我意识到那是兴奋。树木也兴奋地颤抖，兴奋的情绪如同雨水一样从墙上和院子里的旗子上反弹开。

现在有更多的马车驶进客店，院子里挤满了人，他们的脸上洋溢着期待的神情，互相交谈着。抱着婴儿的妇女耐心地摇晃着婴儿。男人怀着使命感站在鹅卵石路面上。我知道，如果我能倾听，我就能听到一百种不同的意见，那些意见都言之凿凿。邻居之间互相告发，可谓人类最明显的特征，也是一开始为什么地牢里关满了犯人。谣言传播的速度比疾病还快，而且同样具有破坏性。

一个女仆端来一盘食物放在柜子上，笨拙地鞠了一躬，她一看见帕克，吓得一缩。我没有看托盘，更不用说碰它了。我摸了摸前一天晚上放在口袋里的那张纸，那是我为爱丽丝的清白写的辩护声明，我希望能在法官面前大声把它读出来。里面的内容与我在餐桌上说的话差不多，但更有说服力，我至少写了五遍，纸上满是墨水和泪水。如果他们不让我发言，我就争取让理查德代表我发言。他还不知道这件事，因为我无法面对他拒绝我，尽管我再也不会向他要求任何东西。我不确定他们是否会让我在法庭上读，也不确定有没有女人不是被告也可以站起来说话的先例。一想到要这样做，我的腿就发软，但接着我又想起了爱丽丝

269

的脸，她在黑暗里被关久了，来到阳光下就不停地眨着眼睛。她必将受到审判，但我有选择。罗杰说过不会带证人入庭，但布罗姆利和阿萨姆在他家吃过饭以后，肯定不能忽视一个绅士的礼貌要求。我要等到最后一刻再去请求理查德允许我发言，因为连我也不相信我的话有用，什么时候我相信自己了，我才有信心去说服他。

随着越来越多的人来到旅馆，通道里充满了人声和靴子踏在石板地面上的脚步声。帕克的鼾声响了起来，我心不在焉地听着女人们在一旁聊天，责骂着自己的孩子，男人们大声吼叫，箱子的刮擦声和狗的吠叫声不绝于耳。

我紧紧地抓着那张纸，生怕将纸扯坏，我想着，就在不久之前，我手里拿着的是另一封信，那封信宣布的是死亡，而这封信却能带来生命。走廊里传来一个声音，而且距离很近。一个男人的声音越来越近，一扇门开了又关上。

我突然完全清醒了。我用手肘撑起身体，使我的头与我的腹部保持在一条线上。这会儿，孩子一定是睡着了。我走到窗前，望着天空。我没有手表可以看时间。理查德在什么地方？天很快就要黑了，从下面传来厨房准备晚饭的声音。酒桶滚过院子，街上的车辆、行人也少了。我只有片刻的时间来做决定：必须现在采取行动。这就已经足够了。

我把躺在我旁边的帕克叫醒，招呼它到地上，然后，我走到一只箱子前。我感谢审慎女神早些时候给我送的礼物，我把藏在几件睡衣里那个包好的长包裹拿了出来。然后我走到柜子前，给理查德写了一张便条，最后迅速扫视了一下房间，确定带上了我需要的东西。我带着帕克走向马厩，那个包裹很小，夹在我的身侧一点也不显眼。

第二十四章

约翰·福尔兹的家在科尔恩一条潮湿的小巷子里。我到达的时候都快半夜了，我骑着马穿过黑乎乎的小路，上气不接下气。但月亮站在我这边，明亮的圆月高挂空中，月光洒在从兰开斯特到这里的路上，为我们如同幽灵般的行进照亮了道路。有帕克，我觉得很安全，我一只手摸着它的头，另一只手敲着约翰·福尔兹家的前门。

街上一片寂静，窗户里也没有灯光。我连敲了四扇门，才看到有灯芯草蜡烛发出的黄色光芒亮起，最后一扇门里的住户，也就是一位满脸倦容的妇女吃惊地告诉我，约翰·福尔兹住在集市街后面的一排房子里，从右边起第三扇门就是。

我到了那里又敲了敲门，帕克从喉咙深处发出一声低沉的咆哮。我环顾四周，过道两端连个人影都见不到，但被人注视的感觉却是那么强烈。天太黑了，我根本看不清房屋边的阴影下有什么。我颤抖着，眼睛盯着面前的木门，不耐烦地敲了两下。然后，我脖子上的汗毛突然都竖起来了，我意识到巷子里有人。帕克立刻开始叫了起来，挣脱我的手，就要向我们的右边发动进攻。在黑暗中，我看到有一个又矮又瘦的人在最后一所房子周围鬼鬼祟祟。我用力地猛敲着门，一个男人的声音从门后传来，然后我看到了约翰·福尔兹的脸。

一头乱蓬蓬的深棕色头发垂在他的脸的两侧，他穿着睡觉的宽松棉质罩衫，衣领处没有打结。他长得和我记忆中的一样英俊，但他的眼神变了，冷漠的目光影响了他的容貌，就像一幅画像上的瑕疵。然而，当他看到我顶在他肚子上的东西时，不管他有多么傲慢，也都嚣张不起来了。那是理查德的火枪，虽然很疼，我还是把它夹在斗篷下面的胳膊下方。这时他看见了我的狗，更是吓得魂不附体，只能乖乖听话。

他斜着身子站在门和墙之间，我看不见这栋小房子里是什么样子。我把火枪的枪管抵住他的胸膛，幸好枪很重，不然我抖得这么厉害，一定会被他发现。

"不让我进去吗？"我说。

"我们要决斗吗？"他撇着嘴唇淡淡地说。

帕克咆哮着，他不安地盯着体形硕大的帕克，看了我一眼，把门开大。我进去，帕克在我后面跟着。

这座小房子有两层，楼下有一间房间，楼上有一间房间，靠后墙上有一段陡峭狭窄的楼梯。约翰·福尔兹举着房间里唯一一盏灯芯草蜡烛，借着光亮，可以看到一些物件模模糊糊的轮廓：壁炉边的两把椅子、一个低矮的柜子上放着衣服和锅碗瓢盆。约翰又点燃了一根灯芯草蜡烛，把它放在柜子上的烛台上，蜡烛冒着含脂肪的烟雾，十分呛人。但我注视着他的一举一动，因为我压根儿不清楚如何使用理查德的枪。

"你是谁？"他把蜡烛举到我的脸边问。

"你不认识我。"我说，"但我们有一个共同的朋友。"

他发出一声强忍的笑声："我可不认为他是我的朋友。"

"你说谁？"

"罗杰·诺埃尔。你不是为他来的吗？"

"不是。"

我盯着约翰·福尔兹那张若隐若现的脸。他挠了挠脖子，焦躁地环顾四周。他要是突然发难，我能比他更快吗？

"他给你钱了？"我问。

"他给了又怎么样？"

我把枪放下一点点，听到里面的机械装置叮当作响。枪很重，拿着它很累。我刚到科尔恩，天就下起了小雨，现在我能听见雨下得更大了，雨滴重重地落在街上的泥土地上。约翰·福尔兹的眼睛在烛光下闪闪发光。

"爱丽丝·格雷为什么会被指控谋杀你女儿？"

"她是个女巫。"他简单地说。

在蜡烛的光照下，他的脖子呈现温暖的棕色，他的胸部很光滑。

"她爱你。"我说，竭力不让自己的声音发抖，"她也爱安。"

"你是谁？"

"这不重要。"

"你丈夫是谁？"

"也不重要。但今晚你必须干点什么。你得写一份书面证词，证明爱丽丝·格雷没有杀害你的女儿，不然我绝不会离开。"

他看着我，好像我疯了似的。然后他笑了起来，除了灯芯草蜡烛流下来的油脂蜡液的气味，我还闻到了别的味。是啤酒味，那是发酵与衰变的气味。约翰·福尔兹依然酗酒。

"就算爱丽丝被绞死，你的女儿也回不来了。你为什么要眼睁睁看着一个无辜的女人被杀？"

"无辜？她是个婊子。"他啐了一口，"再说了，我不会写字。"

我的心一沉。签名证词是我唯一的希望，我带来了纸、墨水和一支羽毛笔，就塞在马身上的包里。爱丽丝不识字，甚至连自己的名字都不会写，我却以为他会，我真是太天真了。火枪太沉了，我的胳膊都疼了。但我不能就这么放过他。

约翰·福尔兹是将死我了。

突然，楼梯嘎吱嘎吱地响了起来，吓了我一跳，有人沿楼梯走了下来。一件长长的白罩衫从天花板移动下来，接着一具丰满的身体露了出来，然后，我看到了一个女人的脸，她样貌普通，戴着帽子。看到眼前的情景，她惊讶地张大了嘴。看到帕克后，她顿时睁大了眼睛。在昏暗的灯光下，帕克像极了一匹狼，这个房间这么小，它肯定看起来像个巨大的怪物。

"约翰？"她说。

"回床上去。"

"她是谁？"

"快回去。"他咆哮道。

那女人在黑暗狭窄的楼梯上吃力地转过身，一只手扶着墙。

在她的头消失之前，我说："等等。"她停了下来。

"约翰用什么样的刀磨他的羽毛笔？"

她目瞪口呆地看着我。

"普通的刀子，小姐。"

"和我想的一样。外面拴着一匹马。马身上的包里有一支羽毛笔、纸和墨水。你能把它拿来给我吗？"

她飞快地看了约翰一眼，点点头，但没有动。

"现在就去吧。"我说，她出了前门，走进雨中。"这么看来，你会识文断字呢。"我对约翰说。

"是你妻子吗？"

他带着恶毒的恨意端详着我："不是。"

"罗杰给了你多少钱？"

"不关你的事。"

"这有关王国的和平。多少钱？"

他动了动下巴，垂下眼睛。

"钱和啤酒，哪个对你更有用？我有一个啤酒酿造作坊。如果你照我说的做，你每个月都会收到一大桶酒。"他睁大了眼睛。他现在认真地听我的话了。"我想你的钱都花在买酒上了吧，还是你更喜欢喝白兰地或葡萄酒？你想要什么酒？"

"我怎么知道你会不会遵守诺言？"

我松开帕克的项圈，它摇摇晃晃地向前走着，咬紧有力的下巴。约翰·福尔兹往后一跳，胆怯地呜咽了一声。爱丽丝为什么喜欢这个软弱自私的人？

那个女人回到屋内，把我要的东西递给我，她一直盯着我的狗。我一拿着我的东西，她就跑回楼上去了。

"他们说狗能闻到恐惧。"我告诉他，"如果我是你，我会设法掩饰。但我很清楚，人在害怕的时候有多难以掩饰。我很害怕，约翰。我害怕我的朋友被绞死，但她其实并没有犯罪。不仅是她，她的朋友也可能因为试图救你女儿的命而被绞死。"

我环顾了一下这个不幸的房间，屋内弥漫着油脂燃烧和麦芽酒的臭味，寒意从光秃秃的墙壁侵入屋内，我不禁打了个寒战。这个地方并不适合小孩子居住。也许这个家曾经满是温馨，那时候约翰的妻子也还活着，他们用新的亚麻布包住他们刚出生的孩子，前门对着街道，邻居们会进来，称赞他们是多么幸福。

"要是我不按你说的办呢？"他抽抽鼻子，"你要开枪把我打死？"

"是的。除非你更愿意被我的狗咬死。"

他的黑眼睛滴溜溜转着。我把纸和羽毛笔递给他，点点头。他叹了口气，拿着这些东西走到低矮的柜子边，弯下腰，在烛光下把纸展平。

"怎么写？"

"真相。"

我颤抖着站在那里，等着他写下潦草的字迹。我听着马在外面喷着鼻，雨滴噼里啪啦落在街上。我的胸脯因恐惧和宽慰而紧绷着，想到明天早上我还有很长的路要走。今晚我要骑马回高索普睡几小时，天亮前动身去兰开斯特。

约翰·福尔兹把他的证词递给我，我很快地看了一遍。

"加一句关于凯瑟琳·休伊特的证词。"我说，"她也因为同样的罪名被控告了。"

他翻了翻白眼："我可不要写一整本书。"

"叫你干什么你就干什么。再写一句。"

"给你。"他说，"够了吧？"

"我不知道。"我说着，从他手里接过纸，折好塞进口袋，"你最好希望如此。"

"什么意思？"

"如果没用，我还会再来找你的，到时候可别指望我有心情和你讨价还价。审判上午开始，但愿你乐意像个男子汉那样去面对你一手造成的局面。晚安。"

我转身离开。外面大雨滂沱。

"就算那婊子被绞死了，我也能喝到啤酒，对不对？"

我停在门口，没有转身，松开了一直拉着帕克项圈的手。约翰·福尔兹只看到铜光一闪，一排牙齿出现在眼前，帕克已经扑向他，一口咬住了他的胳膊。他吓得惊声尖声，嘴里骂骂咧咧，一边滚一边抓住胳膊肘。血染红了他那件肮脏的白色罩衫。我轻声呼唤帕克，它回到我身边。我转身面对着爱丽丝曾经爱过的那个软弱、发抖、胆小的男人。

"是的，你还是可以得到啤酒。"我说，"就算我的狗没有咬死你，酒也会要了你的命。而且越慢越好。"

一小时后，我意识到我迷路了。我本打算沿河向西前往高索普，但雨太大，雨声太响亮，我听不见河水的声音，更不用说在黑暗中看见路了。四周只有树木和泥土，乌云遮住了月亮，我根本找不到路。

我身上都湿透了。马也湿透了，艰难地向前走着，不时停下来表示抗议。帕克拖着沉重的脚步走在我们身边，和我一样很累，它的毛浸湿后变成了深棕色。我的肚子感觉更沉了，马儿走得很慢，我的心却在狂跳。我左拐右拐，希望能找到村庄之间宽阔的马路。我所能想到的就是我裙子里的两页纸，那是我和约翰·福尔兹的证词。纸要是湿了，可就全完了。有什么东西卡在我的心里，我想那可能是绝望，但我不会屈服。我不会哭泣。我会找到回家的路，即使要花一整夜的时间。明天我还要去兰开斯特，站在法庭上，听我自己的声音在大厅里响起，宣告爱丽丝是无辜的，每个人都会听到我的话，她的锁链会叮叮咣咣掉落到地上，她将恢复自由。

我趴在马背上，像蜗牛一样穿过树林，四周都是高大漆黑的树干，雨水顺着我的脖子往下淌，接着，那个噩梦中的情形突然出现。

马突然停了下来，好像受到了惊吓，就在那时，我听到了一阵咕噜声。那叫声很低沉，但即使在雨中也能清晰可闻。冰冷的恐惧兜头笼罩下来，我感到头晕目眩。我闭上眼睛又睁开，以防我在做梦，但那声音那么熟悉，绝对不会有错，我一生中听到过很多次，但总是在睡梦中才会有。现在我是清醒的，独自在树林里。帕克吠叫起来，接着是一声低低的尖叫，和另一声咯咯咬牙声和咕噜声，我知道野兽们已经靠近了，但我什么也看不见。

我踢了踢马肚子，大叫着让它快走，但它吓得摇摇晃晃，然后，我觉得马撞到了什么东西，它嘶叫一声，用后腿直立起来，我开始往下滑。

我尖叫起来，马又猛然弓背跃起，我被猛地甩向旁边。我腿上那支湿透了的滑膛枪啪的一声掉在地上，我大叫一声，拼命寻找缰绳，却只摸到了湿漉漉的鬃毛和马脖子。它又立了起来，我赶紧把脚从马镫踢出来，以防被马拖行几英里，但接着我向后栽倒在了黑暗中。世界颠倒了过来，有那么一瞬间，我处在自由落体的状态，我的脑海里一片空白，我在飞，不，我是在坠落，接下来，我侧身着地落在了地上，肚子狠狠撞上了泥地。

我躺在地上，一边脸贴着地面，帕克在我旁边狂吠，马越跑越远，马蹄的声音越来越小，雨还在下个不停。我动弹不得，但我能听见，我依然在注意听，我知道一定会响起的咕噜声有没有响起。然后我听到了。野兽不止一头。一头野猪从我身后过来了，另一只从我前面过来，帕克就在附近，猛烈摆动着，吠叫不止，一连串尖叫声爆发，我不知道一共来了多少只野猪，也不知道帕克能否在它们的獠牙下活下来。

我闭上眼睛，我知道它们一定会扑向我，总是这样的。我不清楚的是它们在扑向我后会发生什么。就在帕克与一两只甚至是三只野猪缠斗的时候，我感到有什么东西好奇地推了一下我的腿，紧跟着，我听到了咕噜声，那声音充满了贪婪，那东西发出炽热的呼吸，牙齿上沾着血。我浑身湿透，不是被雨淋湿了，就是浸透了鲜血，也可能是被我自己尿湿了。我的双腿在裙下湿漉漉的，这时候，我忽然感到一阵剧痛。

也许是一根长牙刺穿了我的肚子，疼痛是突然爆发的，而且是那么强烈，就像是遭到了一记猛烈的重击，我的心在胸膛里狂跳，我动弹不得。但很快，我觉得空荡荡的，我的身体因那东西的突然消失而震动。然后，那感觉又来了，有什么东西用鼻子蹭我的脖子、我的脸，那东西毛茸茸的，很软，是帕克吗，还是别的什么？我闭上眼睛，疼痛又来了，而且更加剧烈，直钻入我的身体，疼入骨髓，不知道是疼的还是吓的，反正我无法移动，只觉得眼前一片空白。

我在做梦，我一定是在做梦，我肯定是昏过去了，要不就是睡着了。我在家里，在高索普，在我的床上，窗外是布满繁星的夜空。不，我躺在森林的地上，大雨滂沱，离家很远，这个地方前不着村后不着店，我孤身一人，快要死了。

她的寿命就要到头了。

我害怕得叫不出来，但这是一种不同于我在噩梦中体验到的恐惧。我很清楚自己处在怎样的境地，却依然恐惧不已。我不清楚是恐惧更可怕，还是明白自己的处境更可怕。

我的狗呢？它在什么地方？我曾经把它从暴力和痛苦的生活中拯救出来，我爱它。我睁开眼睛寻找它，眼前有一道铜光，亮得像火焰。我又闭上了眼睛。我知道帕克就在我身边，为我而战。我带着这头巨大的动物到处跑，爱抚它，亲吻它，向它诉说秘密，我知道它可以杀死一头公牛，却不会伤害一只苍蝇。

我的孩子，我永远见不到他了，他也永远见不到我了，但我们彼此了解，这就足够了。痛苦像烙铁一样再次灼烧着我，把我压成了两半，我希望我的孩子没有感觉到这份痛苦，不会害怕。

她的寿命就要到头了。

那些声音似乎渐渐消失了，但我却被压在地上，强烈的痛苦一拨拨地向我袭来，将我禁锢在这个尘世上。我像是被车轮来回碾轧着。

雨现在变得温柔了，就像理查德落在我肩膀上的亲吻。

我口袋里的文件会被打湿的。

爱丽丝。我必须救爱丽丝。

我睁开眼睛，但眼前一片漆黑，就像是闭着眼睛。我闭上双眼抵御痛苦，等待真正的黑暗来临。

"夫人？"

鸟儿在歌唱。它们的声音是如此欢快。我又感到一阵剧痛，有好几只胳膊把我扶起来。

"天哪，看看她。"

"她死了吗？"

他们听起来很害怕，我不想睁开眼睛去看他们谈论的是谁。

"她流血了？"

我被抬了起来，但是我很重，我的衣服被雨水浸湿了。痛楚再度来袭，我疼得发不出半点声音。好冷，太冷了。

"她在打哆嗦。"

"快，快，伙计！"

然后，我动了起来，移动的节奏十分平稳，就像婴儿在摇篮里被摇着一样。我能看到绿色的树叶和黑色的树枝在我的头顶上摇摆，还能听到风吹过树林的声音。我喜欢树林，在林子里感到很安全，我一定是睡着了，突然有人把我抬到楼上，把我放在一个结实的箱子上，就像祭品一样。强壮的手臂抱着我，我们向上移动，我想这是不是上帝正带我去天堂。然后我到了我的卧室，被人放到床上，床单拉开，所有的床幔都打开了，人们站在床边，但我没有时间去看他们是谁，因为又一阵撕心裂肺的痛苦向我袭来，疼痛将我拉回了人世，我是清醒的，却觉得自己在做梦。就在那时，我意识到我在哪里，发生了什么。

孩子就要出生了。

我尖叫着，试图坐起来，却发现我的长袍、上衣和裙撑都已经脱去了，我穿着罩衫躺在床上，罩衫从腰部到脚踝都染成了红色。

"不。"我低声说道，"不，不，不。理查德！爱丽丝！理查德在哪里？"

"我们已经派人去找主人了。"我旁边一个胆怯的声音说。

我看见一个从农场来的小学徒站在我的床边，却不知道他为什么会出现在这里。

"有野猪。"我告诉他，"我需要爱丽丝。派人去找爱丽丝。"

那男孩用手紧紧地拧着帽子，已经吓呆了。

"乔治，到外面去等助产士。"另一个声音说。

站在床脚边的是管家詹姆斯，他的脸色很难看。

"助产士？"我问，意识到很快新的阵痛就会把我打倒，"爱丽丝不来了吗？只有她能帮助我。她在哪儿？"

然后我想起来了。我离开兰开斯特去见约翰·福尔兹，拿到了他的供词，今天就要进行审判了，爱丽丝在那儿，我却在这儿，流着血，而这只说明一件事：我就快死了，她也要死了。一声巨大的哀号从我的肚子里涌起，经由我的嘴发了出来。

"爱丽丝！我得去兰开斯特的巡回法庭。是不是来不及了？"

"主人在路上了，夫人，他快到了，医生和助产士也快来了。"

詹姆斯的黑眼睛里闪烁着恐惧的光芒。

"我的礼服呢？把我的礼服拿来。"

有人为我拿来了礼服，这人肯定不是詹姆斯。这衣服肯定被丢在了地上，皱巴巴的，沾着泥土、鲜血和雨水。

"口袋，把口袋打开。"

我自己无法打开。我强忍着疼痛，用胳膊肘支撑着身体，努力不去看我的罩衫和床单上的血迹，努力不哭。但是我很害怕，没有人知道该做什么，尤其是我。如果我会死在这张床上，我至少希望死的时候能拉着我丈夫的手，因为我爱他，我原谅了他，我希望他也能原谅我。一个女人从那件破烂的袍子里抽出了几张纸片，这人应该是厨房里的用人，我从她手里把它们抢了过来，欣慰地叫了起来，纸是干的，在衬里的保护下，并没有被打湿。

我被疼痛的巨大车轮一次又一次地碾轧，之后，轮子不见了，有人叫我睡觉，并用一块布敷在我的额头上，但这个人不是爱丽丝，感觉完全不一样。

"爱丽丝是无辜的。我见过约翰·福尔兹了。"我低声说，那个声音说："嘘，我知道，我知道。"

这之后，也许我真的睡着了，后来我醒来的时候，心里再次充满了恐慌。突然，理查德出现在房间里，让房间充满了他的活力和权威，就好像国王本人走进了我的卧室。

他扑到我的身边，抓住我的双手，他的脸是湿的。

"我的小鬼魂，你做了什么？"

我模模糊糊地意识到和他在一起的还有一个女人，此人身材粗壮，皮肤是粉红的，我大惊失色，以为是弗恩布雷克小姐来了。但理查德告诉我她是从克里西罗来的助产士，要给我……

但我没有听，他来了，奇怪的事就发生了，就好像我陷入了沉睡。可是我有东西给他，我在床上摸索到证词，塞到他手里。

"理查德，你现在得离开，你得在巡回法庭上读出这些证词。"

我口干舌燥，声音微弱。

"这是什么？"

"理查德，请听我说。这些证词可以让爱丽丝自由。"又一阵剧痛像从火炉里烧过的白铁一样让我难以忍受，"你必须去一趟，坚持让他们读出这份证词，或者你自己读。这是我的声明，还有约翰·福尔兹的证词。"

我头晕目眩，视线模糊。

她的寿命就要到头了。

"当然不行，弗莱伍德，我要留在这里守着你。"

"你必须去！"我几乎尖叫起来，"把她救出来，理查德。救她出来！只有她能救我，只有我能救她！"

"够了！"

他的声音现在听起来就像上帝的声音，在无边的黑暗中飘荡，我离他越来越远，离我的房间越来越远，离一切都越来越远。我原以为我了解那种痛苦，但事实证明我从前经历过的疼痛只是最轻微的，最糟糕的还在后面。

我像是被无数剪刀刺穿了身体。火焰灼烧着我。锁链将我团团锁住，把我压在下面，我想站起来，却做不到。我的四肢充满了水。我的身体被切成两半，头皮被割了下来。我浑身上下都在尖叫，除了嘴巴，我张开嘴，却什么也说不出来。水，我需要水。水可以扑灭沿着我脊椎蔓延的火焰。我在烈焰中焚烧着。我快死了，我已经死了，我一定是在地狱里。我能感觉到液体从我两腿之间流出来，黑暗又来了，仁慈地把我裹在厚厚的黑斗篷里。

"弗莱伍德。弗莱伍德。弗莱伍德。"

他的声音里有爱，也有悲伤，他的声音颤抖着。是女人的声音，还是男人的声音？疼。我就是疼痛，疼痛没有从我身上分离出去，也没有发生在我身上。黑暗再度压下，我很感激。

一缕毛发蹭着我的手臂。在我睁开眼睛之前，我就知道那是一只狐狸。它站在我床边的地上，睁着大大的琥珀色眼睛望着我。它看起来好像很想告诉我什么。

我笑着说："是什么？"

一件奇怪至极的事情发生了，那只狐狸竟然张开嘴说话了，它是只雌狐，它说的是："Honi soit qui mal y pense。"

心怀邪念者可耻。

黑暗持续了很长时间，我都不记得光是什么样子了。但随后，烛光出现了，像黑天鹅绒连衣裙上的珍珠一样，星星点点地在我的视线中闪动。一只冰凉的手放在我的头上，把我从黑暗中拉了出来。那是光之手，但黑暗在拽我的脚，拉我的胳膊。

不，我想待在光亮中。

我试着把黑暗拂开，把注意力集中在那只搁在我头上的冰凉小手上，也许不是手，而是块布？反正有它在，尽管像是有一片狂暴黑暗的大海在我的身体里汹涌澎湃，我仍然牢牢地被固定在自己的房间里。

"用力。"一个声音说，"你得用力。"

一顶白色的帽子，一缕金色的头发从帽子边垂下来，是树林里那个有一袋兔子的女孩。她叫什么名字来着？

一阵疼痛向我袭来，我要结束这种痛苦，不得不拼命地抵抗，要将它从我的身体里挤出去。

"用力！"

有什么东西溢了出来，就像一桶鱼打翻了一样。疼痛的波浪又来了，慢慢地堆积，轰然崩溃，我越拉越紧，我觉得我要崩溃了。

"那感觉再来的时候，一定要用力！"

还要再来一次吗？是的，现在就开始了，这次我准备好了，就像我准备和某个古代的神战斗一样。可怕的喊叫，痛苦的呻吟，我希望那声音不管是谁发出来的，都能住口，但后来我意识到我的嘴是张开的，肺里的空气都要被吸干了。这感觉不错，就像我把自己的五脏六腑都翻到了外面，那声音比疼痛还要响亮。

就在我的叫声停止时，另一个声音响了起来。但这一次要柔和得多，也很短促，而不是长而响亮的声响。那奔腾的疼痛波浪已经停止，现在只有水花轻柔地拍打着。那奇怪的声音又来了，就像小羊或小猫在叫。突然间，我感到了前所未有的疲倦。我想睡觉，我的四肢沉重得像灌了铅一样，我的心却仍在猛烈地跳动。

房间里有很多人，我想睡觉，可他们的声音很大。我一遍又一遍地听到"血"这个字，他们听起来很恐慌。他们以前从没见过血吗？

睡觉，我需要睡觉。

"弗莱伍德，跟我在一起。弗莱伍德，留在这里。"

我还能去哪里？我累得动不了了。先前拖着我的黑暗现在拉着我的手，准备带我一起走。啊，他们原来是这个意思啊。不要和黑暗一起走。

我不能走，我说。我得留下。

又是一次拉扯，这次更坚决了，和它一起走，我知道我能到一个平静又安全的地方。我已经躺下了，屈服于温暖浓厚的黑暗，是那么容易。

"弗莱伍德，喝这个。"

请等一下，我需要喝点东西。喝一点就好了。黑暗很强壮，我好不容易才从它那柔滑的掌控里挣脱出来，感觉到有一个杯子在我的唇边，温热而甜蜜的东西流入我的嘴中。然后，这种液体被一种带有泥土味的坚硬物体所代替，有人告诉我要将它咀嚼吞下。

我恢复了意识，好在房间里很安静，洒满了阳光。一只小鸟在窗外歌唱，炉火欢快地燃烧着，屋里弥漫着柴火的气味。一个女人背对着我，俯身搅动着火堆上锅里的东西，一股草药的刺鼻气味充满了我的房间。疼痛依然在我的身体里回荡，我只想睡觉。我看着她，看到她那奶油色的脖子的曲线，看到她那调皮的头发不愿整齐地待在帽子里。她站直身体，走过去看床脚的什么东西，还轻轻地哼了一声。

"爱丽丝。"我低声说，我不知道她是否听见了，但她抬起头来，我看见她在哭。

她向我走来，跪在我的床边。我想坐起来，但她把一只有力的手放在我的胳膊上。我们对视了很长时间，我想问她一些事情，但那些回答并不值得我耗尽全身力气，因为现在这些问题已经不重要了。

"柳树皮。"她说。

我意识到那苦涩的树皮还在我的嘴里，这也许是有帮助的，我的头脑清晰了一些，我的心不再狂跳。我想给她擦擦脸，擦去此时正汹涌流下的泪水。

"睡一会儿吧。"她站起身来，裙子沙沙作响。我像孩子一样听话，闭上了眼睛。又是一阵沙沙声，薰衣草那令人安心的香味扑鼻而来，我感觉到她的嘴唇轻轻地贴在我的额头上，她的呼吸轻拂着我的脸颊。

当我再次寻找黑暗时，它却消失了。

第四部分

善良的朋友了解你，与你一直交好。

——沙特沃斯家训

第二十五章

一六一二年八月二十日，就在黎明到来之前，理查德·劳伦斯·沙特沃斯出生了。同一天，十个女巫被吊死在一座俯瞰兰开斯特的小山上。

爱丽丝·格雷不在其中。

多亏帕克从密林深处跑到了一英里外的高索普，我、爱丽丝和我儿子我们三个才活了下来。它在地窖门口的吠叫惊醒了仆人们，仆人们叫醒了詹姆斯，詹姆斯又叫醒了几个学徒，然后，我的狗领着一支点着火把的队伍穿过树林，回到我躺着的泥地里，此时天已经亮了，女巫审判也进入了第一天。其中一名仆人，他是最好的骑手，骑着最快的马跑了四十英里，到兰开斯特的红狮旅馆去找理查德。他找不到我，正急得发狂，在镇上挨家挨户打听有没有人看到一个带着狗的怀孕的女人。我只留下一张便条，说我将在审判开始前回来。他甚至去了城堡监狱看守托马斯·科维尔的家，但当他意识到罗杰可能正坐在客厅里、耳朵贴着门偷听时，他没多说什么，只是结结巴巴地道了歉就离开了。

早饭前，仆人从高索普到了红狮旅馆，他说他一听到窗外鹅卵石院子里传来的马蹄声，就知道是关于我的消息。他没有浪费时间，立即骑马回家，一路上都没有停过，像一支箭在风中呼啸而过。他告诉我，当时的天空是桃色和蓝色的，他和自己约定，只要我还活着，他就会用他那天早上看到的每一种美丽的颜色，给我做一件礼服。他说他和自己做了各种各样的约定，只要我还活着，从地窖到山墙，他就会把我母亲的房子翻新重装一遍，用新鲜的灰泥、油漆和地毯，还会送她一辈子都读不完的书。只要我还活着，只要我愿意，他再也不让我一个人睡在我们的床上。

仆人们还把厨娘做助产士的姐姐从克里西罗的床上拖了起来。理查德到达高索普的时候，汗流浃背，上气不接下气。助产士直截了当地告诉他，她觉得希望不大，上帝似乎准备把我和孩子送到来世了。理查德气得脸色发白，把她打发走了，吩咐仆人们去找别的助产士。当她昂着头离开时，把从我裙子上拿出来的纸交给了他，我的裙子一直被丢在地上，仆人来来去去，从裙子上踩过。

就在那时，理查德确定唯一能救我的人就是戴着镣铐被关在城堡监狱里的爱丽丝。他没有换骑装，甚至没有停下来吃东西，就一路策马回到兰开斯特。他知道他这一走，可能就见不到我最后一面了。他把马留在大门口，他们两个都快累死了。他冲进城堡监狱，此时审判已经开始了，他要求法官准许他宣读两份与爱丽丝·格雷审判有关的证词。

他几乎没有注意到旁听席上的惊叹声，也没注意坐在法官旁边的罗杰露出的阴沉表情，更没有留意高高的天花板、一排排闪闪发光的长凳或陪审团。他只知道自己的手里拿着几张纸，心脏在胸口怦怦直跳，还有爱丽丝那张可怜的脸，她和其他犯人站在一起，手上和脚踝上都戴着铁链。

布罗姆利勋爵答应了他的请求，罗杰大发雷霆，站起来抗议，但谁也不能凌驾于法律之上，于是理查德在法庭上面对着爱丽丝，读出了我的话，尽管他的手在发抖，声音也在发抖。他又念出了约翰·福尔兹的证词，只是那人的字写得太差，他读起来极为吃力。

当陪审团出去协商的时候，理查德不得不在走廊里等着，他在不到一天的时间里骑了将近八十英里，浑身湿透，筋疲力尽。陪审团回来后，他仔细端详他们的脸。其中几位先生看着他的眼睛，此时他才想起来他和他们中的两三个人打过牌，他不知道他们看他的眼神是什么意思，心想这么苦等真是太煎熬了。当陪审团主席说出"无罪"这两个字时，他看着几码外的爱丽丝像石头一样跌落在地。

"后来发生了什么事？再给我讲一遍。"

"人群中发出一声惊叫。我感谢了陪审团，然后就昏了过去。"

我笑着拍手。此时，我坐在床上，穿着干净的白色睡衣，身下是干净的床单和床垫，旧的肯定都被烧掉了。小理查德在我的怀里，他很小，但在我眼中他是完美的。他的一头黑发像丝绸一样，嘴唇犹如玫瑰花蕾，脸颊圆圆的像苹果。当我第一次喂他吃奶时，我有足够的时间仔细观察他身上每一个可爱的部位，我注意到他的胳膊上有东西，我正要叫保姆来，突然意识到那是什么。

他的小胳膊肘弯处有一个棕色的胎记，不比他的小指甲大，形状像月牙。爱丽丝给我抽血时，我身上的同样位置也留下了一块一模一样的疤痕。第二天早晨，我检查了一下，发现那块胎记还在，就像他的手指和脚趾一样，是他身体的一部分。我把他那整洁的小袖子拉下来，兀自一笑。

"然后呢？"我啜饮着温热的牛奶，奶里加了草药，味道有些辛辣。

"我们必须等其他判决出来。"理查德说。

他无精打采地摇着几个月前买的拨浪鼓。我得到的也并不全是好消息。

　　理查德看不懂约翰·福尔兹写的最后那句为凯瑟琳·休伊特开脱罪责的证词，毕竟是一个醉汉用颤抖的手借着暗淡的烛光写的，字迹极为潦草。这个可怜的女人，她是爱丽丝母女的朋友，被判有罪，已经被绞死了。理查德告诉我，在他为爱丽丝辩护之后，凯瑟琳的审判就开始了，罗杰铁了心，不顾一切地要实现他自己的计划。他挥舞着拳头威吓陪审团，说得口沫横飞，坚称那个叫凯瑟琳的女人虽然接生过很多婴儿，让很多女人做了母亲，却在魔鬼的授意下，毫无缘由地杀死了一个孩子。

　　爱丽丝无法接受这样的事实，理查德说她哭得比她自己被判死刑还要痛苦。解开锁链后，她头也不回地离开了城堡监狱，一路哭泣着来到了高索普，她紧紧地拉着理查德，把他的外套都扯破了。她自由了，却付出了惨重的代价。

　　那天被处以绞刑的潘德尔女巫包括伊丽莎白·迪瓦斯、她的女儿艾丽森和她的儿子詹姆斯，只留下詹妮特独自留在世上。还有七个人跟他们一起被绞死。他们都去过马尔金塔。爱丽丝是这群人中唯一被释放的。有一个女人被判有罪，被处以戴枷锁四天和一年的监禁。她的名字叫玛格丽特·皮尔森，她的仆人曾看到一只癞蛤蟆从火里爬出来。她没有去过马尔金塔，所以罗杰对她的命运并没有多大的兴趣，也不准备费力送她上绞刑架。

　　理查德告诉我，在布罗姆利给爱丽丝的临别赠言中，他时时敦促她摆脱魔鬼。这容易得很，毕竟她一离开法庭，就不再与他有任何瓜葛了。

　　"有人来看你了。"几天后理查德对我说，"要我叫他们上来吗？"

　　"是谁？"希望在我胸中绽放。

　　理查德笑了："待会儿就知道了。"

他很适合做父亲，他被儿子迷住了。在某个地方，他可能还有一个儿子或一个女儿，但我把这个念头从脑海中清除了。

"我很快就下去。"我说，"我一直都没下过楼，都忘了下面是什么样子了。理查德？"我赶在失去勇气之前说道。他停在门口，一只手搭在门把手上。"对不起，我会给你买把新枪。"他看上去有些糊涂，"那天晚上我拿了你的枪……就是我回来的那天晚上。我在森林里把枪丢了。"

"你拿了我的火枪？"

他的惊讶似乎更甚于气恼。

"是的。我没打算用的，反正我也不知道怎么用。不过这不重要。枪都湿透了，我还是把你的枪弄坏了。"

他笑了："你每天都给我带来惊喜，沙特沃斯太太。"

"理查德……还有一件事。有件事我想问你。"

我把睡着的婴儿交给他的父亲，自己小心翼翼地爬下床，走到房间角落里我的橱柜前。

我把医生的信抽出来，信纸现在已经破破烂烂，就跟破布一样。我把它攥在手里，望着窗外的潘德尔山。然后，我把它交给了理查德。

"你为什么不告诉我这件事？"

他皱起眉头，用没有抱着婴儿的手拿着信。我看着他的目光扫过信纸，脸上露出了恍然大悟的神色，他的眉头又拧紧了："你是从哪儿弄来的？"

"詹姆斯几个月前就给我了。"

"你不应该看这个的。"

"你以为我不希望知道自己活不长……"

"你不应该看这个，因为信里写的人不是你。"

我陷入了沉默："你这是什么意思？"

理查德叹了口气："这封信里写的是朱迪思。"

"朱迪思？"

他拍了拍他旁边的床，我过去坐下来。几个月以来的混乱在我的脑海里回响，我费了很大的力气，才能听到他的话。

"这位医生没给你诊断过，他来自普雷斯顿。我找这个医生去看朱迪思，那时候她……她失去了第一个孩子。在那之后我试着远离，但是……我又去找了她一次，她又怀孕了。"

我闭上眼睛，领会着他的话。

"可是上面写的是你的妻子。"

理查德低下头，非常平静地说："我只能这么告诉医生。"

账本上的黑色墨水字迹浮现在我的脑海中：结婚登记证，威廉·安德顿先生从约克郡带来。

"你为什么找人带结婚证？"

理查德双眉紧蹙："那是给詹姆斯侄女的。她上个月结婚了。我向你保证，现在你没有什么不知道的了。"

我静静地坐着，慢慢地消化他的话。

"你为什么去找她？"我低声说。

他考虑了一会儿后握住我的手。他的戒指闪闪发光，他的声音几乎是耳语。

"我看到孩子们夭折的时候你有多伤心。我看到你孕吐的时候有多难受。我怕再伤害你。"

即使那样，即使我经历了那么多，我也不会恨他。

"现在我们有儿子了，我真是太高兴了。"

他用一只胳膊抱着孩子，又拿起拨浪鼓，朝他微笑。我看着他们，心里难过又开心。这太让人难以接受了。

"别忘了楼下还有客人呢。我先出去，你换衣服吧。"

他在婴儿的头上吻了一下，悄悄地离开了。我站起来，把头发卷起来放进帽子里。我现在不再掉头发，发丝浓密坚韧，像绳子一样。我把一件无袖长衫穿在罩衫外面，又把孩子抱起来，带他去看看家里的其余部分。走到楼梯上，我在我的肖像画下面停了一会儿，想起爱丽丝曾说过，我让她想起了一个人。我意识到她一定是指安。我的儿子可能永远也不会认识那个救了我们的女人，但也许这样更好，只要她一直消失，她就是安全的。

爱丽丝是趁我睡着的时候离开的，她把我的血冲洗干净，把婴儿裹好，就悄悄地溜出了我的房间。理查德说她是在我们的儿子出生整整一天一夜之后走的，屋子里人来人往，上下楼梯，忙着端热水和干净的被褥，没有人注意到她。她本来一直在，接着就不见了。她没有说再见，不过她带着一种我从未体会过的母亲的温柔亲吻了我。

虽然我知道这几乎是不可能的，但我心里有一小部分闪着光，希望现在坐在客厅里的是她。好像是为了可以晚一点失望，我慢慢地走下楼梯，一边走一边摇晃着孩子，对着他喃喃说话。家中添丁，仆人们都很开心，不停地朝我微笑。几个仆人在门厅里聚在一起，面带微笑，看着我抱着他走下最后一道楼梯，我也报以微笑。

客厅里空无一人。

"夫人？"一个厨房女工在我背后说，"客人在饭厅里，她一路赶来饿了，就去吃东西了。"

我一进去，母亲就从座位上站了起来，平静地张开双臂。

"我的小外孙。"她柔声说着过来抱他。

我犹豫了一下，还是把孩子交给了母亲。她的目光扫过我的皮肤、头发和身体。

"你气色很好，弗莱伍德。你怀孕的时候糟透了。"

"是的。"

"恢复了吗？"

"我想是的。我失血过多，厨师几乎每小时都让我吃肉。我这是第一次下楼。"

她笑了笑，把脸贴在小理查德的脸上。他慢慢地眨着眼睛，挥舞着小拳头，她把她的手指放在他的手掌里。

"是个儿子呢。"她高兴地说。

但她心里有事，我从她的声音里听出来了。

"你想说什么？"我问。她转向我，勇敢地笑了。

"理查德当了两次父亲。"

"为什么告诉我这个？"

她帽子上的羽毛在颤动："因为我想让你从我嘴里听说这件事，而不是在村里或别人家的饭厅里，听那些爱嚼舌根的人说起。"她叹了口气，"我知道你可能永远也不会原谅我向你隐瞒，但我认为这样做是对的，我知道我说了，只会让你伤心。如果可以的话，谁会想让自己的孩子难过呢？"

她低头看着婴儿，我注意到她说话时眼睛和嘴巴周围的皱纹。

"你父亲去世的时候，我……很茫然。我一个人带着幼小的女儿，而且……"

"你迫不及待地想摆脱我。"我没精打采地说，"你马上就把我嫁出去了。"

她摇了摇头："那是你父亲和我一起做出的决定。你父亲病了，我们需要一个男人照顾我们。我们会怎么样？莫利纽克斯先生向你父亲提出来的时候，他别无选择，只能接受。"

"我不知道这是爸爸安排的。"

我们静静地坐了一两分钟，望着小理查德一头漂亮的黑发，还有他那小贝壳一样粉红色的耳朵。我已经开始怀念他在我怀里的重量，此时，我的手臂只能毫无用处地垂在我的腿上。

"我在那所房子里过得很不开心。"我说，"我童年的每一天都在担心，第二天你会把我送到他那里去。"

"我不会那么做的。"

"我一做错事，你就这么威胁我。"

"对此我很抱歉。我真不该那么做。你没有父亲，我独自抚养你，并不容易。只要能得到片刻的安宁，我什么话都说得出来。"

"你知道他……他第一次来的时候，他……"我的声音颤抖着，"你离开了房间。"

母亲把目光移开。她的眼睛比以前更黑了，嘴角朝下，但她的手还是不由自主地拍着婴儿，轻轻地摇着他。我以前从未见过她抱婴儿，他唤醒了她身上我从未了解过的古老母性。

"所以我才取消了你们的婚约。"

我盯着她："你知道？"

"我一回来，就知道发生了什么事。"

"他看起来很愧疚，就像是犯了罪，还有你的小脸蛋……"我这辈子第一次看到母亲的眼睛里充满了泪水。"都是我的错。"她说，声音里充满了感情，"我不知道该怎么办，没有你父亲的指导，我就像一只没头的苍蝇。不过我知道，我绝对不可以把你交给那个人。"

"我原以为你取消婚约，是因为理查德更合适。"

母亲镇静下来，虚弱地笑了笑："难道不是吗？"

我慢慢地靠在椅子上。阳光从窗户射进来，真是个美好的夏末呀。

"我很高兴理查德把他的女人养在那里，现在我再也不用回去了。"

"我也讨厌那里。"母亲说，她的话让我大吃一惊，"我住在那里，一直都没有归属感。我希望你结婚后能把我安置在别的地方，你做到了。"

做到这一点的人是理查德。那时候，我对母亲的愿望毫无兴趣，所以这事和我无关。

"好吧，现在那儿有了一位新的女主人。巴顿的朱迪思·索普。欢迎她的到来。"

我母亲探身过来。

"我走之前把最好的银器都拿走了。"

我们相视一笑。我本想问朱迪思生的是儿子还是女儿，但决定还是不知道为好。仆人们开始送来晚餐，理查德也来了，我们坐下来吃烤牛肉和淋着酱汁的大林鸽。五个月前，我全无食欲，现在我甚至可以把整只鸽子都吃掉。

"我在经过帕迪厄姆的路上看到一个女人戴着镣铐，她头上套着一个袋子，上面写着'女巫'两个字。"我们吃东西时，母亲说。

"是玛格丽特·皮尔森。"理查德说。

自从参加了审判，他就对那年夏天发生的种种事件产生了浓厚的兴趣。他甚至对我们的老朋友托马斯·利斯特有了一种看法：詹妮特·普雷斯顿是他父亲的情妇，而他的母亲还健在，身体很虚弱，所以他就想除掉那个女人。或者她知道他的一些事，而他宁愿弄死她，也不愿自己的事被世人所知。至于罗杰，我们肯定还会再见面的，但这位治安官在追求权力的过程中有点失宠了。他给人的印象是为了博一个舒适的退休生活，不惜牺牲别人的生命，为了国王的赏赐就让别人丢掉性命，他所做的这一切不过是为了在卸任治安官这个金色职位之前多出点风头。在北方的贵族中，这种心狠手辣的野心家可不得人心，许多贵族家里的餐厅都对他关闭了。

"她得在四个赶集日戴镣铐，然后去蹲监狱，她可能会死在监狱里，刑期结束后，她根本没钱支付保释金。"

"为什么她没有被绞死？"我母亲问。

理查德耸耸肩："一点儿理智占了上风？我也不知道。"

母亲哆嗦了一下。

"我听说执行绞刑的那天，兰开斯特聚集了成千上万人。"

"对活着的人而言，没有什么比死亡更令人兴奋的了。"我说。

"那个叫吉尔的姑娘怎么样了？或者该叫她爱丽丝。她没有被捕吗？"

我和理查德对视了一眼。

"她被判无罪。"

"这太棒了。我还以为他们判一个人有罪，就会判所有人都有罪。他们不是密谋要杀死托马斯·利斯特吗？"

"谁知道呢？"我说，"除了一个孩子，又没有别的证人。再说，爱丽丝是无辜的。"

"你怎么知道？"

我摸到肘部的伤疤，隔着袖子勾勒出疤痕的轮廓。

"她只想帮助别人。"我说。

"她现在在哪儿？"

"我也想知道。"

"她没告诉你？"

我摇了摇头。

"她有家人吗？"

我想起了约瑟夫·格雷，他会在烂泥做的房子喝酒喝到死为止。

"没有。"

就在那时，孩子在壁炉前的床上哭了起来。保姆正在和仆人们一起吃饭，我的乳房胀得快要溢出奶来，于是我起身去把他从母亲多年前给我的橡木摇篮里抱出来。我慢慢地站了起来，面对着壁炉架上的那套雕花镶板。

我眨了眨眼睛，扫了一眼后不由得又仔细看起来。我不敢相信我所看到的。在理查德名字的首字母旁，自这所房子建造以来就一直空着的地方刻着一个字母：A。

我能认出它是出自谁的手，我曾见过一个初学写字的人哆哆嗦嗦地写了几十遍这个潦草的字母。此时，它就在那里，完整而清晰。我呆愣地站在那里，大笑起来。

"弗莱伍德？怎么了？"

我转过身，把小理查德举过头顶，高兴得跳起舞来。我的丈夫和母亲看着彼此，他们不明所以，却还是觉得好笑。

"她很好！"我喊道，"她很好。"

爱丽丝·格雷是我唯一的朋友。我救了她的命，她也救了我的命。

第二十六章

五年后。

　　理查德换好衣服去打猎。他把头探进大厅里，我正坐在那里补尼古拉斯的丝袜。有了两个儿子，我的刺绣技术进步了很多，他们动不动就弄破衣服，在地板上打滑时扯破斗篷，爬树时撕破衣领。我的一只胳膊肘上搭着缝补的东西，另一只胳膊肘上放着一份清单，上面记录着越来越多我想让詹姆斯从伦敦捎回来的东西。每当我想到什么，我就拿起羽毛笔写下来。我刚想起来我需要龙涎香来做香水，两个假装在决斗的男孩就把木剑碰在了一起，当啷一声，木剑掉在了地上。

　　"爸爸，你要和我决斗吗？尼古拉斯打起架来跟个小孩一样。"小理查德说，把弟弟的玩具塞给父亲。他长得像我，有一头乌黑的头发和一双严肃的黑眼睛。

　　"他就是个小孩。"我笑着对尼古拉斯说。尼古拉斯长得和哥哥完全不一样，就像我和理查德长得那么不同。

他有着父亲那样温暖的金色头发和灰色的眼睛。

"等我回来吧，在那之前，别把木剑弄成碎片。"

理查德在两个儿子的怀里各塞了一把木剑，向我走过来。他看起来有些心烦意乱。

"怎么了？出什么事了？"我从针线活儿上抬起头来说。

"国王要来巡视北方了。"

我盯着他："什么时候？"

"下个月。"

"他打算在这儿停留几天吗？他可不受欢迎。"

"谢天谢地不会，不过拒绝他就等于叛国。我很高兴这次出巡没有赶上明年我当治安官的时候，不然他肯定会在这里待上几天。但他打算在巴顿过夜。"

"巴顿？为什么？"

"我也说不准。在去巴顿之前他会下榻在霍顿塔，而巴顿位于那儿和兰开斯特之间。"

"但那里是空的。"

"国王不关心这些不便之处。"

我放下尼古拉斯的袜子："我们得布置家具，雇仆人……这下我们要破产了。国王出巡，都带一百多人呢。"

"他是国王，"理查德说，"我和你一样，对此并不感到高兴。"

"那座房子就像受了诅咒一样。"我喃喃地说。

理查德没有理会我说的话。我知道他现在把朱迪思和他们的私生子藏在约克郡，但我无意弄清楚具体的地点。只要她不在我的视线之内，我又有我的儿子和我的家，我就可以不去在意这一切。理查德对着桌上的单子点了点头。

"你知道龙涎香是什么吧？鲸鱼的呕吐物。"

"理查德！"

我把他推开，他跑到我够不着的地方，正好被儿子们用黏糊糊的手缠住，他们抓着他的腿，又一次求他陪他们玩。

"够了！我要去打猎，如果你们不放开我，我就把你俩当诱饵。"

他抓住尼古拉斯的脚踝，把他倒过来。他大叫起来，嘻嘻哈哈笑着，他哥哥假装用剑刺他，叫道："去死吧！去死吧！"

帕克已经习惯了他们的喧闹，但如今上了年纪的它拒绝参加，只是懒洋洋地趴在地毯上看着。有时他们强迫帕克和他们一起玩，但今天它躲过一次。

"为什么男孩子们这么吵，这么不守规矩？"我问，"为什么我不能有两个可爱的女儿坐下来和我一起做针线活儿呢？"

尼古拉斯瘫倒在地板上，喘不过气来，还在咯咯地笑着。

"爸爸，带我去打猎吧！"理查德拉着父亲的斗篷说道。

"等你长大些再说。"

"爸爸要出门打猎了，我们要对他说什么？"

"不要杀狐狸！"他们一起叫道，每个人都比对方更大声。

我笑了笑，理查德笑着叹了口气："就算狐狸咬死了野兔，让我的猎鹰费更大力气狩猎，我想如果我带着狐狸皮回家，你们的妈妈也一定用枪口对着我。"

我严肃地点了点头，笑了起来，但他带来的消息让我感到不安。

天还没亮，我就醒了，离开轻轻打着鼾的理查德。前一天晚上我装好的包就藏在床底下，我一声不响地把包拿出来，穿上衣服，天一亮我就到了马厩。早晨天气晴朗，朝阳挂在空中，还有点寒意。听到马厩院子里的马蹄声，一个学徒出现在门口，看见我，吓了一跳。

"我今天要去找托内利太太。"我对他说，他睡眼惺忪地眨着眼睛，使我想起了自己的孩子们。"请告诉主人我傍晚回来。"

一路上空无一人，开了个好头。几小时后我到达时，我的大腿都疼了，紧身胸衣勒进了我的肚子里，我浑身是汗。我好多年都没骑这么远的路了，每一块肌肉都很疼。我下了马，在马背上靠了一会儿，马身上的毛在正午的阳光下晒得发烫，闪亮亮的。我把马儿拴在远处的一棵树上，自己步行走过最后几百码，袋子的系绳勒进了我汗湿的手心里。

我从袋子里找出钥匙，打开了门。我上次来的时候是晚上，到处都是影子在晃动，但此时那份神秘消失了。这儿不过是一所老房子，满是灰尘，也没有人居住，剩下的几件家具无精打采地立在那里。我走到大厅里父亲的旧柜子前，摸了摸上面的凹槽和边缘。但我在这里没有任何发现，我只好拍拍它，好像它是一个宠物，然后去了别处。

我检查了每个房间，打开了每个橱柜。毫无疑问，朱迪思走后，仆人们仔细检查了这些地方，拿走了蜡烛头、针、破花瓶，以及每一点食物。我本想避开客厅，曾几何时，母亲拿走我的娃娃，带我去客厅见我的第一任丈夫，但我还是走了进去，迅速地查看了一番。壁炉还在那里，莫利纽克斯先生曾坐在那儿，但屋内没有家具，房间空空如也。我最后才去自己的卧室。那里只有一个床架，我的床架。母亲早就搬到另一个房间去了。她曾经每天晚上都睡在我身边。我原以为那是一种折磨，但现在我知道并非如此。

我走到窗前，望着窗外晃动的树木，农田在树林的另一边延伸着。今天是一个美丽的夏日，几乎没有风。我把所有的门都打开，才下楼回到大厅。五年前我就是在那里遇见朱迪思的。仿佛她的鬼魂就在这里，看着我走向俯瞰着房前风景的大窗户。窗帘还在，积满了灰尘，无疑窗帘挂得太高又太重，负责清理屋子的人摘不下来。没有椅子可以坐，没有桌子可以放下我的东西。我跪在窗下冰冷的石头地上，阳光洒进来，照在我的脸上。我抬起脸，闭上眼睛，感受着阳光的温暖。

然后我开始行动。我从天鹅绒袋子里拿出小小的银火绒盒并打开，把袋底的焦布堆在一起晾干。我的手很稳，我拿出打火石和钢块，将它们互相摩擦。在空荡荡的房间里，叮当声就像铁匠在铺子里打铁一样响。经过半分钟的努力，火星点燃了火绒盒里的碎片，我斜靠过去轻轻地吹了几下，火焰随即燃烧起来。我怕火焰熄灭，就拿了一根木片用火引着，再把木片放到窗帘的下面。火苗立刻在干燥多尘的织物上燃烧起来，我默默地欢呼着，火苗吞噬了猩红色窗帘的底部，像湿气一样往上冒。房子里没有垫子，也没有柴火，我只能寄希望于窗帘，而且这么做的确成功了。我坐下来看了一会儿，当我站起来的时候，一半窗帘已经被火焰覆盖。我想起我的裙子在约瑟夫·格雷家被烧着时的情形，连忙往后退了一步，收拾起我的东西，关上前门上了锁。

国王不会下榻在烧毁的房子里。

我在房前的草坪上站了很长时间，看着前厅里闪烁的火光，但此时阳光灿烂，很难看清，但晚上一定很壮观。带护墙板的墙很容易燃烧，看到窗户被烟熏黑，我确信火够大，肯定可以吞噬巴顿庄园的其余部分。我转身回家。

那种被注视的感觉又回来了。我心中一惊，林边有什么东西突然一动，引起了我的注意。一只漂亮的红狐睁着琥珀色的大眼睛望着我，犹豫地把一只爪子放在草地上。我们注视着彼此，时间静止了。火在我身后熊熊燃烧，我的呼吸停滞了。我眨了眨眼，红狐却已然失去了踪迹。

感谢

如果说抚养一个孩子需要一个村庄的力量，那么写成一本书，当然也需要很多人的帮助。首先，我要感谢你——茱丽叶，我的朋友，我的经纪人，是你让我实现了自己的梦想，是你拉着我的手，助我一直坚持到最后。我还非常感谢（排名不分先后）：凯蒂·布朗、弗朗西丝卡·拉塞尔、费利西蒂·杰斯瓦、贝琪·肖特、费利西蒂·怀特、凯特·希尔森、克莱尔·弗罗斯特、卡特里奥娜·因尼斯、塞安·图兰、埃德·伍德、劳伦·哈登、贝丝·安德顿、罗西·肖特和约翰·肖特。感谢你们敏锐的目光、聪明的想法和热情。我无法用言语来告诉我的编辑索菲·奥尔姆和邦尼尔·扎弗尔出版社的所有人，《女巫与红狐》得到你们的欣赏，我是多么激动。我一见到你们就知道自己找对了人，你们让整个创作过程都充满了欢乐。我要感谢在高索普庄园回答我问题的雷切尔·波利特，感谢罗伯特·普尔用现代的语言给我讲了托马斯·波茨对审判的叙述。最后，我非常感谢我的父母艾琳和斯图尔特、我的哥哥山姆，感谢你们对我无尽的支持和爱，感谢安迪，你是我生命中最棒的啦啦队队长。当我需要你们的时候，你们总是在我身边，我永远都离不开你们。

作者的信

亲爱的读者：

　　我曾去参观兰开夏郡帕迪厄姆的高索普庄园，从卧室的窗户看到了潘德尔山，就这样得到了《女巫与红狐》的创作灵感。在我长大的地方，这座山与潘德尔女巫的传说同样神秘。于是，我萌生了一个想法，想把一六一二年的女巫事件写成一部小说，并从一个住在高索普庄园的年轻贵族妇女的视角展开整个故事。我开始研究这所房子和沙特沃斯家族的历史，发现当时的女主人只有十七岁，名叫弗莱伍德，我的故事就这样开始了。

　　我越了解潘德尔女巫，就越感兴趣。她们中很多人是邻居。据说她们都有魔宠，有些魔宠还能变形。其中一人声称见到了魔鬼。很多人都承认自己会巫术。她们明知会被判处死刑，为什么要认罪呢？

　　《女巫与红狐》试图回答我的种种疑问，这是一部虚构作品，但书中的大部分人物都是真实存在的，而且这本书是根据历史时间轴写作而成。我希望本书能让你想更多地了解潘德尔女巫，以及爱丽丝和弗莱伍德。

　　谢谢你的支持。

史黛西

历史上的人物

　　弗莱伍德·沙特沃斯、理查德·沙特沃斯、爱丽丝·格雷、罗杰·诺埃尔、迪瓦斯一家和小说中的许多其他人物都是真实的人，但《女巫与红狐》一书纯属虚构。弗莱伍德·沙特沃斯生于一五九五年，在女巫审判期间是高索普庄园的女主人，在一六一二年生下了她的第一个孩子，但历史上没有任何记录证明她与爱丽丝有关系。然而，她的丈夫理查德去了巡回法庭听审，爱丽丝·格雷和其他十位潘德尔女巫于一六一二年八月在巡回法庭受审。理查德会前往，可能因为当时这件事引起了很大的轰动。除了托马斯·波茨对女巫审判的记述《兰开斯特郡女巫的奇妙发现》之外，人们对爱丽丝·格雷知之甚少。由于某种未知的情况，爱丽丝的生平记录没有出现在波茨的书里。在潘德尔女巫之中，只有她无罪开释，个中原因至今仍是个谜。